ハヤカワ・ミステリ文庫

〈HM⑰-1〉

弁護士ダニエル・ローリンズ

ヴィクター・メソス
関 麻衣子訳

早川書房

8509

A GAMBLER'S JURY

by

Victor Methos

Translated by

Maiko Seki

First published 2020 in Japan by

HAYAKAWA PUBLISHING, INC.

This edition is made possible under a license arrangement originating

with

AMAZON PUBLISHING

www.apub.com

in collabolation with

THE ENGLISH AGENCY (JAPAN) LTD.

父に捧ぐ。　星の合間で踊っていることを願って。

不正がまかり通る状況で中立を保つなら、あなたは抑圧者の側に立つことを選んでいる。

――デズモンド・ツツ

弁護士ダニエル・ローリンズ

登場人物

ダニエル（ダニ）・ローリンズ………弁護士
セオドア（テディ）・ソーン…………ダニの依頼人の少年
ライリー・ソーン………………………テディの養母
ロバート・ソーン………………………テディの養父
ステファン………………………………ダニの元夫
ジャック…………………………………ダニの息子
ペイトン…………………………………ステファンの恋人
ウィル・ディラン………………………ダニの調査員
ケリー……………………………………ダニの秘書
ベス………………………………………ダニの隣人
ミシェル…………………………………ダニの親友。バー〈リザード〉のオーナー
ジャスパー・ダイアモンド……………フーヴァー郡の検察官。通称〝ダブルD〟
サンディ・タイルズ……………………フーヴァー郡地方検事。ダブルDの上司
ミア・ロスコーム………………………フーヴァー郡地方裁判所の判事
ケヴィン・シモンズ……………………事件の証人。テディの幼なじみ
クリント・アンドリューズ、フレデリック・ウィルモア…………事件の証人。ケヴィンの親友

1

一晩じゅう浮かれ騒いだあと裁判所に着いたころには、二日酔いで頭が割れんばかりだった。

ソルトレイク・シティ裁判所の窓に映った自分の姿を見て、ちょっとまずいかもと思った。ドラッグをキメすぎて具合が悪くなったヘヴィメタル・ファンといったところ。もっと言えば、ドラッグをキメたあと目覚めたら留置場にいて、シリアルのボウルに顔を突っこんだような見てくれだ。箱に船長の絵が描いてある、キャプテン・クランチってやつ……まあ、留置場にシリアルなんて置いてないはずだけど、あの船長だって呆(あき)れ顔をするだろう。

着ているのはジーンズとジャケットだったけれど、ジャケットは自分のものではなかった。バーを出るときに、間違えて知らない男のものをつかんだらしい。

サングラスをかけて火のついていない煙草をくわえているのも、弁護士っぽいとは言いがたい。煙草はごみ箱に吐きすてたが、いかにも二日酔いという目を隠すためにサングラスはかけたまま、わたしは法廷に入っていって検察官のコートランド・スミスの隣にどさりと腰をおろした。コートランドは首を振る。

「酒臭いわよ」小声で言われる。

「飲み足りないのよ。何か持ってない？　迎え酒ってやつ」

コートランドはファイルを手に取り、わたしの前に置いた。「ないわ。残念ながら」

肩をすくめ、ファイルを開く。なかには検察側が希望する取引の内容が書かれているはずだ。今回は——取引なし。

「ちょっと、本気？」

「これであの子、何度目だと思ってるの？　ダニエル」

「保護観察でいいじゃない。本当はそうしたいんでしょ？　お願いよ」

「いまさら頼みこまれてもねえ」

「聞いてもらえるなら、いくらでも頭下げる」

「無理ね。まったく情けないったら」

「そんなあ。わたしだって乙女なんだから傷つけないで」ため息をつき、わたしはファイルを閉じる。「わかった。公判ね」判事に目をやる。でっぷりとした体格のハーキンという女性だ。「彼女、今日のご機嫌は？」

「麗しいとは言えないわね。気をつけたほうがいいわ」

わたしは立ちあがり、証言台に歩み寄った。いつもなら順番を待つ弁護士の列ができているのだが、大幅に遅刻したせいで誰も残っていない。微笑みかけると、判事は目を剝いて言った。「ミズ・ローリンズ、サングラスを外してください」

言われたとおりに外し、サングラスをシャツの胸もとに引っかける。

「今日は素敵ですね、判事。髪型、変えられました？　カットもカラーもいい感じです」

「依頼人はどなたですか」

「マーク・ロドリゲスです」

マークが近づいてきて隣に立った。わたしは言う。「判事、依頼人は心優しい若者で、たったの十九歳なんです。たしかにコカイン所持と、助手席に売春婦を乗せていたという疑いによって駐車場で捕まりましたが。いまどきの子って感じですよね？　ちょっとだけ慎みを忘れてしまったんです」そこでマークに目を向ける。「そういったものは、慎み深い上の世代みたいに、場末のモーテルにこっそり持ちこまないとね。わかった？」

「ミズ・ローリンズ、そちらの提案は？」渋面をつくり、判事が言う。

「検察側は寛大にも起訴を取り下げてくれるでしょうし、依頼人に謝罪もしてくれるはずです」

コートランドが立ちあがる。「判事、公判期日をご指定ください」

「八月七日です。ミズ・ローリンズ、次回わたしの法廷に来るときは適切な服装で来るように。それと二日酔いもほどほどに」

「二日酔いですって?」大げさに驚いて言う。「なんてことをおっしゃるんです。心外です。ぞっとします」

判事がため息をつく。「さっさと法廷から出ていきなさい」

「わかりました」

廊下へと出ていく。マークが足をとめて言った。「で、何がどうなったんだい」

「裁判ってことになったの。スーツは持ってる?」

「スーツ? 持ってるわけないって」

「じゃあ買わないと。あなたは証言台に立つから、陪審員の前でわたしの指示どおりに話してね。あれがコカインだとは知らなかった、あの子が売春婦だとは知らなかったって」

「オッケー、わかった。ってことは、勝てそうなんだね?」

「もちろん」

まさか。勝てる望みはこれっぽっちもないが、あと数カ月希望を持たせてあげたっていいだろう。それに、陪審がどう出るかはわからない。もしかしたら政府や警察を心底憎む過激派がいて、有罪にするのを拒否するかもしれない。

「それじゃ、まずはシラフでいるよう心がけて、古着屋でスーツを買うこと。綺麗なものがいいけど、高級すぎるのはだめ。一カ月以内に、わたしのオフィスで被告人質問の練習をしましょう。それまでのあいだ、おクスリもお尻の軽い女の子もナシよ、絶対。いいね？」

マークはうなずいた。「わかったよ、ダニ。バッチシだって。じゃ、一カ月以内に行くよ」

裁判所を出ていくマークを見送りながら、いまかけた言葉は少しも効かないだろうと思った。ドラッグは使い続けるだろうし、公判のまえにまた捕まる可能性もある。ときどき様子を見に行って、忠告を守っているか母親に訊いてみる必要があるけれど、本人の自由な意思をとめることはできない。

外へ出て、道にとめてあるジープに向かう。ワイパーにはさんであった駐車違反のチケットを抜きとり、前にとまっている警察の車のワイパーにはさんでから、わたしは運転席に乗りこんで走りだした。

フリーウェイに乗ってレッド・ツェッペリンを大音量で流しながら、ウェスト・ヴァレーに向かう。ユタ州は統計上、もっとも安全な州のひとつではあるのだが、フーヴァー郡はその二倍の広さの郡よりも犯罪件数が多い。そのため警察署は年々数が増えており、同時に検察局も増えている。ということは、刑事事件の起訴が増えるわけで、刑事弁護士の依頼人も右肩上がりに増えている。犯罪はいつだって成長産業というわけだ。

一軒のあばら家の近くで車をとめた。あたりには派手な車が数台とまっていて、ピンクの車体にクロームのグリルがついたキャデラックのなかで、ヒスパニック系の男ふたりがマリファナを喫っている。訝しげな目を向けられたので、通りすがりに言った。「本物の男はやっぱピンクね」

ポーチに上がっていくと、せいぜい十二歳といった少年が声をかけてきた。「てめえ、ダレモンだ？」

「ちょっと、言葉は正しく使わないと。〝てめえ、なにもんだ？〟でしょ」

立ちあがり、少年はわたしの顔を殴ろうと拳を振りあげたが、胸までしか届かなかった。

「ぼくちゃん、落ちついて。わたしはフランコの友達なの」

少年はゆっくりとシャツの裾をめくり、ズボンにはさんだ二十二口径の拳銃をちらつかせた。

「ねえ、そこに入れてると大事な部分が吹きとばされちゃうかもよ。悪いことは言わないから、後ろにはさんだほうがいいと思うな」

フランコがドアを開けた。「すわってろ、ヘクター。このひとはおれの弁護士だ。イキがるのもたいがいにしろ」

「チッ。運がよかったな、アバズレ」

フランコがヘクターの頭をひっぱたく。「女性にそんな口をきくんじゃない。このクソガキ」

わたしは室内へ先に入っていった。「あの子、かわいらしいね」

「従弟なんだ。悪い奴じゃない。ちょっとピリピリしてるだけさ」そう言いながら居間へと向かい、フランコはソファに腰をおろした。「元気だったかい、ダニ?」

わたしは向かいにあるリクライニング・チェアに腰かけた。部屋の奥ではひとりの少女がテレビでアニメを観ている。「元気よ。あなたは?」

フランコがスペイン語で何かを言うと、少女はため息をついてテレビを消し、部屋から出ていった。

「クソまみれってとこだ」

「そのためにわたしがいるんでしょ」両手を差しだしながら言う。

「いや、これまでとはわけがちがう。今回ばかりは本当にまずい」

「何があったの?」

髪を掻き上げ、フランコは身を乗りだしてカーペットに視線を落とした。右腕には顔が骸骨になった裸の女とナイフのタトゥーが入っているが、それだけでこの男を推しはかることはできない。フランコは娘に食事を与え、屋根のある場所に住まわせるために仕事をふたつ掛けもちしているし、スラム街を出てまともな地域で暮らせるよう、ソルトレイク

・コミュニティ・カレッジの夜間コースに通ってビジネスの学位の取得も目指している。ときには中身と外見がまったく異なる人間もいるのだ。

「リチャードソンで取引をやってる奴らがいてな。車を出してほしいと言われたんだ。おれはもうかかわらないと言ったんだが、運転だけでいいからと。ほかには何もしなくていいってことだった」

「フランコ、お願いだから行かなかったと言って」

首が振られる。「運転だけでいいはずだったんだ」

「どうしてそんなことを。ドラッグには一切かかわっちゃだめだって、あれほど言ったのに。前歴があるから、もう面談や罰金だけではすまない。本当にぶちこまれちゃうよ」

ふうっとため息をつき、フランコは目をそらしたまま言った。「それだけじゃないんだ。警察に車をとめられてな。マリファナの臭いがするから、全員降りるように言われた。持っていた量はたいしたことなくて、ポケットに入る程度だった。でも、銃を持っているのがばれた。三人全員だ」そこで少しためらってから言う。「ひとりは仮釈放中だったんだ。なんとか守ってやらなきゃと思って、そいつの銃はおれのだって言っちまった」

「勘弁して」わたしは椅子の背にもたれかかった。

「だよな。でも、奴は裁判になれば自分の銃だと言ってくれるらしい」

「そんなの意味ないって。もう自白しちゃったんだから。友達に罪を肩代わりさせてると思われるだけ」

「ああ、わかってる」フランコはつぶやき、唾をごくりと飲みこんだ。「まだ続きがあってな。警官が麻薬捜査班を呼んだんだ。刑事のひとりがおれの前歴を見て、連邦に引き渡して重罪扱いにしてやると言ってきた。二十年は入ると。本当なのか？」

ユタ州法のもとでは、違法薬物の近くで小火器が発見されれば、たとえ薬物が少量であっても、さらなる麻薬取引のために用意された武器だとみなされる。その場合、事件は連邦検事に引きつがれ、連邦裁判所で起訴されることが多い。

「まだ確認してないけど、これまでを考えるとね。それくらいいくかも」

「くそっ」フランコはしばらく間を置いてから言った。「その刑事は、おれをタレコミ屋にしたがってる。仲間をぜんぶ差しだしたら、おれの罪は見逃してやると。さっきからずっと電話がかかってきているが、まだ出ていない。まずはあんたと話そうと思ってな」

わたしは身を乗りだし、両肘を膝の上にのせた。タレコミは気軽に引きうけるべきものではない。一度でもやったら、報復に怯えながら一生過ごさねばならないし、家族にも危険が及ぶ。テレビを観ていたあの子に、ジャンキーどもがどんなひどいことをするだろうか。

「警察への協力を勧めるのは、よほど服役できない理由があるときだけなの。そうでなければ、あんなのは苦しむだけだよ」

「もうすでに苦しんでる。充分苦しんでるさ」

しばらく思案をめぐらせてから言った。「その刑事の電話番号を教えて。話してみるから」

フランコはうなずいた。「ああ。何か打つ手がないか、考えてくれ」

「もちろん。でも、なかった場合は大胆な手を打つしかない。わかる？」

「大胆な手？」

厳密に言うと、弁護士は依頼人に逃げるようアドバイスすることはできない。だからわたしは慎重に言葉を選んで言った。「逃げて」

「えっ？」

「わたしの手に負えないようだったら、一目散に逃げて振りかえらないこと。メキシコへ行くの。ううん、もっと南がいいかも。ブラジルへ行って。とにかくここから出ていって、絶対に戻ってきちゃだめ。取引ができたとしても、十五年は下らないから。逃げたほうがいい。わたしが動くのを待つ必要もない。娘を連れて、全財産を持って、すぐに逃げること」

「ああ、わかった。そうするよ」

家を出ていくと、ポーチにはさっきの少年がいてこちらを見あげていた。わたしは身をかがめ、目線を合わせる。「弱い奴ほど、銃を持つと強くなった気になるの。でも、一目置かれるために必要なのは銃じゃない」わたしはこめかみを指で軽く叩いた。「ここで勝負するんだよ。敵を出しぬくには、頭を使わないと」

目を剝いた少年を尻目に、わたしは立ち去った。

2

わたしの事務所は築五十年は過ぎたビルの片隅にある。刑事弁護士にとって、どんな事務所を構えるかはどうでもいいことだ。依頼人が気にするのは、いかにして刑務所行きを逃れるかだけであり、事務所が綺麗かどうかはまったく関係ない。最悪なのは街なかの洒落たビルに事務所を構え、高級娼婦もびっくりの時間単価で報酬を請求するような刑事弁護士だ。それならピザハットの入ったビルか、自宅を事務所にしている者を雇ったほうがよっぽどいい。そういう弁護士なら、依頼人を逮捕した刑事が浮気していないかとか、検察官が離婚問題で悩んでいて隙を見せるのではないかとか、そういうリサーチにためらいなく調査員を送りこむだろう。品がいいとは言えないが、そういうことも必要だ。被告人は最初から不利な立場に置かれているのだから、利用できるものはなんだって利用しなくては。

この日は事務所に戻る気にはなれず、かといって家に帰りたくもなかったので、わたしはバーに向かった。

店の名前は〈リザード〉。そう、トカゲって意味。風俗店が軒を連ねる界隈にあるバーだ。ユタ州はストリップクラブやのぞき部屋に寛大とは言えないのだが、完全に禁止するに至っていないのは、州憲法の解釈次第でいくらでも抜け道があるためだ。だからその手の店は健全な市民の目にできるだけ触れないよう、街の片隅にある工場や盗品を扱うような店が並ぶ一角に押しこまれている。わたしの友人であるミシェルは〈リザード〉のオーナーで、たまたまそうした地域を好んでいたというわけ。常連客の多くが裁判官や政治家、警察の上層部、医者なのは、この界隈に来れば自分たちの地位を知られることなく、存分に羽を伸ばせるからだろう。

店の前に車をとめて、なかへ入っていく。まだ午後四時だというのに、すでに数台の車がとまっていた。店内ではノースリーブのシャツを着た巨体の用心棒が会釈してきたので、わたしも会釈をかえした。

あまりにも暗かったので、目が慣れるまで待ってから奥へ進んでいった。酒の補充をしているバーテンダーに向かって言う。「ねえ、ミシェルはいる?」

背中をバシッと叩かれ、マリファナの強い臭いが漂ってきた。「久しぶりじゃないの、ダニエル」ミシェルが言う。

「もうハイになってるの？　まだ午後四時だよ」

「飲みましょ」カウンターを平手で叩く。

「まだ早すぎるって。先に何か食べたいんだけど」

「食べるのはあと」ミシェルはもうひとりのバーテンダーに声をかける。「テキーラを、ジム」

　煙草に火をつけて、わたしはストゥールに腰かけた。ミシェルがバーを一軒のみならず、二軒も経営しているのが信じられない。酒場というのは、ビジネスの手腕やまともな頭がなくても営めるものなんだろうか。酒は誰もが欲しがるものだから、失敗するほうがむずかしいのかも。

「最近どう？」ミシェルが言う。

「変わりなし」鼻から煙を吐きだす。「ステファンはあの女と本当に結婚するみたい」

「元旦那が〈銃と弾薬（ガンズ&アモ）マガジン〉の表紙を飾ってた女と再婚するってわけ？」

「そう」

　酒が来たので、わたしたちはグラスを合わせ、一気に飲みほした。ミシェルが指を二本突きたて、おかわりを頼む。

「でも、離婚の原因はあんたが作ったのよね」ミシェルが言う。

「たしかに。ご指摘ありがと」

「あたしは、過去の失敗をぜんぶ誇りに思っているわ。それでいまの自分があるんだから」

「誇りになんて思えないよ。別れた夫がべつの女と再婚するんだもの。宝くじに当たったような気分じゃないのはたしか」

「人生をどう生きるかは、たったの二通りしかないのよ。ジム・モリソンかジョン・ロックフェラーか」

「どういうこと?」

「アートを生きるか、プロジェクトを生きるか。ロックフェラーは幼いころから、自分の目標を意識していた。その目標のまわりに人生を築いていったの。自分の進む道はかくあるべしと決めて、自らレールを敷いてその上を走っていったのよ。思いえがいた人生やプロジェクトにそぐわないことは、一切やらなかった。家族や友人や自分の健康は、プロジェクトの前ではすべて二の次だったわけ。

そして、モリソンは正反対の人生を歩んだ。キャンバスに絵を描くように生きていったの。感情的で、創造的で、詩的な美しい絵のようにね。喜びも悲しみも、あらゆる経験がタペストリーのように、その絵に織りこまれていった。わかるかしら。人生は二通りしかないのよ。アートかプロジェクト。どちらか選ばないといけないのよ。あたしはやっぱりアートがいちばんだと思うけどね。絵画のように生きたいじゃない」

　わたしはまじまじとミシェルを見つめた。「これが赤ワインのゲロを警官にぶちまけた女の言うこととはね」

「叡智（えいち）はどんな場所にだってあるのよ。見すごしちゃだめ。で、あたしの人生っていかにも絵画そのものでしょ。朝、目を覚ましたら、その日何をするか、どこへ行くか、何も決まってないんだから。波が来たらそれに乗るだけでいいの。あとは人生が導いてくれる。うちの父は、時計そのものみたいな人生を歩んでいたわ。分刻みで動いていたの。朝のトイレはきっかり十一分で、シャワーと着替えに十五分。母とのセックスまで計画的だったわよ。週に一回、十五分間、常に正常位……あんなの、おかしくなりそう」

「なんでご両親がいつも正常位だって知ってるのかは訊かないけど、言いたいことはわかる。でも、いまさらそんなふうに考えるのは無理だよ。二十歳ならまだしも、わたしは子どものいる歳なんだからさ」

　ミシェルはわたしの腕に手を置いた。「だからこそ、いまが選択すべきタイミングなのよ」

3

わたしの一日は、目覚めたらまず自分がどこにいるのかを確かめることから始まる。今朝は自分のベッドだった。昨日の服を着たままだったけれど、シャワーと着替えができる場所で目覚めただけでもAプラスだ。

グレーのスーツと白いシャツに着替えると、まるで父みたいだった。とはいえ、幼いころの父の記憶はほとんどない。めったに家に帰らなかったようだし、出ていったときは八歳だったので、悲しんだかどうかも覚えていない。母とわたしは事実を受けいれるしかなかった。少なくとも、母は受けいれたものだと信じていた。ある日、わたしを養護施設に棄てるまでは。

そのことを考えると気が滅入るので、やめておいた。窓からは陽射しが差しこんできて、鳥のさえずりも聞こえ、涼しげな心地いい朝だ。今日はいい一日にしたい。だから、いま着ているスーツは処女の学校教師みたいなのでやめることにして、黒のブレザーとジーンズに着替え、何か食べようと冷蔵庫を開けた。なかにはビールとケチャップ一本しかない。ビールを半分ほど飲み、わたしは家を出た。

携帯電話で今日の予定をチェックすると、午前中は裁判所で継続中の審理が一件、午後は申立ての審理が一件あり、夜には依頼人との打合せが二件。そこそこいい一日だ。車に乗りこみ、隣のベスの家に目をやった。いつものように、ベスはポーチに立って手を振ってくれた。わたしも手を振りかえす。するとベスは駆け寄って、開いた窓からグラノーラ

・バーを差しだしてきた。
「このあいだのお皿、洗ったんだけどキッチンにあるの」わたしは言った。

ベスはわたしの顔にまとわりつく髪を耳にかけ、すっきりと見えるようにしてくれた。

「こんなに美人なんだから。もっと世間さまに見せないとね」

わたしはあらためて差しいれの礼を言い、車を出した。ベスが食べ物を持ってきてくれなければ、朝から晩までビールしか口に入れない生活になってしまいそう。

ローリング・ストーンズを聴きながら、ソルトレイク郡でもっとも洗練された街、ドレーパー・シティの裁判所に向かう。

廷吏は顔見知りで、法廷に向かうわたしに声をかけてきた。「ひでえ見てくれだな、ダニ」

「ありがと、ハンク。その歳でママと暮らしてる男に言われるとは思わなかった」

「そのうち出ていくって言ってるだろ」

法廷に入っていくと、検察官はすでに席についていた。クリスティーナ・モントーヤはわたしの顔を見るとにやりとして、椅子の背にもたれかかった。

「このあいだの公判は見ものだったわね。これまででいちばん早い評決だったわよ」

わたしは検察官の近くに着席した。クリスティーナが言う公判は、惨憺たる結果に終わった。罪状は酒酔い運転だったのだが、依頼人はあろうことか陪審の前で、その夜にはビールを十六杯飲み、それでも酔っていなかったと供述したのだ。どうしてあんなことを口走ったのか。被告人質問のリハーサルは十回もやったというのに。クリスティーナの物腰の柔らかさに、つい口を滑らせたのか。気がゆるんでしまったのか。その結果、陪審は一分もかからずに評決に達し、有罪を宣告した。

「ご満悦？」

「そんなことないわ。まあ、少しはね。あなた、勝とうと必死だったものねえ。微笑ましかった」

「あの被告人が戦略どおりにしゃべってくれたら、楽勝だったはずなのに。そうなったとしても、わたしは謙虚だから自慢はしないけどね」

クリスティーナは肩をすくめる。「今度いつ食事行く？」

「今日のお昼とか」

「いいわよ。一時すぎでよければ」そう言ってファイルを開く。「それで、われらがミスター・パシーだけど、有罪答弁をしてくれたら交通法違反扱いにして、罰金を軽くしようと思っているわ」

「いいね」

交通法違反は、ほとんど犯罪にあたらないような犯罪だ。前科はつかないし、収監もされずにすむ。罰金を科されても強制力はなく、裁判所は被告人が支払うものと信頼するしかない。つまり、どこからどう見てもこちらの圧勝というわけだ。わたしは傍聴席のほうを振りかえり、依頼人である白髪頭の老人を奥のほうに見つけた。そして手招きして、廊下に呼びだす。

法廷の入口の脇で話をする。「マーティ、取引してくれるよう交渉したから応じてほしいの。なんたって、向こうはあなたが女性を車ではねた映像を持ってるんだから」

「あの女が生意気な口をきくから悪いんだ。何度も話しただろ。わしはいままで一度も、ひとをはねたことなんかない」

どうして依頼人はそろいもそろって同じことを言うのだろう。これまで一度も捕まっていなければ、自分たちの行ないは帳消しになるとでも思っているのだろうか。〝たしかにあいつを撃ったけど、これまで一度もひとを殺したことはねえ〟とか、〝どうして裁判なんて受けなきゃならないの。いままでひとを轢(ひ)いたことなんて一度もないのよ〟とか、〝女房を殴ったのはたしかだが、これまで一度も殴ったことはないんだ。起訴なんておかしいだろ〟とか、〝あのときは酔って運転していたけど、捕まったのは初めてなのよ。なんで見逃してくれないの〟とか。

「マーティ、検察側は交通法違反でいいって譲歩してくれたの。前科もつかないし、裁判所は罰金を科すことしかできない。その罰金も払わなくたって、向こうは何も手出しができないのよ」

「その代わり罪を認めなきゃいけないんだろ」

「そう」

マーティは首を振った。「それだけはできん。あの女は当然の報いを受けたまでだ」

やれやれ。これがこの仕事の手ごわいところだ。理屈の通じない相手を説得しなければならない。女性がはねられるところを目撃した証人は三人いるし、携帯電話で動画も撮られているし、担当の判事には娘が五人いて、女に暴力をふるう者を目の敵（かたき）にしている。ときどき、なぜ自分は敵陣に丸腰で飛びこむような仕事をしているのかと思ってしまう。

「じゃ、裁判で闘うのね？」

「ああ。やってやる」うなずいて言う。

法廷に戻ると、判事がにやりとして言った。「ミズ・ローリンズ。今日も一張羅（いっちょうら）をお召しですな」

わたしは着ているブレザーとジーンズを見おろし、どこがいけないのだろうと思った。そこで靴に気づいた。白いコンバース。これは弁護士っぽくないかも。

「靴ひもをしっかり結んできました、判事。あなたのために」

「なるほど。感謝します」判事はコンピューターの画面に目をやった。「さて、ミスター・パシーの件はどうしますか」

「公判をお願いします」

「では六十日後になりますが、みなさん問題ないのですね？」

「ありません」

「こちらもありません、判事」クリスティーナが言う。

「判事、法廷で罵詈雑言を聞かないですむのは気分がいいものですね。こんな日はなかなかありません」

傍聴席から息を吞む音が聞こえた。まあ、ちょっといまの発言は大胆だったかもしれないけれど、判事から怒鳴りつけられたり、わたしや依頼人が侮辱されたりせずにすむのは本当にありがたいので、口に出さずにはいられなかった。この判事はいつも冷静沈着だ。わたしの失礼な発言を受けても、こう答えるだけだった。「次回は三十分早く出廷してください。そうすればその日じゅうに、陪審への説示を終わらせられますから」

わたしはクリスティーナに身を寄せて言った。「さっきの取引、保留にしておいて。説得してみるから」

「さあ、どうかしらね」

法廷の外に出てから携帯電話をチェックしたが、ステファンからも息子のジャックからも着信はなかった。世界でいちばん声を聞きたいふたりなのに。

いまはマーティを説得するだけの根気はとてもない。公判が近づいたころに訪ねていけば、そのころにはたいていの依頼人が有罪となることを恐れているから、あらためて取引について打診してみよう。次の審理まで数時間空いていたので、近くの書店に向かった。こうした書店もいずれはドードー鳥みたいに絶滅するだろうし、いまのうちに足を運んでおかないと。

店のなかはコーヒーと埃(ほこり)と本のにおいがした。わたしもコーヒーを片手に、しばらく店内を見てまわった。

そのあとクリスティーナと軽くランチをともにする予定だったので、ふたりでスシ・レストランに行って、そこでもっぱら仕事の話をした。わたしたちの出会いは裁判所の廊下で、クリスティーナが被告人に乳房をわしづかみにされ、腹をパンチして反撃したところにわたしが通りかかったのだ。それからすぐに意気投合して友人になった。

「なんだか浮かない顔ね」クリスティーナが言う。

かえす言葉に困ったので、ビールを二杯注文した。クリスティーナは手をつけなかったから、わたしが二杯とも飲んだ。

店を出てソルトレイク・シティ治安判事裁判所に向かい、車を縦列駐車しようとしたところで、ファーリーという顔見知りの弁護士が車を割りこませてきた。

「ちょっと、何すんの」わたしは窓をおろして叫んだ。「ほかんとこに入れなさいよ、ファーリー」

「おれが先に見つけたんだ」

「嘘ばっかり。もう半分とめてるんだからどいて」

「おれも半分とめてる。頭から入れたほうが優先だぜ」

「はあ？　そんなの聞いたことない」

「そうなんだって。早くそのケツをどかせ」

わたしは数インチほどバックし、車を軽くぶつけてやった。

「おい、何しやがる！　ぶつかったぞ、ダニエル」

さらにアクセルを踏みこみ、リア・バンパーでファーリーの車を押しだそうとする。そのあいだ、ファーリーの口からはポン引きも真っ青の罵り(ののし)が次々に飛びだしてきた。最後にひと押しすると、とうとうファーリーはあきらめて車を出し、わたしに中指を突きたててから、べつの駐車スペースを探しにいった。

金属探知機のところにいる職員がわたしを通すと、長蛇(ちょうだ)の列に並ぶ人々から恨(うら)みがましい視線が送られてきた。思わず振りかえって言う。「ねえ、わたしはロースクールで三年間も座学に耐えて、とうとう痔(じ)になったの。これくらいの恩恵は受けてもいいでしょ」

「いや、不公平だ。ちゃんと並べ」声が飛んできたが、わたしはそれを無視して法廷に向かった。

事件はシンプルな暴走行為だった。依頼人が友人とともに改造車で競走し、ベーグル・ショップの前にいた警官に捕まったというわけだ。依頼人は後方の列に、恋人と一緒にすわっていた。黒髪を突きたて、大きなシルバーのチェーンを首にかけ、腕には裸のストリッパーのタトゥーが彫られている。判事や検察官にまで見せるということは、よほど誇りに思っているのだろう。

法廷に入ってから出ていくまで十分もかからなかった。有罪答弁を行ない、六百ドルの罰金を言い渡され、依頼人の幸運を願って別れる。

4

わたしの事務所は午後になると薄暗くて陰気になるので、なるべく出かけるように心がけている。午後二時以降に事務所にいるのは、依頼人との打合せがあるときだけだ。秘書のケリーが受付を兼ねたデスクにつき、タイピングしている。大学を出たばかりのケリーと出会ったのは、わたしが大手の事務所に証言録取を取りに行ったときだった。そこでは事務員の扱いがひどく、特に女性に対しては目もあてられないほどだった。証言録取のあいだ、パートナー弁護士たちはケリーに部屋の隅で静かにすわっているよう指示した。そのなかのひとりが、高級なグレーのスーツを着た太っちょのおっぱいがある男で、その態度が頭に来たのでつい〝アドルフ・おっぱいマン〟と呼んだところ、ケリーが笑いだしてとまらなくなってしまった。そしてその場でケリーがクビになったので、わたしがすぐに雇ったというわけ。

「打合せが一件キャンセルになったわ。もう一件は、依頼人が間もなく来るはず」ケリーが言う。

自分のデスクについた。壁にはロースクールの卒業証書があり、それ以外にも賞状があるが、依頼人にこちらを信頼させるためだけのものにすぎない。椅子の背に頭をつけ、昨日のミシェルとの会話を思いかえした。元夫のステファンは、なぜカモの大量殺戮をするようなペイトンと付きあっているのだろう。穏やかで優しいステファンが選んだのは派手で狩猟好きな女であり、美しい動物を殺したあと死体の横でポーズを取り、不気味な笑みを浮かべて写真を撮るような人間なのだ。でも、わたしにはどうすることもできない。人生とは混沌の支配する世界をさらに混沌が支配しているようなもので、予想外の方向に人間を引きずりまわす。もしかしたら、人間の無力さを証明するのが人生なのかも。それに、わたしはステファンを裏切って浮気した。彼には別れるだけの充分な理由があったわけだし、好きな相手と再婚する自由もあり、わたしに不満を言う権利はない。

ドアベルが鳴り、ケリーが言った。「いらしたみたいね」

「お通しして」

しばらくすると、中年の夫婦と男の子が入ってきた。夫のほうは赤いジャケットを着ていて、胸のところに〈FHY〉と社名らしきロゴが入っており、グレーのスウェットパンツを穿いていた。妻のほうは品のいいセーターを着ている。男の子は十六歳か十七歳といったところだ。息子は黒人で、両親は白人だった。

両手を組みあわせたり離したりしながら、男の子は事務所をきょろきょろと見まわし、大きな笑みを浮かべた。顎と唇に食べかすがついている。

妻のほうが手を差しだしてきたので、わたしは握手した。

「初めまして、ライリー・ソーンといいます。夫のロバートと、息子のテディです」穏やかな声だった。

「お会いできて光栄です」

テディが言った。「エレベーターにのったよ」

その声は低かったのが高くなり、あいかわらず大きな笑みが顔に浮かんでいる。どういった種類なのかはわからないが、この子にはなんらかの障害があるのだろう。テディは視線をどこかに定めることができず、わたしを見てから壁の賞状を見て、窓を見て、デスク、床、それからまたわたしを見る。

ライリーはiPadを取りだし、大きなヘッドフォンをテディにかぶせた。テディは笑いだし、すぐにゲームを始めたので、ほかの三人は腰をおろした。

「この子は重度の知的障害があると診断されていますが、本人にはそうした言葉を聞かせないようにしているんです」ライリーは興味深げなわたしの顔を見て、そう話した。「生後三カ月で養子に迎えたんですが、障害のことがわかったのは……一年後だったかしら。養護施設に戻すのはあまりに不憫（ふびん）だったので、息子として十七年間育ててきました」

　わたしは同情するようなあいまいな笑みを浮かべることしかできなかった。養護施設のことはよく知っているけれど、わたしに養子の話が来たことは一度もなく、里親の家庭を転々とする日々だった。施設ではどんな子どもだって、温かい家庭に養子として迎えいれられることを夢見ているものだ。このふたりみたいな温厚な夫婦に引きとってもらえたら、どれだけちがう人生を送れただろう。

「秘書から聞いたのですが、ご家族に麻薬の取引で逮捕されたかたがいるとか」

　ライリーがうなずく。「テディです」

　わたしは思わずテディを見る。笑いともしゃっくりともつかないような声をあげながら、iPadの画面をひたすら叩いている。

「テディですか？」

「ええ。冗談としか思えないでしょう、ミズ・ローリンズ」

「ダニと呼んでください。なぜ冗談だとおっしゃるんです」

「テディは出かけることがありません。友達もいるとは言えません。週に四回受けている授業に知りあいの子がいるくらいです。近所にテディが憧れている男の子がいるんですけど、ケヴィンといって、幼なじみです」そこで言葉を切る。「ケヴィンは、テディにないものをすべて持っているんでしょうね。スポーツ万能で、高校では野球チームに所属していて、女の子たちとデートして……」

そこでロバートが割って入った。「あの子はアリゾナ大学の奨学金を受けるんですよ」その声は誇らしげで、まるで自分の息子を自慢しているみたいだった。「本当にいい子だ。もちろんテディもです。ふたりともいい子だ」

「そうなんです」ライリーは悲しげに言う。「テディがケヴィンのことを大好きなのはわかってもらえるでしょう。それで、どういうわけかケヴィンは、友達の家でゲームを一緒にやろうとテディを誘ってきたようなんです。付き添いなしで行かせるわけにはいかないので、わたしたちは断りました。でも、テディはどうしても行きたかったみたいで、家をこっそり抜けだしてケヴィンと出かけてしまったんです。そのあとのことはわかりませんが、気づいたら家に警察が来ていて、テディがコカインを売ろうとして逮捕されたと言われました。あの子はコカインが何かも知らないのに。お金や富がなんなのかも知らないのに。何かを売りたいと思っても、あの子にできるはずがないんです」

またテディに目をやると、iPadに夢中で口が開いていた。端整な顔立ちをしているが、シャツには数えきれないほどの染みがついている。優しげな茶色い瞳は大きく、小鹿のように無垢に見えた。

「テディが刑事事件を起こしたのは初めてですか」

「もちろんです。家を出るのは庭で遊ぶときか、ケヴィンや友達が遊ぶのを眺めるときだけです」

「十七歳なんですね？」

「ええ。もうすぐ十八歳の誕生日です」

「話をさせてもらってもいいですか？」

ライリーはそっとヘッドフォンを外し、息子に向かって言った。「テディ、こちらはダニエルよ。あなたに訊きたいことがあるんですって」

テディはわたしに目を向け、鼻から息を吐きだして言った。「エレベーターにのったよ」

「そうなの。楽しかった？」

「うん。すっごくはやかった」

「わたしにはちょっと速すぎるけどね。どんなゲームをやってるの？」

「えっと……鳥がいて、空をとんで、ブタにぶつかるんだ」

「わたしもやったことある」そう言って身を乗りだす。「テディ、ケヴィンと出かけた夜のことを覚えている？」

「ケヴィン……ケヴィンは友だちだよ」

「そうなの？」

「ケヴィンは友だちだよ。だって、ぼくたちは〝ダチ〟だって言ってくれた」視線をテーブルに落とす。「〝ダチ〟だって言ってくれた」

「夜にケヴィンと出かけた日があったでしょう。何があったか覚えている？」

「ううん。ケヴィンが〝ダチ〟だって言ってくれた。おぼえてないよ」

「もちろんケヴィンはダチだよね。そのケヴィンも、あなたにきちんと話をしてほしいと思ってる。だからわたしと話しているの」

眉がひそめられる。「ケヴィンはダチだよ。ゲームをやりに、つれていってくれると言われた。ボールがあるから、バスケもやれるって。でも、ぼくはバスケはできない。ママが、けがするからだめだって。けがするから。ケヴィンがやるのを見るんだ」

「ケヴィンと出かけた夜は、どこにいたの？」

「家だよ。フルーツパンチがあったんだ」テディは笑う。「フルーツパンチがあって、ケヴィンがすきなだけ食べていいって。それでゲームをやってた」

「フルーツパンチを食べたあと、何があったか覚えている？」

「うん。車にのって、車にのって、それからおまわりさんが来て、うちに帰ったんだ。うちに帰ったんだ。ケヴィンは、だいじょうぶだ、まもってやるって言ってくれた。うちに帰ったんだ」

ライリーが口を開く。「警察の方によれば、こういう子だから実刑は免(まぬが)れるだろうってことでした。親切にしてくれたんですよ。テディを家まで送ってくれて」

「うん、ケイサツの車にのったよ。でもサイレンはならさないって。サイレンは、キンキュウのときしかならさないんだって」

「そうね、そのとおり」わたしは思案をめぐらせる。「その夜、ケヴィンに何かをしろと言われたりしなかった？」

「うん、ゲームをやっていた。それからバスケットボールをやろうって言われて、フットボールはやらないって。ケヴィンは、フットボールなんてクソだって」

「テディ、何を言うの！」ライリーが慌(あわ)てて言う。

思わず噴きだしてしまったが、夫妻が鋭い視線を向けてきたので、わたしは咳払いして取りつくろった。

「警察のことを聞かせてちょうだい。警察が来たのはいつごろ？」

「そう、ケイサツは車にのっていいと言ったけど、サイレンはならさないって。ならすのは、キンキュウのときだけだって」

わたしはうなずいた。背もたれに寄りかかり、ライリーが息子にヘッドフォンをかぶせるのを見ていた。

「教会で知りあった方に、あなたを紹介されました。ビリー・ニールセンです。お世話になったことがあるとかで」

ビリーの件を思いだした。マッチングアプリで知りあった女性に会い、相手の仕草を見て早とちりして身体をまさぐり、性的接触で通報されたのだ。女性が総合格闘技の選手だったので強烈な蹴りを尻にくらったうえに、逮捕された。わたしが弁護を引きうけ、罰金と数回のセラピーですませられたのを覚えている。

テディを見ていると、胃が締めつけられる。はっきりとした理由はわからないが、この件にはかかわらないほうがいいと頭のなかで警報が鳴っている。「事件はどこの郡で起きたんでしょうか」

「フーヴァー郡です」

「ちょっとお待ちください」

フーヴァー郡検察局の事件選別担当検察官のなかでは、ローレン・ヘイリーが知りあいだ。もう何カ月も話していないが、なぜだろうか。携帯電話にかけてみると、二回もコールしないうちに応答があった。

「ダニエル・ローリンズ。驚天動地とはまさにこのことね」

「何を言ってるのかよくわからないけど、声が聞けて嬉しいってことよね」

「わたしの彼とのことを謝るために、また電話してきたんでしょ」

そうだった。だから疎遠になっていたのだ。

「あのねえ」ソーン夫妻に聞こえないよう、声をひそめる。「あっちが勝手にキスしてきたから、突きとばしたんだってば」そう言っても何も返事がなく、気まずい沈黙が流れる。

「そんなに根に持つタイプだなんて思わなかったけど」

「まさか。あなたごときのことで。それに、あんな奴、棄ててやったから」

「正解ね。あいつはろくでもなかったし。それはさておき、ちょっとお願いがあるから切らないで。いま、事務所に若い男の子が来ているの。名前はテディ――」

「セオドアです」ライリーが小声で言う。

「セオドア・ソーン。麻薬取引で二日前に捕まった子。そっちにもう情報がいっているかどうか知りたいの」

「わかった。待ってて」ため息と、キーボードを叩く音が聞こえる。「あったわ。今日警察から報告書が届いてる」

「それで？」

「それで、今週訴追請求状を裁判所に出す予定よ」

「本当に？　警察はテディの……この子の状態については、報告書に書いてないの？」

「そうね、精神状態について考慮の余地ありってことだけど。それがどうかしたの」

「いまその子と話をしたんだけど、かなりの考慮が必要そうなの。自分のしたことも理解していないと思う」

「なんとも言えないわね。精神疾患を装って刑事罰を逃れようとする輩は多いから。そのあたりは、請求状が出されたら判事にかけあってみて」

「できれば、しばらく手続きを保留にしてもらえないかな。もう少し検討したくて」

「コカインの量が多いし、セオドアって子が取引したと言ってる証人が三人もいるのよ」

わたしは椅子の背もたれに頭をあずけた。なるほど、そういうことか。「三人ともテディを指さしてるんだね？」

「逮捕されたのは四人全員だけど、そうね。コカインはセオドアのもので、取引を決めたのも彼だということよ」

それがユタ州法なのだ。〝推定所持法〟によれば、身のまわりに麻薬があることを知っていると、それを所持していることになってしまう。たとえば車に四人が乗っていて、コンソールボックスに大麻がある場合。全員がそこにあることを知っていれば、誰のものであろうと、誰も喫うつもりがなかろうと、四人とも逮捕される。テディはたまたま居合わせた場所とタイミングが悪かったのだろう。

「何日か時間をくれれば、訴追の必要がないことを証明できるんだけど」

「無理よ、ダニエル。もうサンディの承認がおりているの」

「早すぎない？」

「だから、量が多いからよ」

「どれくらいなの」

「八よ」

「八キロ？　たしかなの？」

「もちろん」

テディに目をやると、またｉＰａｄに夢中になっている。「わかった、教えてくれてありがとう。依頼人に伝えておく」

電話を切り、ソーン夫妻に向きなおった。夫のロバートは窓の外を見ていて、いかにもこんな場所にはいたくないという態度だった。妻のライリーだけが心配そうな表情で待っている。

「コカインを八キロ持っていたそうです。末端価格で二十万ドルはするでしょう。ほかの少年たちが罪を逃れるために、テディを名指ししているように思えます。それでも、普通の十代の子が入手できるような量ではありません」

「そう、当然うちの子のせいにするでしょうね。だからお力を借りたいんです」

わたしはライリーを見据えた。テディの件は少年裁判所で裁かれるだろう。多くの判事はやむを得ない場合を除き、少年を拘置することを好まないし、薬物事件であればなおさらだ。テディが有罪答弁をしたとしても、せいぜい社会奉仕服務命令が出る程度だろう。十八歳になれば記録はすべて抹消（まっしょう）できるので、犯罪歴も残らない。

それなのに、なぜか引きうける気が起きない。

「ライリー、正直に言いますと、わたしが代理するまでもないかと。少年だから刑務所に入ることはないですし、弁護士が必要なら、公選弁護人をつけられますよ」

「でも、あなたにお願いしたいんです」

「わたしの出る幕はなさそうですけどね」

少しためらってから、ライリーは言った。「どうして気が進まないんですか」

その問いに正直に答えることはできなかった。わが子を無実だと信じている母親の前で、プレッシャーのかかる案件は受けたくないなどと言えるだろうか。テディは軽い罰を受けるかもしれないし、受けないかもしれない。ただ、フーヴァー郡は州内でもっとも検察、警察、判事が厳しいことで知られている。正しい信念を貫くためなら、法を枉げることさえ厭わないような。だからテディを拘置しようとする可能性も排除はできないし、そうなったらテディのような子は短期間でも耐えられないだろう。

「できれば一晩考えさせてください」

「費用のことでしたら、少しは貯えがありますので。テディにしてやれることといえば、それくらいですから……十八歳になるまでに」

「お金の問題じゃないんです。とにかく一日考える時間をいただければ、明日にはお返事できますから」

夫妻と握手を交わす。テディはｉＰａｄに没頭していたが、母親にヘッドフォンを外されると言った。「エレベーターにのれる？」

「ええ、乗れるわよ」

まるで宝くじに当たったみたいに歓声をあげ、テディは事務所を飛びだしていった。

5

その夜は自宅で〈アルフ〉の再放送を観た。子ども時代の無邪気な気持ちを取りもどしたくなったのだ。でも結局、エピソードをふたつ観たところでテレビを消した。テディのことが頭から離れない。この件は引きうけるべきじゃないと自分に言い聞かせているけれど、興味を惹かれてしまうのは事実だ。警察から検察への流れが速すぎる。刑事が報告書を二日で書きあげて提出したことも驚きだし、この件が検察の事件選別をたった一日で通過したことも信じがたい。さらに少年事件であることを考えると……どうも引っかかることが多すぎる。こんなにあれこれと手をかけた事件が、社会奉仕服務命令が出るだけで終わるとは考えにくい。

知的障害者であっても、刑事司法制度のなかで有利とは言えない。例外扱いはされないのだ。犯罪行為の原因が障害にあろうとなかろうと（しかも、そこを証明するのは至難の業だ）、健常者と同じように裁かれるのが普通だ。テディの障害は多少の同情やわずかな情状酌量の対象になるとしても、犯罪行為の動機を取り消すことにはならない。同年代のほかの少年たちと同じように裁かれることになるはずだ。

ひとりでいるのはなんだかつらかったので、車に乗りこみ、高級住宅街のフェデラル・ハイツへと向かった。目的地に近づくとヘッドライトを消し、野鳥スナイパー・ペイトンの自宅の前に車をとめる。ステファンがあの女とここで暮らしはじめたのは半年前のことで、離婚からおよそ一年が経っていた。離婚が成立するころにはわたしの生活が荒みきっていたので、ジャックは父親と暮らしたほうがいいだろうとふたりで合意したのだった。けれどもまさか、ふたりがわたしの毛嫌いする女と暮らすことになろうとは。

通りの向かいの縁石ぞいから見ていると、室内の数カ所に明かりがついていたが、窓から人影は見えない。元夫の新しい住まいをこうやって眺めているのは気味が悪いと二十通りの理由をつけて説教されたとしても、ここにいるとほかのどんな場所よりも心が安らぐのだから仕方がない。

とつぜん窓がノックされ、わたしは飛びあがった。

「まったくもう」窓越しに愛しい息子の顔がのぞいた。わたしは窓をおろす。「びっくりして漏らしちゃったじゃないの」

「やめてよ、母さん」

「だって事実だし」

「ここで何してるの？」

わたしは煙草を口にくわえたが、やはり抜きとってからガムを放りこんだ。「べつに。ストーカーしてるだけ。あんたこそ、外で何してるの」

「友達の家に行った帰りなんだ」

「友達ってどの子？」

「どの子でもいいだろ。母さんは知らないよ」

「女の子？」

「そういうのやめてって」ジャックはドアに腕をかけ、そこに顎（あご）をのせた。「仕事はどう？」

「いろいろ大変」

「何が？」

「弁護してほしいって依頼人が来たんだけど、正直したくなくって」

「母さんが弁護したくないなんて、またどうして？」

「あんたはほんと、詮索好きな子ね」

ジャックがにやりとする。「そりゃ知りたいよ。だって母さんは、刑事弁護士ならどんな依頼人でも弁護するべきだ、そうでなければ誰も弁護するなって言ってたから。本当に闘うべき相手は憲法であって、人間じゃないって」

「そんなこと言ったっけ」

ジャックはうなずく。

やれやれ。

「ええとね……よくわからないのよ。この件はどうするべきなのか。その男の子には障害があって、無実だと思うんだけど」

「そう。じゃあ簡単な仕事じゃないの？」

ペイトンとステファンに何を言われるかわからなかったが、好奇心には勝てなかった。わたしは息子のあとについてペイトンの自宅に入っていった。何度か入ったことはあるが、常にステファンかペイトンが近くで目を光らせていた。いまならじっくりと探索できる。ライバルの品定めをしてやろう。

「だといいんだけど」わたしは家に目をやった。「父さんはいる？」

「いないよ。寄っていけば」

暖炉の上の写真は想像以上にひどかった。二十枚以上はある。どの写真でも、ステファンは満面の笑みや微笑みをたたえている。一枚の写真を見て、背筋が凍りついた。どこかのリゾートのビーチで夕陽を背景に、ペイトンがステファンにキスしている。わたしは彼をあんな場所に連れていく経済力はなかった。あの女はカネを湯水のように使っている。詳しいことは知らないけれど、ジャックによれば、あのふたりは某イベントでステファンが〝現代社会における歴史の重要性〟というスピーチを行なった際に知りあったのだとか。ペイトンはどこからどう見ても歴史に興味などなさそうなので、きっとステファンをトロフィー扱いしているのだとわたしは踏んでいる。ハンサムな学者なら、公演やチャリティ舞踏会でアクセサリーのように連れ歩くのにぴったりというわけだ。

「父さんはどう？」

「どうって、幸せかってこと？」

まったく、鋭い子だ。それともわたしの未練が見え見えなのだろうか。どうやら歳を取ると、感情を隠すのはむずかしくなるようだ。「どうなの？」

「わかんない。たぶん幸せかな」

「わたしのことを訊いてきたりしない？」

「べつに。ねえ、何か食べる？」

「ううん。でも、ジュースがあればいただこうかな」

「オレンジでいい？」

「いいよ」

暖炉から離れ、地下室に続く階段のほうへ行ってみる。あそこに入ったことは一度もない。

「ペイトンの私物はぜんぶ地下室にあるんだって。お客さんは入れちゃだめなんだ」

なんと。これは絶対に入らないと。

階段を駆けおり、地下室の明かりをつける。そこはまるでやたらと広い隠れ家のようで、バーカウンター、壁掛けの薄型テレビ、ビリヤード台、テレビゲームなどがあり、壁には二十以上もの動物の頭が飾られている。鹿、レイヨウ、熊、ピューマ、ヘラジカ、そして虎。信じられない、虎？　虎の頭を壁に飾るなんて、どういう神経をしているのか。

バーカウンターを見まわし、瓶ビールを手に取る。それを飲んでいると、ここにも写真が飾られているのに気づいた。それはペイトンのうわべだけの勇ましさを誇示するものばかりだ。雄鹿の頭を掲げるペイトン、死んだ魚を掲げるペイトン、鮫の死骸のかたわらにいるペイトン、象の死骸の巨大な頭に片足をのせるペイトン……。まるで連続殺人鬼の頭のなかをのぞいているような気分だ。きっといつか、ご近所さんがこう言うだろう。〝ええ、動物を殺すのが大好きなひとでした。でもまさか、人間の骨で家具を作っていたなんてねえ。なんて恐ろしいんでしょう〟

「母さん？」

「地下室よ」

ジャックが階段をおりてきて、オレンジジュースのグラスをわたしの空いている手に渡してきた。テレビの前のソファに腰をおろし、高価そうな木材でできたコーヒーテーブルに両足をのせる。きっとどこかの若木を、その親の目の前で切り刻んだのだろう。

「母さん、ちょっと訊いてもいいかな」

「いいわよ、かわいい坊や」

「どうして彼氏を作らないの？　母さんはモテるし、たまに男の人と出かけたりするけど、ちゃんとした彼氏を作らないのはどうして？」

「モテる？　なんでそう思うわけ」

「とぼけないで。ぼくの友達のお父さんはみんな母さんに恋してるよ。メールとかも来てるでしょ。それなのに、決まった相手を作らないなんて」

鼻から息を吐きだし、わたしはビールを一口飲んだ。「あのね、誰かを好きになりすぎて、その恋が終わっても想いを断ちきれないってこともあるのよ。望みが完全に消えさる最後の瞬間まで、あきらめきれないの。それか、もっと好きになれるひとを見つけるまではね。そうならない限りは、ずっといまのまま」

ステファンとの出会いを思いだす。鈍くさい男で、バイクの後ろに乗っていたら転げおちて腕を折ってしまったのだ。運転していた当時の彼女は、そういえばペイトンに似ていた気がするけど、かんかんに怒って病院に連れていくのを拒み、自分で車を運転して行けと言い放った。大学の中庭でたまたまその場面を目にしたわたしは、彼女の言葉を耳にして憤慨し、ステファンを病院に連れていったのだ。その彼女とは次の日に別れ、ステファンはわたしと一週間後に付きあいはじめて、二年後に結婚した。

「母さん……父さんは戻ってこないよ。またあんな目に遭うのはこりごりだって」

「父さんとわたしは苦楽をともにしてきたのに、どうしてなのかな。わたしにだって……いや、やめとく。どんなことも言い訳にはならないよね。浮気をしたのはわたしだし、父さんは一度もそんなことしなかった。だからこうなったのは当然ね。でも、わかっていてもつらいの」

ドアの開く音がして、地響き並みに低い笑い声が聞こえてきた。タイガーキラー・ペイトンのご帰還だ。

「ジャック？」ステファンが呼ぶ。

「下にいるよ、父さん。母さんが来てる」

笑い声がとまった。少し間を置いてから、二組の足音が階段を駆けおりてくる。ペイトンは真っ黒なロングドレスにきらびやかな腕時計をつけていて、ステファンはスーツにネクタイを締めていた。ブロンドの髪は短く切りそろえられ、眼鏡は洒落たデザインの新しいものに変わっている。

「ごきげんよう、ダニエル」ペイトンは歯ぎしりの隙間から声を絞りだした。

「ペイトンちゃん、元気？」

「ええ」わたしの足をテーブルから払いのけて言う。「どうぞゆっくりしていってちょうだい」

「何しに来たんだい」ステファンが言う。

「ジャックに会いたかったの。もう帰るところ」

「あら、そんな。ゆっくり飲んでいってよ」ペイトンが言った。

ステファンはペイトンに向かって言った。「ぼくはもう寝室に行くよ。ジャック、おまえももう寝ないと」

ジャックはわたしの首に抱きつき、頬にキスして言った。「愛してるよ、母さん」

「わたしも愛してる、パンプキンパイ」

ばつの悪そうな笑みを浮かべ、ジャックは去っていった。階段をのぼる姿を見ていると、あの子が十代になったとはとても思えない。いまでも六歳のままで、毎朝駆け寄ってきてわたしに抱きついてきたころのままのような気がした。その日に知ったことを得意げにわたしに語って聞かせてくれて、だいぶ話を盛っていると知っていても、耳を傾けてあげたものだ。そして夜寝るときになると、いつも首に抱きついてきて愛してると言ってきた。いつまでもこの生活が続くものだと思っていたし、ずっと大きくならないでほしかったけれど、振りかえってみるとほんの一瞬だった。焚き火のなかではじけた熾のように、気づいたら消えてしまっていた。

ステファンとジャックが行ってしまうと、わたしは銃と殺戮を愛する女と地下室でふたりきりになった。ペイトンは不気味な笑みをこちらに向け、カウンターに行って酒を注ぎはじめた。

「まだ彼のことが好きなのね」

「彼って誰？」

「とぼけても無駄よ」

隣に腰をおろし、ペイトンは足を組んだ。「ダニエル、彼とよりを戻すのは絶対に無理よ。わたしのほうがずっといい女だし、彼も常々そう思っているわ」

「富があれば人間の格が上がるわけじゃないよ、成金さん。そもそもの人間性が増幅されるだけ。金持ちになる前にろくでなしだったら、ろくでなし度が十倍になるってこと。あそこの鏡を見れば、いかにもろくでなしって姿が映ってるでしょ」

含み笑いを漏らし、ペイトンが言う。「ほんと、口だけは達者なのね。じゃあわたしも面白い話をしてあげましょうか。これから寝室へ行って、ベッドでステファンを待つの。そして彼の上にまたがって――」

「いますぐその口を閉じて」

高笑いが響く。「どうしちゃったの。想像力が豊かになりすぎた？」酒を一気に飲みほし、ペイトンはカウンターに行ってグラスを置いた。「おやすみなさい、ダニエル。玄関への案内はいらないわね」

わたしはひとりで取り残された。立ちあがり、胃に差しこみを覚えながら、地下室を見まわす。そして虎の頭に駆け寄って壁からもぎ取り、それを抱えて家から飛びだしていった。巨体のラインバッカーから逃げるNFLのスター選手のように。

車に近づいたところで声が聞こえた。「母さん？」

振りかえり、大きな虎の頭を背後に隠して見てみると、二階の寝室の窓からジャックがこちらを見おろしていた。「どうしたの、ハニー？」

「あの件、引きうけてほしいな」

「どの件？」

「無実だと思うって言ってた男の子の件」

「ああ。まだ決めてないんだけど」

「引きうけるべきだよ。母さんのためにも」そこで間を置く。「その頭、どうするつもり？」

「えっ？　これ？」わたしは虎の頭を持ちあげた。「自然に帰してあげようと思って」

「おやすみ、母さん」

「おやすみ、ハニー」

「母さん？」

「なあに」

「寂しい暮らしをしないで」

「寂しいなんて誰が言った?」

車に歩み寄り、トランクに虎の頭を放りこむ。運転席に乗りこみながら家に目をやると、ステファンが二階の窓からこちらを見ている。手を振ってみたが、背を向けられてしまった。

そのまま車のなかでしばらくすわっていた。また家に目をやり、ジャックの部屋の窓を見つめ、それから携帯電話を取りだして、スケジュールに通知を設定した。〝ライリー・ソーンに電話をかけ、受任すると伝えること〟

6

新しい案件を受任するときは、まず依頼人をじっくりと評価することにしている。依頼人の視点から事件について二、三回は語ってもらい、嘘をついているようならさらに回数を増やす。目的はいくつかあるのだが、もっとも重要なのはふたつ。まずは陪審の目にどう映るかを考えること。依頼人と過ごす時間が増えると客観的に見ることができなくなるので、受任してすぐに陪審の視点で見なければいけない。そして次に、依頼人が話をでっちあげているようなら、穴を見つけること。話を繰りかえすうちに、たいていは内容がだんだん変わってくる。

テディの場合、この手順は踏まなくていいだろう。もう必要な情報は充分に得たと思っている。だからわたしは母親のライリーに電話して、弁護を引きうけると伝えた。

「費用はおいくらでしょう、ミズ・ローリンズ」

「通常ですと、一律で一万ドルいただいています」

「そこまでの額は手持ちがありません。でも、貯蓄が六千二百ドルあります。それで受けてもらえるなら、全額お支払いします」

ため息が漏れる。依頼人に弁護士報酬の額を決めさせるのは、はっきり言って好ましくない。それをやらせると、発言力が強くなった気分になる者が多く、そのうち弁護士が判断すべきことにまで口を出しかねないのだ。主導権はこちらにあることを示さねばならず、そのためには値引きには一切応じないほうがいい。それでも、先月はあまり新しい案件が入ってこなかったし、少年事件ならさほど手間はかからない。だいたい二十時間程度で収められれば、六千ドルでも問題なさそうだ。

「わかりました、六千ドルで。今日から作業を始めます。秘書が委任状をメールでお送りしますね。あなたとご主人のおふたりとも、サインをお願いします」

「ええ。本当にありがとうございます」

「こちらこそ」

電話を切り、コンピューターを立ちあげる。進行中の案件を一覧にしたスプレッドシートを開く。いま抱えているのは七十一件で、うち六十五件は解決の見通しが立っている。残りのうち五件はまだ捜査が続いているが、示談に向けて動きつつある。あと一件は受任したばかりで、まだ出廷の期日も決まっていない。ということは、これから二日間ほどテディの件に時間を割ける。

ケリーに委任状を作成してもらっていて、それを出せばわたしがテディの代理人であることを裁判所に通知できるし、検察にも同じものを送付することになる。訴追がまだだとしても、開示資料、つまり証拠は準備ができ次第送ってもらえるだろう。わたしはいつも頼んでいる調査員に電話をかけ、新しい依頼がある旨を伝えた。忙しそうだったけれど、それでも時間を作って事務所に来てくれるという。

二十分もしないうちに、ウィル・ディランが戸口に姿を見せた。引き締まった身体に黒髪を撫(な)でつけたウィルは、ウォール街の銀行家にユーモアのセンスを足し、薬物依存を引いたようだと見るたびに思ってしまう。

「どんな案件なんだい、真っ白な肌の友よ」

「それってちょっと差別的な言いかたじゃない、ウィル」

「ぼくにはアイルランド人の血が四分の一入ってる。抑圧される側の気持ちがわかるから、言っても許されるはずさ」

「あなたが抑圧されたのって、お母さんがビュッフェでパイをぜんぶ食べちゃって追いだされたときぐらいでしょ」

「あれはほんとにひどかったな。〝食べ放題〟って書いてあったんだぜ。しかもきみは訴えてもくれなかっただろ」ウィルは向かいに腰をおろした。「で、どんな案件？」

「少年による麻薬取引。ただ、ちょっと事情があってね。依頼人には知的障害があるの。たぶん、近所に住む子が取引に依頼人を利用しようとして、捕まったんだと思う」

「おつむが弱い子なのに起訴されそうなのかい」

「そうみたい。ちなみに〝おつむが弱い〟って言いかたは政治的に正しくないから」

肩をすくめ、ウィルは案件のファイルを手に取ったが、中身が空っぽなのを見て放りだした。「共同被告人に話を聞こう。まずはそこから手をつけるのがいいだろ。警察の報告書を入手したら、すぐに見せてほしい」

「そうする。あと、共同被告人全員の前歴も調べておいてね」

「おいおい、素人（しろうと）じゃないんだから。そのへんは抜かりないって」

「だよね。ごめん。できるだけ早くこの件を終わらせたくて」

「どうしてだい。依頼人が嫌な奴なのか？」

「ううん、全然。ただ、あまり時間をかけたくないってこと」

ウィルは息をついて言った。「じゃ、こっちも手早くやる。フィジーへの移住が待ってるから」

「それ、本気で実現するのね」

「本気さ。あくせく働く日々にさよならして、父がアイオワに持っているような小さなバーを開店する。そして白い砂浜の上で暮らすんだ」ウィルは立ちあがった。「さて、早速仕事に着手しよう。で、きみはやっぱりフィジーについてくる気はないのかい」

「残念ながら。いまはまだね」

「ま、いつでも待ってるから。親友のための席は空けておく。さて、急がないと。また連絡する」

ウィルは警備会社の経営もしていて、三十人ほど従業員を抱えており、資産はかなりあるみたいだ。そんなウィルが、なぜ犯罪者の前歴を調べたり麻薬の売人と話したりする仕事を手がけているのかは謎だ。フィジーへ移住するほうがずっと彼に合っている。

わたしは椅子の背にもたれた。仕事はすべてメールですませることもできるのだが、ウィルは昔気質の人間だ。新しい案件が入ると、かならず事務所に顔を見せて打合せをしていってくれる。そのやりかたはわたしも嫌いではない。それに、時期によっては犯罪者でない人間と会話できる唯一の機会がウィルだったりする。まともな社会とつながれる貴重な相手なのだ。売人や強姦魔とばかり接していると、こちらもおかしくなってしまう。

その日に起案すべき申立書を放置して、昼寝することにした。ソファに横になったとき頭をよぎったのは、イケアよりも高価なものの上に寝てみたいという思いだった。

目覚めると二時間ほど経っていた。伸びをして窓から大通りを見わたす。新しいサンドイッチ店が銀行の近くにオープンしたので、行ってみることにした。交差点のところで煙草に火をつけ、歩きながら喫った。空はどんよりとした灰色で、この時期にしては寒い。ふたりの若い男が笑顔を向けてきて、ひとりが何かを言うと、もうひとりが笑いだした。わたしは振りかえり、後ろ向きに歩きながらウィンクする。いつものことだが、相手は戸惑っている。男は気の強い女をものにしたいと妄想していても、実際にそういった女に出会うと、子どもみたいにまごつくだけだ。

サンドイッチ店は混んでいて、注文するまでに二十分近くも並ばなければならなかったが、頼んだらすぐに出てきた。サンドイッチを受けとり、店内の隅のテーブルについた。そこからは通りを見わたせて、歩いている人々もよく見える。スーツ姿の人々はジーンズ姿の人々に関心を向けず、ジーンズ姿の人々は破れた服を着て物乞いする人々に関心を向けない。

サンドイッチを一口かじると、ひどい味だった。ごみ箱に捨てて、隣のピザ屋に行ってピザを二切れ買う。それを持って外へ出て、木の根元にすわっているホームレスの男のほうへ向かった。男の背後には縁石ぞいにマセラティがとめられていて、あまりにも対照的な光景に、落ちつかない気分になる。

「一緒にすわってもいい？」わたしは訊いた。

「自由の国だ。好きな場所にケツをおろしゃいい」

隣に腰をおろし、男の膝の上にピザの皿を置いて、一切れを自分のために取った。ピザを食べながら行き交う人々を眺めていると、誰もわたしたちに一切関心を向けないので、まるで透明人間になれる小部屋に入ったみたいだった。

「〈ロード・ホーム〉に泊まっているの？」わたしは訊いた。

男は首を振る。「あそこは九十台しかベッドがないし、家族連れが多い。子どもからベッドを奪いたくないだろ。おれは公園で寝ている。もう暖かいからそれで充分だ。この街は通りかかっただけだしな」

「どこへ向かっているの」

肩がすくめられる。「カリフォルニアだ、たぶん。東海岸と西海岸を三往復したことがある。カリフォルニアは気に入った」

「わたしも好きよ。ここに来るまえはＬＡに住んでたの」

「なんで引っ越してきたんだい」

「ここはモルモン教徒が多いから、たくさん夫を持てると思って。ところがそれって、一世紀まえから違法なんだって」

男はくすくす笑い、食べかすを口からこぼした。「おれにも妻がいたんだがな。何人もいたら、とても手に負えんだろう」

「それはお気の毒。アーメン」

ピザを二、三口で食べきると、わたしは立ちあがった。「身体に気をつけてね」

「あんたもな」

事務所に戻ると、ケリーはコンピューターの画面を見つめながらファストフード店のチキンサンドを食べていた。こちらを見ることなく、ケリーは書類の束を差しだしてきた。セオドア・ソーンに関する開示資料だ。正式に訴追請求がなされ、規制薬物取引で第一級の重罪として扱われている。

「薬物事件にしては分厚いね」わたしは言った。

「証人の供述調書が多いのよ。録音や録画もあるみたい。来週入手するわ」

わたしはデスクにつき、資料を読みはじめた。

警察の報告書は詳細に書かれていたが、ご多分に漏れず、文法や綴（つづ）りの間違いや混乱を招くような表現がこれでもかと含まれていて、頭を掻きむしりたくなるような代物だった。前回報告書を読んだときは、警察学校の授業に英語のクラスを設けて、〝肉（meat）〟と〝出会う（meet）〟のちがいを教えることがそんなにむずかしいのかと思った。どうやったらふたりの被疑者がステート通りぞいの家で〝肉（meat）〟することになるのか。もし〝肉（meat）〟がわたしの知らない新しい言葉で、性的な行為を意味するとかなら話はべつだけど。

報告書は逮捕記録から始まっていた。逮捕相当の理由を読んでいく。

> ユタ州リチャードソン一〇〇E一四三五Nのドラッグ取引所監視活動においてセオドア・モンゴメリー・ソーン固人が我々の情報原に接触し大量コカインの流通可否を打しん。被ギ者ソーン一方的にこれを開始、情報原による開始なし。被疑者ソーン四月二日午後七時に薬物持ちこみ設定。被ギ者ソーン情報原宅ユタ州リチャードソンに約七時二〇分当着、固人三名同伴。ケヴィン・ウィリアム・シモンズ、フレデリック・テイラー・ウィルモア、クリント・ラッセル・アンドリューズと後に半明。
>
> 被ギ者住宅ポーチに現る際、スポーツバッグに収めた大量の物品持参。録音及び録

画データにて、被ギ者ケヴィン・シモンズ及びセオドア・ソーン、情報原との会話あり。被ギ者ソーン、ドラッグ持参につき現金用求の発言。その後現物を情報原に手渡し。この時点にて逮捕の開始に充分と判断につき被ギ者を確保。被ギ者ケヴィン・シモンズ逮捕時に低抗及び逃亡の試み。ゴンザレス刑事穏便にシモンズを伏せ、手錠をそう着。当方被ギ者ソーン逮捕に至り、ダブルロック手錠をそう着後確認。被ギ者ソーンに住宅訪問の目的を問うと、〝バッグを渡しにきた〟とのこと。その際の視線により、被ギ者ソーンの訪問相手が情報原であると推定。

逮捕後、被ギ者ソーン及びシモンズ所有のスポーツバッグより八キロの白い粉末状物質発見、後に検査にてコカイン陽性。

フーヴァー郡保安官事務所に連行時、被ギ者ソーン、コカインの密売再度認める。被ギ者シモンズ、被ギ者アンドリューズ、被ギ者ウィルモア全員、薬物は被ギ者ソーンの所有と認め、情報原との接触もソーンが開始、他三人は要求に従って車両運転および同行のみとの主張、被ギ者ソーン単独での行動をおそれたため。三人は固別の証言でも、それぞれ薬物取引の自覚はなしと主張。

やれやれ。この子たち、本気？

どれだけの時間をかけて、捕まった際テディに罪をなすりつける計画を立てたのだろう。三人ともまったく同じ証言をしているということは、事前に口裏を合わせておいたにちがいない。腰を落ちつけて三人で綿密に作戦を練り、親切を装って、友達がいない少年を嵌めたのだろう。

証人の供述調書はすべて二回ずつ読んだ。シモンズ、アンドリューズ、ウィルモアのいずれも、ほぼ証言が一致している。テディがドラッグを届けに行くために車に乗せてほしいと言いだし、ひとりで行くのを怖がったというものだ。せめて警察にタレコミをしている情報屋の人物が、テディとは話していないと証言していたらよかったのだが、そもそもこの人物はほとんど何も覚えていないと書かれていた。誰かが電話をかけてきて、麻薬の包みを届けると聞いただけだと。いきなり部分的な記憶喪失になったようだ。

常識ある人間なら、テディがすべてを取り仕切ったなどと信じるわけがない。けれども警察に常識は通用しない。こんな報告書を作成し、分厚い供述調書と録音や録画データを含めた大作を検察官のデスクに置き、起訴すべき人間を決めさせようとしている。不思議なのは、なぜフーヴァー郡がテディ相手にここまでするのかということだ。

まあ、いずれわかるだろう。この案件にしっかりと取り組んで、早くすべてを決着させるまでだ。

メールをチェックすると、ライリーから六千ドルの支払いがすんだという連絡が入っていた。今日はそこそこいい一日だ。

その後、ある依頼人との打合せが入っていた。携帯電話ショップで窃盗を行なった男で、防犯カメラには百台近くの携帯電話をリュックサックに詰めこむ姿が映っていた。わたしが交渉して盗品の返還と保護観察ですませられたのだが、依頼人は不満そうだった。去年同じことをした友人が、一切咎めを受けずにすんだと言うのだ。

「そいつの弁護士に頼みなおそうかな」依頼人が言う。

「そうね、そうすれば」

いまはなだめるだけの気力はとてもなかった。そしてこの依頼人からは四回に分けて三千ドルを受けとっていたが、払い戻しには一切応じるつもりはない。

そのあとも不平不満を並べたて、ようやく依頼人は帰っていった。そしておそらく百万回目くらいになるだろうけれど、自分のデスクについたまま、どうして弁護士になろうなんて思ったのかと自問した。少し気晴らしが必要だ。

夜に向けて〈リザード〉は活気づいており、ミシェルも店にいるだろうと思った。煙草を喫いながら裏口のドアを叩くと、ミシェルがドアを開けた。ふざけ半分にみぞおちにパンチを喰らわせてきたが、ちょっと強すぎた。「入って。飲んでもらいたいものがあるの」

知りあったころから、ミシェルは本当に好きな相手をパンチしたり、突きとばしたり、キックしたりする癖があった。わたしたちの出会いは高校時代の居残りクラスで、ミシェルが来ていた理由は好きな男の子にパンチして肋骨を折ってしまったからだった。

カウンター席につくと、ミシェルは何やら酒をあれこれと混ぜあわせている。ほどなくして、ほのかに光る緑色の液体が目の前に置かれた。

「なんなの、この謎の飲み物は」

「新作のカクテルよ。環境保護マニアがよく来るから、そういった客向けに考えてみたの。名前は〝地球〟」

「へっ？　〝アース〟だけ？」

「そう、〝アース〟だけ。感想を聞かせて」

グラスを持ちあげ、においを嗅いでみる。ひと口飲んでみて、吐きだしそうになった。

「うわっ、泥みたいな味」

「泥を入れてみたのよ。どうかしら」

「泥が入ってるの？」

「ただの泥じゃないわ。そこらへんから拾ってきたわけじゃない。質のいいものを入手したの。花屋さんから仕入れたものよ。少しだけ泥を入れると、大地の味がするでしょう。

どう、おいしい?」

「ミシェル、これは泥の味しかしないよ」

「まったく、わかってないんだから。全然舌が肥えてないのね」

魔女の秘薬みたいなカクテルを下げ、ミシェルはビールをわたしの前に置いた。ごくごくとそれを飲むわたしを見て、ミシェルが言う。「今日は大変だったわけ?」

「そうでもない。なかなかいい一日だったよ。さほど手のかからない案件で六千ドルの収入」

「よかったじゃない。なのにどうして浮かない顔なの」

「浮かない顔してる?」

「してるわよ」

ビールを一口飲む。「たまにこの仕事にうんざりするときがあるの。もうちょっとましな依頼人が多ければいいんだけどね」

「ねえ、いまの暮らしに満足できないなら稼いだお金をエスコート・クラブにでも投資しなさいよ。風俗業界はいつだって好況よ」

「わたしには息子がいるんだよ。そんな母親からあの子が何を学ぶと思う?」

ミシェルは肩をすくめる。「男は豚野郎ってことかな」

「そのとおりだし、むしろそう学ぶべきかもだけど、わたしはまだ娼館マダムの道を歩むのはやめておく」

「お好きなように。でも、あたしはいつでもここにいる。一緒にバーをやりたくなったら言ってね」

「わかってる。わたしだってここにいるから。で、あなたの弁護士として、泥をお客さんに出させるわけにはいかない」

「そうね、考えとく」

携帯電話が振動する。発信者を見ると、勤務時間外の連絡先にしている番号からの転送だった。めったに出ることはないのだが、だいぶ気持ちも上向きになってきたし、新しい依頼人を得たばかりなのでお祝い気分もあり、出てみることにした。

「ダニエル・ローリンズです」

「ミズ・ローリンズ、遅い時間にすみません。ライリー・ソーンです」

「あら、どうも。どうかしました？」

「テディが逮捕されたんです」

「どういうことです？　〝逮捕〟って、いったいなぜ？」

「警察の方がふたり家にいらして、テディを拘置所に連れていってしまいました。令状を持っていたんです。あの事件のことで」

「えっ？　本当にそう言ったんですか。拘置所と？」

「ええ、フーヴァー郡拘置所に連れていくそうです。入所したあと、保釈請求できると言われました」

「何かの間違いだと思います。少年に令状を出すことはめったにないので。もし出したとしても、留置はありえますが拘置所に入ることは考えられません。確認の電話をかけてみますね」

　通話を終え、保釈金保証業者のチップに電話をかける。彼のことを思うたびに、出産を間近に控えた両親が威厳のある個性的な名前をつけようと、頭をひねらせた末に浮かんだのが〝チップ〟なのだろうかと考えてしまう。

「チップです」

「もしもし、ダニよ」

「よう、元気か？　しばらくぶりだな。最近どうだ？」

「相変わらずって感じ」

「だろうな」

　ミシェルに目をやると、ミキサーで何やら不気味なものを混ぜあわせている。今度は緑ではなく、紫になりつつあった。

「ちょっと令状を調べてほしいんだけど」

「いいぜ。名前は？」

「セオドア・ソーン。十七歳で、いま母親が電話してきたんだけど、警察が令状を持ってきたらしくて。拘置所に入れると言われたそうだけど、留置の間違いじゃないかな」

「わかった。待ってろ」

足音がして、椅子がきしむ音が聞こえる。

「ああ、妙だな。令状が出ていて、保釈金は五万ドルだ」

「五万？　十七歳の麻薬取引に？　同姓同名の別人だったりしないよね」

「それはないな。ダニエル・ローリンズが弁護人になってるぜ。少年裁判所じゃなくて、地方裁判所で訴追請求されてる」

思わず首を振った。警察の事務員のせいだろう。彼らも人間だからミスを犯すのだ。仕事は多忙をきわめるうえに、刑事手続きでストレスを抱えた市民に当たり散らされることも珍しくない。ろくでもない奴に怒鳴りつけられ、焦った事務員が間違えて成年者の事件として扱ってしまったというわけだ。単純ミスにちがいない。拘置所へ出向いて話をすれば解決できるだろう。

「ありがとう、チップ。あとはこっちで対処する」

「了解。もし保釈が必要なら、いつでも呼んでくれよ」

「言われなくてもそうするって。ほんと、いつも助かってる」

電話を切り、ミシェルにもう店を出ると告げた。

「仕事が終わったらまた来てよ。次の新作は絶対おいしいから」

車に乗り、三十分ほど離れたフーヴァー郡拘置所に向かう。依頼人をすぐ自由の身にして、家族のもとに帰してあげられると確信しながら。

8

リチャードソン——そこはユニークな街だ。噂によれば、ユタ州を制圧した開拓者たちがソルトレイク・ヴァレーに入る際、犯罪者予備軍などを自分たちとともに入れないため、そうした輩たちだけのために作った街と言われている。強制的にそこへ集められた者たちによって生まれた街、それがリチャードソンなのだ。これは決して歴史の教科書にはのっていない。ユタ州に住んでみないと知ることのできない事情だ。どんな街にもこういった事情があるのかもしれない。おおやけには語ることのできない裏の事情が。

車をとめ、拘置所に急ぎ足で向かった。窓口の守衛は不機嫌を煮詰めたような老人で、こちらが口を開くまえに、タイヤ交換でも頼まれたかのように不快そうななり声を出した。

「どうも」わたしは笑みを浮かべた。年寄りは笑顔が好きだ。あるいは大嫌いかも。よくわからない。年寄りのことなんて。

「面会時間は終了だ」

「弁護士なの」わたしはユタ州法曹協会の会員証を取りだした。それを見せると、守衛は会員番号を紙に書きとめた。

「依頼人は？」

「セオドア・ソーン。たぶん、何かの手違いでここに来ていると思うの。まだ十七歳だから、ここに入る歳じゃないし」

守衛はキーボードを叩いてから言った。「誕生日は十六日？」

「そう、その子よ」

「手違いはない。成年者として訴追請求されてる」

心臓が跳ね、口から飛びでそうになる。「ちょっと、馬鹿言わないでよ」

「おい、なんだその口のきき方は！　言葉遣いには気をつけろ」

「ごめんなさい。驚いてしまって。成年者として扱われるはずはないんだけど。単なる麻薬取引だし」

守衛はコンピューターのディスプレイをまわし、こちらに向けてきた。「自分の目で見てくれ」

たしかにあった。セオドア・M・ソーン、規制薬物取引による第一級重罪、担当はフーヴァー郡第二地方裁判所。

「これは手違いのはず。訴追請求状の提出先を間違えたのよ。検察局と話もしたんだけど」

「こっちはデータどおりに動くだけだ。接見するのか」

「ねえ、真面目な話なの。これは手違いよ。誰か話の通じるひとはいない？　知的障害のある子で、ここにいるべきじゃないの」

「こっちは」守衛は嚙んで含めるように言う。「データどおりに動くだけだ。接見はするのか、しないのか」

守衛の小さな目をのぞきこむ。この建物の戸口をくぐる者の苦境を見るたび、非情さを増してきた目。わたしの動揺を楽しんでいるようで、まるで目の前の人間が傷ついたり怒ったりすることで、英気を養っているみたいだった。長年公務員をやっていると、多くの者がそんなふうになっていく。

「接見をお願い」

金属探知機を通って身体検査を受け、スチール製の椅子が置かれた小部屋に通される。ドアがバタンと閉まり、コンクリートの壁に囲まれた。そういえば定期的に、こんな部屋に閉じこめられて看守がわたしの存在を忘れ、見つけてもらうまで闘わなければならないという夢を見ている。夢がどうやって終わるのかは覚えていない。

しばらくするとドアが開き、テディが連れてこられた。看守が言う。「話が終わったら呼ぶように」

テディは白地にグレーの縞が入ったジャンプスーツを着ており、右目が腫(は)れている。頬は赤く、唇も切れている。

「ケーキはいらないと言ったんだ」テディはせわしなく両手を組みあわせたり離したりしながら、こちらに顔を向けつつ、目をそらしたまま言った。「ケーキはいらないと言ったんだ」

「テディ、その顔どうしたの」

「ケーキはいらないと言ったんだけど、ケーキをわたされた」

テディはわたしの前をうろうろと歩きはじめ、両手の指をこすり合わせる。感情の高ぶりが身体から溢(あふ)れ、声が大きくなるにつれて部屋を満たしていくようだった。

「ケーキはいらないと言ったんだけど、プリンがいいって言ったんだけど、ケーキをトレーにおかれて、いらないと言ったら、その女のひとが――」

「テディ」わたしはさえぎって言った。「その傷は誰かにやられたの？」

「みんな、やさしくない」足をとめ、テディは壁を見つめて言う。「みんな、やさしくなくて、いじわるだって言ったら、ケーキを食べろって言われて――」

「テディ」わたしは腰をあげ、テディの目の前に立った。

テディは驚いて飛びのき、顔を両手で覆って壁際まで後ずさりした。身体は震え、顔はうつむき、指の隙間から見える目は大きくみひらかれている。

「ごめんね、驚かせて」わたしは優しく言った。「ごめんね」

わたしは椅子に腰をおろし、テディを見つめた。まだ震えている。

「あなたはここにいるべきじゃないの。できるだけ早く出してあげるから。明日か、その次の日にはね。裁判所に話をしてみるから。あなたの事件は間違って処理されたみたいで、大人として扱われているの」

テディはわたしをちらりと見て、壁に視線を向けた。それから中指で人差し指の上のほうを、激しくこすりはじめた。

「とにかく、がんばってね。できるだけ早く出られるようにするから」

立ちあがり、ドアを叩いた。看守がやって来る。

「ねえ、この子にとってこの環境は大変なの。できれば独房に移すか、管理分離にしてもらえないかしら。ひとりにするか、常に監視がいないと」

「空きはない」看守はわたしを押しのけ、テディの腕をつかむ。

「ねえ」わたしはそっと看守の肩に手を置いた。

「その手をどかしやがれ」

言われたとおり、わたしは手を離した。肝っ玉の大きさがペニスと同じ輩は、慎重に扱わなければならない。「落ちついてちょうだい。この子を助けたいだけなの。知的障害があるんだけど、明らかに怪我をしているし。もう少しいい環境に置いてあげたいだけ」

「のろまが勝手に壁にでもぶつかったんだろ」

看守がテディを引きずっていく。テディは一度振りむいてわたしを見たが、そのあと看守とともに角を曲がって見えなくなってしまった。


外に出ると、すっかり日は暮れて夜になっていた。空は澄みわたり、宝石をちりばめたように星が輝いている。わたしは長いこと星を眺めた。ジャックと一緒に家の裏庭に寝ころんで、よく星を眺めたことを思いだす。ジャックが星座の名前を訊いてきたけれど、ちっともわからないので適当に答えたっけ。あとになって、でっちあげた名前だとジャックに知られてしまったが、そっちのほうが好きだと言ってくれた。テディは誰かと一緒に寝ころがって、星を見たことはあるのだろうか。

ため息をつき、携帯電話を取りだして電話をかける。

「チップです」

「ねえ、やっぱりセオドア・ソーンの保釈請求をしたいの。今夜、いますぐに」

「わかった。家族は十パーセントの手数料を払えるってことだな」

「いいえ、わたしが払う」

「なんだって？　依頼人のために五千ドル払うのか。ちゃんとかえしてもらえるんだろうな」

「費用のことは心配しないで。とにかく彼を出してあげて」

電話を切ってポケットに入れ、拘置所に目をやる。まるで鋼鉄と煉瓦（れんが）でできた要塞のような建物は、人間がいかに互いを傷つけあい、情けを窓から投げ捨てられるかを証明している。ここであろうとよそであろうと、とにかくこの種の建物を長く見ていることはできないし、依頼人を訪ねていくのはいつも気が進まない。胃には冷たい差しこみを覚え、逃げだしたくてたまらなくなる。それが閉所恐怖症なのかどうかはわからないが、とにかく地上にある地獄のように感じてしまうのだ。

かつて養育されていた家庭で、わたしは養父に地下室に閉じこめられ、明かりも食べ物も与えられないことがあった。おそらく二日間ほどだと思うが、定かではない。最初は壁際にすわりこんで泣いていたが、そのうち泣くのをやめた。憎らしいその男を満足させたくなかったから。拘置所や刑務所の監房に入れられるのも、あんな感じなのだろうか。

ひとりの母親と幼い娘が階段をのぼってきた。母親がこちらを見る。「面会ができるのはどこかご存じですか」

「すぐそこのドアを入ったところです。でも、面会時間は五時で終わりですよ」

「そうですか」母親は娘に目をやる。「また明日来ましょうね」

娘の顔が悲しげにゆがむのを見ると、胸が痛んだ。ふたりは踵をかえし、車へと戻っていく。娘の手には〝パパだいすき〟と書かれた小さな紙があった。

わたしは車に乗りこみ、ソルトレイク・シティへの帰路についた。チップがテディを一時間以内に出してくれると思うと、少し気が軽くなった。

9

その夜は心ここにあらずだった。ウィスキーを何杯か飲み、ネットフリックスの番組を観ようとしたけれど頭に入ってこない。結局ベッドに横になり、音を消して映像だけが流れる画面に目を据えたまま、二時間ほど過ごしてしまった。

いつの間にか眠りに落ち、目覚めると、シャワーを浴びてから最初に目についたスーツを着て、足が痛くなるハイヒールを無理やり履いた。だがすぐに脱いで、コンバースに履きかえる。男たちの基準で決めた正しい身なりを守り、苦痛に耐える必要なんかない。陽射しで目が焼けつきそうだったので、家を出るまえからサングラスをかける。

その朝は短い審理に出席し、そのまま事務所に向かってケリーに挨拶してから、席についで電話をかけはじめた。最初にかけるのはフーヴァー郡地方検察局だ。セオドア・ソーンの事件を担当する検察官につないでくれと言うと、もっとも聞きたくない二語を耳にすることになった。ジャスパー・ダイアモンド。呼び名は〝ダブルD〟で、その理由は彼のミドルネームもダイアモンドだからだ。ジャスパー・ダイアモンド・ダイアモンド。きっと両親が、二回繰りかえさないと名字を覚えられないと思ったのだろう。知らないけど。

過去に二回、ダブルD担当の事件を受任したことがあるのだが、どちらも苦々しい記憶しかない。一件は単純な窃盗事件だったけれど、検察側は取引に一切応じてくれず、公判に至ることになった。その際、ダブルDは重要な事実を隠していた。わたしの依頼人を捕らえた警官が、当時強姦罪で捜査を受けていたのだ。その警官は交通違反などの軽罪で女性を捕まえては、ぶちこまれたくなかったら自分と寝ろと迫っていた。わたしの依頼人も美しい女性で、おそらく獲物として目をつけられたのだろうが、人目が多すぎて警官も動けなかったようで、出頭命令だけ渡して立ち去ったのだ。

依頼人が窃盗をしたことは事実だが、それとこれとは話がべつだ。検察側は事件に関連する情報をすべて、被告人側に開示する義務がある。それなのに、わたしがそのことを知ったのは公判の当日で、事務所に何者かが密告の電話をかけてきたからだった。フーヴァー郡警察にも、まだ良心を持つ者がいたらしい。悪の芽はいつか摘まれるのだ。

公判が始まり、わたしは制裁の申立てを行なった。結局ダブルDは法廷で闘うことはせず、起訴を取り下げた。

もう一件は飲酒及び麻薬影響下の運転だったが、ダブルDは判事がすでに排除した証拠を何度も持ちだそうとしてきた。依頼人が一九七〇年代にブラックパンサー党に所属していたというもので、明らかに依頼人に不利な先入観を陪審に与えてしまう。わたしは数えきれないほど異議を申立て、ついに声が涸れてしまった。それでも懲りずに、ダブルDは論告にまでそのことを持ちだしてきた。わたしは審理無効を申立て、認められた。そして事件はべつの検察官に引きつがれた。

「ダイアモンドです」と声がした。ジャスパーではなくダイアモンド。

「ダブルD、ダニエル・ローリンズだけど」沈黙が流れる。よほどわたしの声が聞けて嬉しいのだろう。「わたしも嬉しいよ、声が聞けて。ところで、あなたが担当する事件を受任したので連絡したの。管轄が間違っていると思うんだけど」

「ソーンの件だな」

「ええ。十七歳なのに地方裁判所扱いになってる」

「間違いではない。それはたしかだ」

今度はわたしが沈黙する番だった。「それっておかしいでしょ。そんな扱いに該当する制定法はないと思うけど」

「それは判事に言ったらどうだ。こちらは情報を提供して裁判所の意見確認もすませた。公判で会おう、弁護人」

電話が切られた。

少年事件における意見確認とは、被告人を成年者として扱う許可を判事に求めることだ。けれどもこれが適用されるのは、一部の犯罪に限られるはずだ。加重放火、不法目的侵入、強盗、殺人、殺人未遂、性犯罪、小火器使用など。麻薬取引はこうした犯罪からはかけ離れている。それに手順も定められていて、まずは少年裁判所に訴追請求しなければならない。少年裁判所の判事は、そこに相当の理由があり、事件を地方裁判所で扱うことが少年の利益に反しない場合のみ、認めることになる。まあ当然ながら少年の利益に反するので、そこは建前上の文言(もんごん)なのだが、隣人を面白半分で殺害したなどという場合は成年者として裁くべきだ、という考えは理解できる。

何か見落としがあってはいけないので、念のため州法を確認してみる。第七十八条A項六号七〇二……やはり、麻薬取引は含まれていない。まったく、検察と裁判所は何をやっているのか。

携帯電話が振動する。ウィルからだ。

「そっちはどう?」電話に出る。

「ソーン事件だけど、同乗してた少年たちと話そうとしてみたんだが」

「もう?　ずいぶん仕事が早いじゃないの」

「ぼくは三十二歳の若さで引退しようとしているんだ。さっさと仕事は終わらせないとね」

「それで、どうだったの」

「だめだった。話はできなかった」

「すぐに引きさがるなんて、あなたらしくないね」

「そんなことはないさ。倫理違反なんてしたら、南国での暮らしが遠のいてしまうからね。全員弁護士がついていて、話はしたくないってことだ。バッサリだよ」

わたしは椅子の背にもたれた。「フーヴァー郡側が妙な動きをしているの」

「どんな？」

「この事件の意見確認があったようなの。でも、少年裁判所での審理は一切なし。意見確認書を出して、直接地方裁判所に訴追請求したようなんだけど」

「そんなことできないだろ」

「百も承知よ。初公判でそこを突いてみる。でも、どうして無理やりこんなことをするんだろう。明らかに州法に反してるのに」

「そうだな。州法が気に食わないとか」

ふいに心臓が跳ね、背筋が寒くなった。「もう切るね」それからダブルDにまた電話をかけると、さっきよりも苛立(いらだ)ちをあらわにした声が聞こえる。

「今度はなんだ」

「敗訴が狙いなのね。二審で重犯罪少年法に疑問を投げかけようってこと？」

「こちらが何を意図しようとしまいと、関係ないと思うがね、弁護人」

「とぼけたって無駄よ。あなたたちは、少年をいつでも大人と同様に断罪できない現状を恨めしく思っていたんでしょ。ひとりの人生が懸かっているのよ。知的障害のある男の子を犠牲にするつもり？　法を変えたいなら、汚職まみれの企業や官僚みたいにロビイストを使えばいいだけでしょ」

ため息が聞こえる。「さっきも言ったが、そういったことは判事に話せ」

「担当の判事は誰なの」

「ロスコームだ」

最悪。

ミア・ロスコーム。ちなみに女性ではない。彼の両親がどうしてミアなんて名前をつけたのかは謎だが、この男がユタ州の全弁護士を苦しめていることは間違いない。ロスコームの両親とダブルDの両親が結託して、子どもにおかしな名前をつけて人格をゆがめようと計画したのだろうか。

ほとんどの判事は訴追請求状を棄却し、少年裁判所に出しなおすよう検察に指示するだろう。ところがロスコームは、フーヴァー郡検察局以上に重犯罪少年法を憎んでいる。自分こそが犯罪に及んだ少年の運命を決めるべきだと思っていて、本人の言によれば〝手ぬるい少年裁判所の判事〟には任せられないそうだ。

「べつの事件を使いなさいよ。被告人はこんな仕打ちを受けるべき子じゃない。せめて共同被告人にして」

「本人は自白しているし、証人は全員、被告人が計画を立てたと言っているが」

「この子には知的障害があるのに――」

「それは精神鑑定の際に専門家が判断することだ。われわれに言われても困る。さて、そろそろ切らせてくれ。わたしも忙しいんだ。一日じゅう酒を飲んで男のストリッパーをはべらせているきみほど暇じゃない」

「心外ね。酒を飲んでストリッパーをはべらせているのは半日だけよ」

「じゃ、これで失礼、ダニエル」

電話を切り、わたしは首を振った。それからライリーに電話をかける。

「もしもし」

「ダニエル・ローリンズです」

「ミズ・ローリンズ、お電話しようと思っていたんです。保釈金保証業者の方から電話をいただいて、テディが昨夜保釈されました」

「ええ、そうなんです。手数料五千ドルはこちらで支払っておきました。費用についてはまた相談しましょう。それはさておき、お知らせしたいことがあって。どうやら検察側に手違いはなかったようなんです。テディは成人として起訴されることになります」

「それって、よくないんですか」

「かなりよくないです。管轄の問題で検察側が敗訴した場合、上訴して州法を覆そうとしているようなんです。そこで向こうが勝てばテディは五年以上の懲役となり、最悪の場合終身刑もありえます。しかも担当の判事は以前、麻薬取引の被告人にはかならず実刑を受けさせる方針だと言っていたので、テディは最低でも五年服役しなければなりません」

しばらく何も言葉がかえってこなかった。「あの子が耐えられるとは思いません」

「同感です。だから、そんな事態を避けるために全力を尽くします」

「そのお気持ちに感謝します」

たいていの親なら、こうした法制度の理不尽さにわめき散らしているところだ。思っていたほどライリーは取り乱していない。でも、感じ方はひとそれぞれだ。わたしだって理想の母親とは言えない。息子はもうすぐ実の母親とは真逆のタイプの継母、アニマル・ハンター・ペイトンを迎えいれ、鯨に銛を打ちこんだりするかもしれないのだ。

「それじゃ、また連絡します。期日にテディを連れてきてくださいね」

「わかりました。ありがとう」

電話を切ってから、テディのファイルを手にとってしばらく見つめる。別件の申立書を起案しなければいけないのだが、いまはその気になれない。ファイルを開いてケヴィンの住所を見つけ、思案をめぐらせてから、意を決して事務所を出た。

10

ウィルはケヴィンに話を聞けないが、わたしが聞いてみたっていいはずだ。ケヴィンに弁護士がついたことを正式に知らされてはいないし、あとからしらばっくれることはいくらでもできる。けれども、さすがに自宅のドアを堂々とノックして話を聞くことはできない。そこで得意のストーカー行為に及ぶべく、ケヴィンの通う学校に向かった。

スカイライン・ハイスクールは灌木（かんぼく）や松の木に囲まれた緑豊かな地域にあった。ここの空気はソルトレイク・シティの中心に比べるとずっと澄んでいる。校舎はシンプルなデザインで、十年以内に建てられたことを思わせる。

車をとめ、校舎から出てくる生徒たちを見る。ファイルにはケヴィンの運転免許証のコピーがあるので、顔はわかっている。千人の生徒が一斉に出てきたとしても、絶対に見つけてやるつもりだった。ウィルに電話をかける。

「どうした」

「忙しい？」

「いつもながら」

「ケヴィン・シモンズがどんな車に乗っているか知りたいの」

「どうして？　何をやっているんだ」

「知らないほうがいいよ」

「無茶はやめてくれよ。じゃ、調べてみるから」

電話を切り、女子生徒のグループが車に向かうのを眺めた。いまどきの子たちは、わたしの高校時代とはずいぶんちがう。幼い顔をしているのに、格好はまるで娼婦だ。そう思ったところで、ずいぶん年寄りじみた考えだと思い、わたしはすぐに気をあらためた。それぞれの世代に流行のスタイルがあるのは当たりまえで、どの世代がいいも悪いもない。そう思ったところで、ミニスカートにストリッパーばりのピンヒールを履いた少女が目につき、すぐにいまの考えを撤回した。最近の子どもはどうかしている。

ウィルからメッセージが来た。〝白のBMW〟で、ナンバープレートの番号も書かれていた。わたしは駐車場をまわり、教えられたナンバープレートの白いBMWを見つけた。向かいに車をとめ、iTunesをつけた。数分で眠気が襲ってくる。急に疲労が押し寄せてきたのだ。歳を取るにつれて、自分がどれだけ疲れているかに気づきにくくなってきた。

三十分経ち、車の外に出て煙草に火をつけた。陽射しはあるし雲もほとんど出ていないのに、ひんやりした空気で身体が冷えてきた。フットボールのフィールドに近づいてみる。チアリーダーか何かわからないが、すわってゴシップに興じている女子生徒の向こうで、得意げに男子生徒がプレーしている。わたしの高校時代もチアリーダーは運動部の人気者とくっついたものだが、たいていは何人もの子どもを抱えて離婚している。あるいはもっと悪いことに、離婚できずに悲惨な結婚生活を続けている。嫌いな相手との結婚生活という棺桶（かんおけ）に入ることが、アメリカ人はよっぽど好きなようだ。

駐車場に戻っていくと、校舎からはまだぽつりぽつりと生徒が出てきていた。ＢＭＷに目を向けると、そこに近づく生徒がいた。

ケヴィンはニット帽をかぶり、白いＴシャツを着ていた。隣には女の子がいて、ブロンドの髪に日焼けした肌の綺麗な顔立ちをしていたが、目はうつろだった。ふたりに歩み寄って言う。「ちょっといいかな。ケヴィンよね？」

「少し話をさせてほしいんだけど」

視線がこちらに向けられたが、返事はない。

「あんた誰だ」

「ふたりだけで話したほうがいいと思う」

ケヴィンは車のロックを開け、女の子に言った。「乗ってろ」

女の子が車に乗ってドアを閉めると、わたしはボンネットに腰かけて煙草を喫った。ケヴィンは不安げな様子だが、さほど深刻そうでないのは後ろ盾があるからだろう。ウィルの報告書によれば、ケヴィンの父親は地元の洗剤メーカーの重役で、かなり裕福らしい。

「ずいぶん冷たい男なのね。テディが可哀想だと思わないの？」

ケヴィンは腕を組んだ。「刑事か？」

「なんでそう思うの。後ろ暗いところでもあるわけ」

「警察と話はしたし、おれには弁護士もついてる。もう警察とは話さなくていいと言われた」

「どうも引っかかるんだよね」ケヴィンの言うことを一切無視して話す。「テディが情報屋の男と知りあいで、そいつは名の知れた売人だった。でも、テディに友達はいないはず。いるとすれば、きみだけ。テディは少なくともそう思ってる」

ケヴィンは首を振り、目をそらした。「テディと話してくれ」

「話したよ。でも、何もわかってなかった」

「まわりが思うよりも、あいつはいろいろわかってる」

「ほんとに？　じゃあ騙(だま)されたのかな。きみはどうなの。自分の立場をちゃんとわかってる？　テディに不利な証言をしろと言ってる弁護士は、どこかの時点できみの嘘がばれたら、麻薬取引に加えて重い偽証罪にも問われるってちゃんと説明した？」

「嘘はついてない」その言葉には怒りがこめられていた。

ふと相手を見つめる。怒りに嘘はなさそうだった。

「何があったのか話して」わたしは言う。

「もう警察に何度も――」

「きみの口から聞かせてほしいの」

ケヴィンは女の子のほうをちらりと見てから、こちらに向きなおり、わたしの隣に腰をおろした。「おれたちは友達の家に行こうとしてたんだけど、そのときテディがゲームをやりに来たんだ」

「どうしてリチャードソンに行くことになったの」

「テディが例のスポーツバッグを持ってきた。それを運ばなきゃいけないと言って。行く場所が、おれたちの行くところに近かったから、乗せていってやることにした。ときどきそうやって、面倒を見てやっているから。何を運んでいるかを知らされたのは、着いたときだった。行くのが怖いと言うから、一緒に行ってやったんだ」

「何を運ぶか知っていたのなら、なぜ一緒に行ったの」

「やめるように説得したんだ。でも、わかってもらえたかどうか。テディは……頭のなかで計画を思いついて、絶対にやらなきゃいけないと言っていた。目的地に向かう車のなかでもずっと、玄関まで行くのが怖いと言っていた。テディが降りたとき、ほかのふたりは逃げようとしたんだけど、おれが許さなかった。ドラッグだとは言われたけど、そんなはずはないと思って信じなかったんだ。テディの親に電話しようとしたら、やめてくれと言われた。だから一緒に玄関までついていったんだけど、バッグの中身はおもちゃか何かだと思ってた。それでテディと男がバッグを交換したら、警察がやって来た」

「麻薬取引の現場にのこのこついていったわけ？　おかしいとも思わずに？」

「だから信じてなかったんだよ。バッグの中身も見せてくれなかった。リチャードソンの近くに行くから、テディが何をするのか知らないけど、念のためについていこうと思っただけさ。まさか、本物のコカインをテディが持っているなんて思わなかった。だって、あのテディがそんなことをするなんて思わないだろ？」

わたしはケヴィンをじっと見据え、嘘つきの本性があらわれるのを待ち構えてみたが……だめだった。不覚にも、この若造の言うことを信じてしまっていた。

「ケヴィン、わたしにはテディがこんな計画を立てられるとは思えない」

「おれだってそうさ。本当に妙な話だ。頭のなかで思いついて、どうしてもやらなきゃいけない、誰にもとめられないなんて」ケヴィンは車のほうに目をやる。「もう行かないと」

ボンネットから降り、車が走り去るのを見送った。ケヴィンは正直に話しているように思えたが、もしも知的障害のある子を犠牲にするような社会病質者（ソシオパス）だったら、いくらでも巧（たく）みに嘘をつくことができるだろう。

煙草を地面に捨てて踏みつぶす。テディを訪ねていって、あらためて話を聞かなければ。

自分の車に向かう途中、ふたりの男の子が笑いかけてきた。

「車んなかにゴムがあるぜ」ひとりがにやつきながら言う。

「腰を砕かれたい？」そう言って間近を通りすぎる。

わたしはケリーに連絡し、テディの住所を知らせるよう頼んだ。

11

ソーン家に着いたとき、まず目に入ったのは陽射しを浴びて輝く芝生だった。きちんと刈りこまれて水やりも行き届いており、ポーチの両サイドには花も咲いていた。雑草一本すら生えていない。わたしは私道にとまっているリンカーンの後ろに車をとめて降りた。リンカーンはおそらく二十年か二十五年は乗っているのだろうが、工場から出荷したばかりのように綺麗だった。塵(ちり)ひとつ見あたらない。

ドアをノックして待つ。足もとのマットには〝混沌に祝福を(ブレス・ディス・メス)〟と書かれている。

ライリーがドアを開け、驚きをあらわにした。

「こんにちは。近くまで来たので、ちょっと寄らせてもらいました」

「何かあったんですか」

「少しだけテディと話せますか。もしいるなら」

「ええ、部屋にいます。お入りください」

家のなかも、庭や車と同じだった。絨毯は掃除機をかけたばかりのようで跡がついている。家具にはビニールのカバーがかかっている。暖炉の上の写真も埃ひとつない。

ライリーの案内で、二階の右側にある手前の部屋に入る。テディがベッドに腰かけ、写真のアルバムを見ている。ひもをきちんと結んだ靴には、スーパーヒーローのステッカーが貼られていた。

「テディ、ダニエルが会いに来てくれたわよ。よかったわね」

「元気だった、テディ？」

「シャシンを見ているんだ。シャシンを見ているんだ」

「そう。どんな写真なの？」

わたしはテディの隣に腰をおろし、写真を見てみた。ライリーと夫のロバート、そしてテディ。あとふたり、幼い男の子がキャンプ場に写っている。

「兄弟がふたりいるの？」

「ううん、いとこなんだ。いとこなんだ。でも、もう会えない。ぼくはハダが黒いから、本当のいとこじゃないってふたりは言った。でもママは、ぼくはまちがいなくいとこだって。ママはそう言ったよ」

ライリーに目をやると、こちらをしばらく見据えたあと、口が開かれた。「ふたりだけでどうぞ」そう言って部屋から出ていく。

「テディ、ケヴィンのことを訊きたいの」

「ケヴィンは友だちだよ」

わたしは黙ったまま、しばらくテディがアルバムのページをめくるのを見つめていた。

「そうだよね。あのね、優しいおまわりさんが家に送ってくれた夜のことを訊きたいの。その日のことは覚えてる?」

「うん、サイレンをならしてライトをピカピカさせてほしかったけど、できないって言われた。できないって言われた」

「その日に行った家を覚えてる? 男のひとが住んでいる家。そのひとのこと、覚えてる?」

テディはページをめくる。

「テディ、ケヴィンがその男のひとに会うよう頼んできたの? お金をくれた男のひとだよ」

「ゲームをやりたかったんだ。ゲームをやりたかっただけ。それで、おまわりさんが家におくってくれた。でもライトはつけられないって」

ため息をつき、わたしは壁にもたれた。テディはアルバムをめくりつづけているので、わたしは部屋を見まわした。ナイトテーブルに『ハックルベリー・フィンの冒険』が置いてあった。手に取ってみる。角を折ってあるページがいくつかあり、そのなかのひとつを開いてみると、マーカーの引いてある箇所があった。

〝それを見て、気分が悪くなった。悪党どもではあるが、哀れみをおぼえずにはいられない気持ちになったんだ。とても見られたもんじゃなかった。同じ人間なのに、あそこまでひどいことができるなんてな〟


「この本を読んでいるの、テディ？」

「うん、ジムとハックは友だちだ。だいじな友だちだから、ハックはジムのいるところを手紙に書かなかった。だって友だちだから」

ゆっくりとうなずき、わたしは本を戻した。「ケヴィンがあの夜、バッグを持ってほしいと頼んだの？」

「ケヴィンは友だちだよ」

「そうだね。でも、ケヴィンがバッグをくれたのかな。話していいんだよ。今日ケヴィンに会ったんだけど、あなたから話していいって言ってた」

「ケヴィンはゲームをやっていいと言ったよ」

「ケヴィンのバッグに何が入っているか、知ってたの?」

テディは目をそらし、身体をゆっくりと前後に揺らしはじめた。それからアルバムに視線を落としたので、そこで話は終わりのようだった。

「そろそろ昼寝の時間なんです」ライリーが戸口にあらわれた。

立ちあがって言う。「また会おうね、テディ」

「また会おうね、ダニエル。バイバイ」

なぜだかわからないが、その言葉が胸に突き刺さった。心からの言葉であり、希望がこめられていた。わたしと会えたことが嬉しくて、また会えることを切に願っているのが伝わってくる。世界のどこへ行っても、これほど真摯(しんし)な言葉をかけられることはないだろう。

階段をおりて玄関に向かいながら、わたしは訊いた。「テディはハックルベリー・フィンの本を読むんですか」

「ええ、読むんです。お気に入りでして。物語を理解してるわけじゃないと思いますが、大好きなんですよ。小さいころはよく読み聞かせてあげました」そこで咳払いする。「そんな時代もあったのに」

「どういうことでしょう」

「いいえ、べつに。ただ……子どもが赤ちゃんのときは、親なら希望を抱くものでしょう。

自分よりも素晴らしい人生を送ってほしいと。でもそのうち、そんな日はやって来ないと知らされる。それどころか、いつまでも親の手を離れられないと知らされる。ひとり立ちすることもできないし、自分ひとりでは何もできない。そんな子どもなら、持たないほうがましだったと気づいてしまうんです。そのほうがお互い幸せだったと。あの子が大きくなるにつれ、そういう思いが強くなりました」

「生みの親はどうしたんです。探そうとしてみましたか」

首が振られる。「あの子は病院の前に棄てられていたんです。親が誰かはわかりません」

ドアのところで立ちどまり、わたしはライリーを見据えた。「テディはケヴィンと一緒にいた少年ふたりと知りあいでしたか？」

「いいえ、学校以外で付きあいがあるのはケヴィンだけです」

「ケヴィンがどんな子がご存じですか」

「お金持ちってことぐらいかしら。それほどかかわりがあるわけじゃないんです。この家を買ったのは二十年前ですが、そのあとにこのあたりの地価が上がって、あまりお金のないわが家は、裕福な近所の家庭から見下されてきました。近所付きあいはほとんどありません。でも一度、ご両親が不在のときにケヴィンと友達が裏庭にいるのを見たことがあります。マリファナを喫っていました」

わたしはうなずいた。「テディがケヴィン以外の人物に接触して、あの事件に巻きこまれたとは考えられますか」

「いいえ。あの子はいつも家にいます。可能性があるのはケヴィンだけでしょう」

12

その日はなかなか時計の針が進まず、海底の泥に刺さった錨のように感じられた。一秒一秒を耐え忍ぶような思いだった。中立書を書きあげ、依頼人からの電話に出る。新しい依頼人の案件が決まった。娼婦と寝たカトリックの司祭だ。話によれば、ふたりがモーテルを出ようとしたところで、娼婦が二千ドル払わなければ警察を呼ぶと言いだしたそうだ。司祭はそんな大金を持っていなかったので支払いを拒み、ふたりは激しい言い争いとなって、ホテルの従業員に通報されてしまった。ふたりとも売春防止法違反で摘発された。昔ながらの娼婦の手口だ。警官や牧師、司祭、校長、政治家など、商売女と遊ぶべきでない立場の者が客として来たら、事がすんだあとに強請るのだ。べつの手口では、客を引いておいて偽の警察バッジを見せ、逮捕されたくなければ五十、六十、あるいは百ドルを払えというものだ。

司祭は千五百ドルをわたしに支払い、それが全財産だと言ってきた。だが、真偽のほどは定かでない。何しろ五分の快楽のために、これまでのすべての誓いを破るような人間なのだから。

街がすっかり暗闇に包まれるころ、ようやく事務所を出た。どんな街も夜になると表情を変える。まるで二種類の人々が存在するみたいで、一方は太陽のもとで暮らし、他方は月のもとで暮らしているかのようだ。わたしはずっと月のもとで暮らす夜型だった――ジャックが生まれるまでは。太陽のもとで暮らすようになったのは、それが息子の起きている時間だったからだ。

ジャックは幼いころから賢い子で、クラスでもほかの子より抜きんでていた。もしテディのような子を育てていたら、どんな毎日だっただろうか。ひとりでは何もできず、常に手を貸してあげなくてはならない子。同じ歳の子どもたちがどんどん成長していくなかで、わが子だけが取り残されていく……。ふいに、ソーン夫妻のことを思って胸が痛くなった。

車に向かっていると携帯電話が鳴った。ミシェルからだ。

「どうしたの、クレイジー・ガール。いまから〈リザード〉で飲もうと思ってたんだけど」わたしは言った。

「今日はやめておいて。デートの相手を見つけてあげたから」

「なんなの、デートって」

「ブラインド・デートってやつよ。初めて会う相手とのデート。あたしの姉の友達よ」

車にもたれかかり、星を見あげた。空は澄んでいて、はるか遠くを飛んでいる飛行機の明滅する光が見えた。「ミシェル、いまはデートする気分じゃないの。ただ飲みたい」

「馬鹿ね、その彼と飲めばいいでしょ。ちょっと協力してほしいの。姉は彼氏と出かけちゃって、友達を置いていくのが気の毒だって言うのよ」

「あなたがデートすればいいでしょ」

「今日は店にいないといけないの。市長が来るからさ」

ため息が漏れる。「わかった。でも言っておくけど、今日は虫の居所がよくないの」

「了解。じゃ、〈リザード〉にその彼を迎えに来て」

店に向かい、道端に車をとめる。着いたと連絡すると、ミシェルは男と一緒に店から出てきた。ひょろりとした色白の男で、コシのない髪を肩まで伸ばしていて、顔には大きすぎる眼鏡をかけている。着ているのはラップ・ミュージシャンのTシャツ。第一印象でひとを判断するのは好きではないが、頭が悪そうにしか見えなかった。一マイル先から見ても、この男に円滑な会話やウィットに富んだやり取りができないのは明らかだ。むしろ、板に打ちつけられた釘を引きぬくような会話になりそうだ。しかも、どこか見覚えのある顔だった。

ミシェルがわたしの車の助手席のドアを開けると、男は乗りこんできて笑みを浮かべたあと、視線をそらした。ドアを閉めてから、ミシェルは運転席に首を突っこんできた。

「彼はクリスよ。クリス、こちらはダニエル。楽しんでね、ふたりとも」そう言ってミシェルが去ると、わたしは隣の男を見据えた。

「彼女には参っちゃう。ホルモンの出すぎたネアンデルタール人みたい」わたしは言う。

「ああ、すごいな」

車を走らせる。次の信号が見えてくるまで会話は一言もなかった。するとクリスが口を開いた。「一分五十一秒だ」

「何が？」

「いま黙っていた時間。長かったね」

「たしかに。長すぎたかも」赤信号で車をとめる。「ミシェル一家とはどこで知りあったの？」

「ああ、お姉さんと昔からの友達なんだ。あの姉妹とは幼なじみで」

「クリス……まさか、クリス・ピーターソン？」

「うん」

「ダニエル・イヴリンだけど。覚えてる？」

「えっと……ごめん。覚えてないや」

「テイト先生の幾何学（きかがく）のクラスでわたしの前の席だったでしょ」

「ほんと？　そりゃびっくり。世間は狭いね」

「たしかにね」

なぜ覚えているのか思いだした。クリスは女子生徒に嫌がらせをする集団のメンバーで、シャツに手を突っこんだり、廊下で尻をさわったりして顰蹙を買い、噂ではパーティで女の子を酔わせて集団レイプしたとも言われていた。モテる男子の条件を備えていると自負していて、スポーツが得意で、酒を飲み、いい車に乗ることとかなんとかを鼻にかけていた。そうしたお粗末な価値観は、ろくでもない父親から息子に刷りこまれたものにちがいない。クリスはわたしをダンスに誘ってきたのだが、人生で初めてそんな誘いを受けたわたしは、一日じゅう浮ついていた。当時わたしの里親は、ミセス・タナーという七十代のひとり身の女性だった。誘われたことを話すと、ミセス・タナーもとても喜んでくれて、すぐにドレスを買いに連れだしてくれた。リサイクル・ショップで五ドルだったけれど、その優しさが嬉しかった。

その夜は、お気に入りの場所である図書館へと足を運び、いまどきのダンスについて徹底的に調べた。閉館まで粘り、出るときにはデートに関する本と、男性との会話術に関する本を借りて帰宅した。

翌日、教室でクリスに微笑みかけると、まわりの友人たちがにやにやと笑った。そしてクリスがこちらを向いて声をかけてきた。「なあ、ダンスのことだけど。フェラチオしてくれたら行ってやってもいいぜ。いますぐ、トイレでな」そう言ってシャツに手を突っこんできたので、わたしは押しのけた。

クリスの顔をひっぱたき、泣き顔を見られないようにして、わたしは早引けして家に帰った。

隣にいる男に目をやり、その顔に二十年の歳月を感じとる。いたずらっぽくて潑剌（はつらつ）とした少年の面影はもうない。外見ばかり気にする輩に対して、年月は容赦がない。見た目にこだわる者ほど、歳を重ねると目もあてられなくなる。老齢になって威厳のある人物は、容姿へのこだわりが一切ないというのは普遍の真理なのだろう。

わたしは車をUターンさせ、警察署に向かった。

「おっとっと」クリスは窓の上のバーをつかんで言った。「どこへ行くんだい」

微笑んで言う。「まあ、見てて。絶対に楽しいから」

13

警察署の前で車を寄せてとめる。署員は数人しかいない小さな署で、主に飲酒及び麻薬影響下の運転を取り締まるのに使われている。

「あれ、警察に行くのかい」

「きっと驚くから。ついて来て」

なかに入ると、顔見知りのライアンがデスクに寄りかかり、発泡スチロールのカップを手に持って立っていた。でっぷりとした体形に制服を着ている姿は、フットボールのラインバッカーがぴちぴちのユニフォームを着ているみたいだ。

「おう、ローリンズ。何しに来たんだ。救急車の追っかけをしたいなら、今日は出てないぜ」

「救急車の追っかけなんてしないって、いまはもう。こちらはクリス。クリス、友人のライアンよ」

ふたりは挨拶し、ライアンはカップをごみ箱に捨てて上着をつかんだ。

「出かけるの？」

「ああ、パトロールだ」

「乗ってってもいい？」

「いいぜ」

クリスはライアンからわたしに視線を向けた。「乗ってくのか？」

「そう。同乗見学っていうの。いつもやってる。だいじょうぶ、楽しいから」

外にあるパトロールカーの助手席に乗りこみ、クリスは後部座席にすわらせた。ライアンも乗りこむと、八〇年代のハードロックやヘヴィメタル専門のラジオ局にチャンネルを合わせ、車を出した。

「今日はデートってわけか」ライアンが言う。

「そう」

「おまえは男を楽しませるのが得意だもんな、ローリンズ。チッ、あそこのセブン‐イレブンはナチョスが品切れなのかよ。ほかに何を食えばいいんだ」

「ねえ、このあいだは楽しかったね」

「おまえのせいで停職処分になりそうだったときか。そりゃ楽しかったぜ」

「そんなデビー・ダウナーみたいに後ろ向きなこと言わないで。あなたがキレたんでしょ」

何分も走らないうちに飲酒運転で呼びだされた。通報のあったバーから一マイルほどのところで該当の車を見つけ、曲がるときにウィンカーを出さなかったので、ライアンがその車をとめさせた。

「今回は車のなかにいてくれ」

ライアンは外に出て、その車の運転席をのぞきこんだ。運転していた娘を降りさせてみると、車に寄りかからないと立っていられない。完全にへべれけでふらついているうえに、飲酒できる年齢をようやく超えた年頃のようだ。

「えっと……こういうこと、よくやってるのかい」クリスが言った。

「そうよ。ただで面白いものが見られるんだもん。こんなの初めてでしょ？」

「うん。あのさ、それで、普通に食事とかに行くのはどうかな」

「もちろん何か食べるよ。警官って、食べないままでは絶対にいられないのよね」

五分ほどで娘は手錠をかけられた。ライアンが後部座席のドアを開け、クリスの隣に娘を押しこむ。クリスはいまにも車から飛びだして逃げだしたいといった顔をしている。

「ちっくしょう」娘が言う。「今回だけは見逃せないの？　また免許が停止になったら困るのよ」

その口調はだいぶまずい感じだった。呂律(ろれつ)はまわっていないし、目は据わっているし、安物の酒のにおいがぷんぷんする。

「あなたみたいなお嬢さんが、酒を飲んで運転しちゃだめよ」わたしは娘のほうを振りむいて言う。

クリスが口を開く。「ダニエル、あのさ――」

「うげっ、気持ち悪い」娘が言う。

「ダニエル、ぼく、もう――」

最初は空(から)えずきだった。宣戦布告のように身体が引きつっただけだ。何も出てこなかったが、喉もとまで迫っているのは明らかだ。クリスはドアを開けようとしていたが、そのうち車内からは開かないことに気づいたみたいだった。

「ダニエル、降りてもいいかな。お願いだ」

「えっ？　なんで？　この子を警察署に連れてって検査しなきゃ」

「降りたいんだ。いますぐ。お願いだよ」

ため息をつく。「わかった。いま降ろしてあげる」

もう一度空えずきがあり、それからゲロが後部座席じゅうにぶちまけられ、クリスの顔にも飛び散った。

「ダニエル！」ゲロを頬から垂らしながらクリスが叫ぶ。「ダニエル、早く降ろして！」

わたしは外に出て、煙草に火をつけてからドアを開けた。クリスは檻（おり）から放たれた動物のように飛びだしてきた。そして後ずさりしながら言う。「急に用事を思いだしたよ。今日はどうもありがとう」

「ええっ、帰っちゃうの？　せめて送らせてよ」

「いいよ、だいじょうぶ。ウーバーでも呼ぶから。それじゃ」

わたしはほくそ笑み、歩きながらクリスが携帯電話を取りだすのを見送った。コンビニエンス・ストアに入っていき、そこで車を待つようだ。

「ねえ」背後から声がした。「ねえ、あんた。名前はなんていうの」

後部座席をのぞきこむ。酒とゲロのにおいで鼻腔が焼けそうだ。「お嬢さん、エチケット袋がいるのかな?」

「ちがうって。聞いて。また免許停止になるわけにはいかないの。見逃してよ」わたしは名刺を一枚取りだし、娘の膝の上に置いた。「警察には弁護士がついてると言って、何も話さないよう指示されたと伝えてね。呼気検査を受けないと免許停止が長くなっちゃうから、受けること。でも話は何もしなくていいから、あとはわたしにまかせて。ちなみに料金は三千五百ドル」

「いいよ。全然オッケー。免許を守ってくれるならね」

ライアンは娘の車にある所持品を記録していた。記録という名目にしておけば、令状なしで調べることができるというわけだ。車が押収されたら自由に見ることはできない。

「名刺を渡したのか?」

「うん。乗らせてくれてありがと」

「息子が小切手偽造で捕まったとき、十五年以下の実刑を逃れさせてくれたからな。あの恩は忘れないぜ」

外に出てきて、ライアンは車にもたれかかった。疲れるほどの作業ではないのに、汗まみれで息があがっている。上着のポケットに手を突っこみ、ミニドーナツの袋を取りだす。

「わお。単なるイメージだと思ってたけど、ほんとにドーナツ食べるのね。身体によくないよ」

肩をすくめ、ライアンがひとつ目のドーナツを口に押しこむと、口と顎に砂糖がついた。「何を食おうと死ぬときゃ死ぬ」そしてコンビニエンス・ストアのほうを指さす。「あいつは誰なんだい」

「ブラインド・デートの相手」

首が振られる。「いいデートコースとは言えないな」

「たしかにね」わたしは車にもたれかかり、頭を後ろにそらし、星を見あげた。「奥さんは元気？」

「じつはいろいろあってな。ここだけの話にしてくれるか？」

「星に誓って」

「たぶん離婚すると思う」

「いまさら？　二十年も経つのに？」

「とうとう、顔を合わせるのも苦痛になってきちまった。あいつが帰ってくる音が聞こえただけで、胃がキリキリ痛むんだ。向こうも同じだ。会話もない」

「それじゃ、その道を歩んできた先輩から一言。離婚しても幸せになれるわけじゃないよ。孤独になるだけ」

「そりゃ、おまえの場合はな。まだ別れた旦那に惚(ほ)れてるんだろ。自分のせいとはいえ」

「まあね。たぶん」

ライアンはしばらく口を動かしつづける。「パーティでもやって、派手に騒ぐか。気も晴れるだろ」

わたしは首を振った。「今夜はそういう気分じゃないの。警察署で降ろしてもらってもいいかな」

「もちろんだ」ドーナツの袋を車の助手席に放りこみ、最後の二個を口に押しこむ。「おまえの新しい依頼人の手続きもあるしな」口いっぱいのドーナツ越しにライアンは言った。

14

警察署まで送ってもらったあと、自分の車に乗って走っていると、ソルトレイク・シティでいちばん大きなホームレスのシェルターの前に人だかりができているのが見えた。すでにベッドは割りあてられている時間なので、なかに入りきれない者たちは、寝袋を持っていれば道端で、持っていなければ公園で寝ることになる。

その施設の前を一日に二回、毎日通るうち、目と鼻の先にある苦境、略奪、レイプや殺人や搾取（さくしゅ）行為などに慣れてしまう自分を感じていた。半ブロック先に残酷な血まみれのジャングルがあるというのに、いまは日常の風景にしか感じない。初めて事務所を構えたころ、月に一度は食料と衣服を寄付していた。仕事が忙しくなるにつれ、それはやがて二カ月に一度になり、数カ月に一度になり、一年に一度になり、いまは最後に寄付をしたのがいつだったか思いだせない。きっと人間は、進化の過程で他人の苦しみに鈍感になっていき、それによって正気を保っているのだろう。

家に帰るのも事務所に戻るのも嫌だったので、ユタ大学のほうへ車を走らせ、フットボールの試合を観終えた人々が歩道を行くのを眺めつつ、ゆっくりとフェデラル・ハイツへと向かっていった。

〈ペイトンは家にいる？〉ステファンにメッセージを送る。

〈なぜだい〉

〈いま家の前にいるから〉

返信は来ない。しばらく待ってみたものの、今夜はやはり当初の予定どおり飲んだくれるべきだろうと思った。車を出そうとしたところで、玄関のドアが開いてステファンが出てきた。赤いシャツにジーンズ姿で、寒くもないのにスカーフを巻いている。わたしは車を降り、ボンネットに寄りかかって煙草に火をつけた。ステファンはわたしの隣に来て、周囲を見まわした。それからわたしの持つ煙草をつかみ取ると、一喫いしてから戻した。

「やめたんじゃなかったの」

「やめたさ」そこで間を置く。「しょっちゅう来るのはまずいよ。ぼくはもうすぐ結婚するし、ペイトンが嫌がるから」

「鹿とヤリたがる女が何を嫌がろうと、構わない」

「鹿とヤリたがる?」ステファンは笑いを漏らす。

「わかってるでしょ。あの地下室よ。可哀想(かわいそう)な動物たちに欲情してるってわけ。そうでもなきゃ、あんなに取り憑(つ)かれたように殺しまくるわけがない。ゲイをもっとも嫌悪する人間に限って、自分が本当はゲイであることに怯えるようなものだよ」

ステファンがくすくすと笑う。「ひどい物言いだなあ。そんなんじゃないよ。彼女はとにかく強くありたいだけで、強いものが好きなんだ」

「なるほどね。強くありたいのに、バンビを撃つのに百ヤードも離れて迷彩服を着るんだ。だったらソファにすわってテレビゲームでもやればいいのに。いっそのこと、毛深いご先祖さまみたいに素手で狩りをするなら、一目置くんだけど。でも、彼女はハイヒールが汚れるのすら嫌がるんじゃないの」

わたしはステファンを見据えた。月明かりが顔を照らすと、まるで幽霊になったみたいに見える。急に背筋が寒くなった。いつの日か、ステファンが幽霊のように消えてしまいそうで。

「あなたがあの女を愛せるはずない」

「いや、愛してる」

「なぜ？　もうすぐ歴史の博士号を取ろうとしているんでしょ。知性があるのに、どうやったらあんなネアンデルタール人を愛せるの。わたしへの当てつけなの？」

ステファンはまた煙草をつかみ取って一喫いした。「聞く耳を持とうが持つまいが言っておくけど、ぼくの人生に起きることに、きみはもうかかわりを持てない」

「それが持てるんだな。わたしってそうなの。淋病みたいにしつこいから」

また笑いが漏れたが、今度は不本意なようだった。ステファンがこちらを向く。まともにその顔を見ると、急にわたしの神経が高ぶり、大学の中庭で初めて出会ったときを思いおこさせた。

「きみはどうなんだい」

「どうって、何が？」

「特別なひとはいるのかい。そういえば、あの医者は？」

「もしかして妬いてる？」

「ちがう」にべもなく言う。「息子に会うのがどんな男か気になるだけだ」

煙を吐きだし、わたしは言った。「医者とはうまくいかなかった」

「どうしてだい。いや、当ててみよう。向こうは付きあいたかったけど、それを口に出されたとたん、きみの気持ちが醒めたってとこか」

「やっぱりわたしたちって特別ね。あなたほどわたしを理解してるひとはいない」

また笑いだし、ステファンは言った。「きみはあまりにもわかりやすいから。何があったのかはすぐに想像できる」そこでふと空を見あげてから、また口を開く。「ダニエル、前へ進むんだ。きみは誰かに与えるものを持っているんだから、その相手を見つけないと。ひとりで幸せになれるタイプじゃないだろう」

「でも、そうするしかなかったら？　あなたとの生活が人生の頂点で、もう今後は地上をひとりで歩くしかないとしたら。『燃えよ！　カンフー』みたいに」

「それはつらいことだな。でも人生は自分で切り拓かないと」

大きく息をつき、煙草を一喫いする。「もしかして、〝母親に施設に棄てられた症候群〟のせいで人間不信なのかな」

真面目な顔つきになり、ステファンはこちらを見据えてから言った。「いまのは冗談だろうけど……探してみようと思ったことはないのかい」

「えっ、母親を？　いったいなんのために探すの」

「何かの区切りをつけられるもしれないだろ」

「区切りなんてつけられない」そこで言葉を切る。「あの日、わたしを車に乗せるために母親がなんて言ったと思う？　ディズニーランドに連れていくって言ったんだよ」

「ああ、聞いたよ」優しい口調だった。

「ディズニーランドには行ったことがないし、これからも一生行けない。とてもじゃないけど無理。あの日、すっごく楽しみにしていたの。人生で最高の日だと思ったくらい。けれども養護施設の前で車がとまったとき、ピンときた。なぜかわかっちゃったの。わたしは泣きじゃくって、いい子になるからって言った。これからは言うことをちゃんと聞くし、絶対にいい子でいるからって。あのひとも泣いていた。それからキスして、施設にいるふたりの男のひとにわたしを引き渡した。建物のなかに引きずって連れていかれたあと、わたしは窓に駆け寄って、車が走り去るのを見たの。ガラスの冷たい感触も、室内のやかましい音も覚えてる……すごく騒がしい場所だったから」

ステファンがわたしの手に手を重ねる。「きみはもう、あのときの少女じゃない」

「そうね」

わたしの顔を両手ではさみ、目をのぞきこんで言う。「きみはもう、あのときの少女じゃない」

どうしようもなく心が沈み、顔を上げてキスしようとする。ステファンは顔をそらす。彼のなかの引き裂かれるような思いが垣間見える。わたしがここに来ることでステファンを傷つけたのだと思うと、胸が痛くなった。

「ごめんなさい」

「もう行くよ。そろそろペイトンが帰ってくるから」

家に向かうステファンの頬に、月明かりで光る涙が見えた。ステファンがほかの女の家に入っていく。その女は彼と一緒に歳を取り、落ちこんだときは彼に寄り添い、クリスマスや独立記念日を祝い、困難や激動や歓喜をはらんだ魂を揺さぶるような日々も、すべてを分かちあえるのだ。そしてわたしは冷たいガラスに顔を押しつけていた少女のころみたいに、愛する者が去っていくのを見つめるしかなかった。

15

テディが最初に裁判所に出頭する日はあっという間にやって来た。初回はほとんどやることがないのに、形式ばったことが大好きな裁判所は全員に出頭させる。早めに到着し、わたしは車から熱気のなかへと降りた。

リチャードソンは相変わらず汚らしい街だった。まるで石油精製所の巨大な円柱から真っ黒な煙が吐きだされ、それが空を覆っているみたいだ。空気は排気ガスのにおいに満ちている。裁判所は工場の煙突みたいに薄汚れた建物で、その三階にあるロスコームの法廷へとわたしは向かっていく。

法廷のドアが開くまえ、あたりには緊張感が漂う。待っている人々は互いを観察しあい、ここに来た理由を探ろうとする。笑ったりジョークを飛ばしたりする余裕があるのは弁護士だけだ。

行ってみるとドアはすでに開いていたので、ほっとした。なかをのぞきこむ。ロスコームは証言台の前に立っている気の毒な女性を怒鳴りつけ、泣かせている。わたしはつかつかと入っていき、傍聴席の前を通りすぎて、弁護側のテーブルについた。ロスコームがこちらを見る。

痩せた男だが、顎の肉は妙に垂れている。真っ白な髪はピンク色の頭皮を隠すように撫でつけられ、その顔に渋面以外の表情が浮かんだことは一度もない。

わたしに目をとめると、ロスコームは暴言を吐きだすのをやめた。わたしたちは因縁の仲なのだ。

ロスコームはかつて、ウォルマートでオムツを万引きした三児のシングルマザーに実刑を科したことがある。判決言渡しで、罰金三百ドルか三十日の実刑を選ぶように言い放ったのだ。その母親にとって三百ドルの罰金は百万ドルにも等しい額だったため、結局刑務所行きとなった。子どもたちは養護施設に入れられた。公選弁護人から話を聞き、なんの抗(あらが)いもせず被告人に有罪答弁させていたことを知ったわたしは、無料で弁護を引きうけ、有罪答弁取消しの申立書を提出した。理由は〝裁判官の大いなる無能さとねじ曲がった根性による〟ものとし、〝ねじ曲がった根性〟にはしっかりと下線を引いておいた。反撃を受けることはわかっていたので、申立書のコピーをすぐにリチャードソン・ヘラルド紙の友人に送りつけ、全文を載せてもらった。ウェブ版のコメント欄には〝独裁者と戦う英雄〟と書かれた。

判事たちは弁護士など恐れていない。政治家も恐れていないし、市議会議員も恐れていないし、一般市民も恐れていない。唯一恐れているのは悪評を流すメディアであり、ひとたび報道されれば弁護士や政治家や市議会議員や一般市民の注目が集まり、ゆくゆくは裁判官の罷免(ひめん)につながる。ユタ州で裁判官を罷免するのは限りなく不可能に近いが、メディアによる批判が充分であれば、実現することだってありうる。

ロスコームは報道を知ると母親を釈放したが、わたしを法廷侮辱罪で一晩監置場にぶちこむことは忘れなかった。

トランス状態から醒めたのか、ロスコームは目の前の女性にまた目をやったが、そこにいる理由すら忘れたみたいだった。そしてようやく口を開いた。「以上です。退廷しなさい」

女性は涙で頬を濡らしたまま、顔をゆがめて走り去っていった。わたしは立ちあがり、微笑みかける。「相変わらず女性には紳士的ですこと、判事」

大型の革張り椅子にもたれかかり、ロスコームは言った。「またわたしの法廷に顔を見せるとはな、弁護人」

「過去は水に流しましょう。法と人道主義に基づいたあなたの大いなる叡智から、学びを得たいと思って来たんですよ」

舌打ちらしき音が聞こえた。「残念ながら予定表が埋まっていましてな。わたしから学びを得たいなら、しばらくお待ち願いたい」

通常、法廷では弁護士のついていない人々よりも弁護士が先に手続きできることになっている。わたしたちは一日に複数の審理を抱えているからだ。「判事、今日は初回の手続きなので時間はかかりません。二分ですむと思いますが」

「たしかに。だが、並んでいる善良な人々の前にあなたを入れろと言うんですか。それは無理というものだ。すわってお待ちを、弁護人」

ため息をつき、わたしは腰をおろした。傍聴席を見まわすと、隅のほうにテディとライリーの姿があった。テディはヘッドフォンをかぶせられ、iPadを見ながら笑みを浮かべている。母親のライリーは前を見据えていたが、わたしに気づいていたとしても反応はなかった。

予定表に沿って、審理はじりじりと進んでいく。ほかの弁護士の事件が読みあげられたので、その次に滑りこもうとしてみたが、ロスコームに見咎められた。「待ちなさい、弁護人。予定表の最後まで我慢しないと、法と人道主義に基づいたわたしの大いなる叡智からは学べないというものです」

「わかりました」わたしは早口に返事をして戻り、着席した。

仕方なくケリーに連絡を入れ、午後の別件の審理を延期してほしい旨を裁判所と検察に伝えてもらう。とても間に合いそうにない。正午になるころには身体が汗ばみ、苛立ちがピークになり、なぜ弁護士なんかになったのだろうとまたしても自問していた。振りむいてテディとライリーの様子を見る。テディはすっかり眠っていて、ライリーは壁に寄りかかってうとうとしている。法廷に残っている人々はだいぶ減ってきた。

眼鏡をかけた痩せぎすの検察官が近くに立っていた。こちらに身を寄せて言う。「いいザマだな」

「そりゃどうも。ご職業にふさわしいお言葉ね」

「生意気を言うな。おれは神の使いとして仕事してる。おまえたちは悪魔の手先だろ」

「悪魔には〈ゲーム・オブ・スローンズ〉とベーコン・ドーナツがある。聖歌隊の合唱や耳ざわりな説教とは比べものにならないね」

検察官は首を振り、背を向けた。法廷では見知らぬ弁護士にうかつに話しかけるべきでないと学んだことだろう。

一時半になり、いっそ手首を切ってやろうかと思った。弁護側のテーブルの下に寝そべり、テディのファイルで顔を覆い、目を刺すような明かりをさえぎった。少しだけ眠ったあと、さまざまな被告人が裁判官席のスターリンの問いに答える声に耳を傾けた。被告人の声から、どんな顔をしているか想像するゲームをやってみる。が、ちっとも当たらない。

「ミズ・ローリンズ、起きてますか」

わたしは飛び起きた。法廷にはテディとライリーしか残っていない。口もとの涎を拭い、証言台の前に立つ。

「セオドア・ソーンを代理します、判事」

「ミスター・ソーン、こちらへどうぞ」

ライリーがテディを起こし、証言台まで連れてきた。わたしの隣に立つと、テディは言った。「やあ、ダニエル」

「こんにちは」

「ミスター・ソーン、あなたは一件の規制薬物取引で第一級重罪として訴追請求されており、ユタ州立刑務所における懲役五年以上終身刑の処罰を受ける可能性があります。詳しくはこちらの書面を見てください。訴追内容については理解しましたか」

テディはぽかんとした顔でわたしを見つめる。いまはテディの責任能力を議論するときではない。ここで〝いいえ〟と答えたところで、判事は同じ文章をもう一度読みあげるだけだ。わたしはテディに向かってうなずいた。

「はい。ママから聞きました。あと、このあとマクドナルドへ行ってアイスクリームを食べます」

もしかしたら、ロスコームの顔に一瞬でも同情が浮かぶのではないかと思ったが、やはり石のように動じなかった。テディがきわめて論理的な答えを述べたかのように、ロスコームはうなずいた。「保釈請求をしたようですね。二週間以内に進行協議期日を設けます」

「判事、じつは公訴棄却の申立てを行なう予定なので、その期日を設けてほしいのですが」

「予備審問を行なうまでは、いかなる申立ても好ましくありませんな、弁護人」

「依頼人は予備審問を受けさせられるべきではありません。州側は完全に本件の管轄を間違えていますし——」

「管轄についてはこちらも熟知しています。意見確認を受け、彼を成年者として審理することはわたしが承認しました」

「でしたらおわかりですよね、判事。本件は一般市民の生活をどこまでも脅かす権力を持つ検察が、少しばかり邪魔な存在である議会を動かそうとする策略なのです。地方検察局は当方の上訴を望んでいて、最高裁にまで持ちこもうとしています。わたしに申立書を提出させたっていいでしょう。さっさと棄却して、ぜんぶお兄さん方のところへ放り投げたらいかがですか」

「お兄さん方ですか」ロスコームは含み笑いを漏らす。「まったく、口を閉じるということを知らない方ですな」

「弁が立つほうではありませんよ、まったく。でも、フォレスト・ガンプの言葉を借りるなら、愛が何かは知っています」

ため息をつき、ロスコームは言った。「ミスター・ソーンの予備審問は今日から二週間後に行ないます。その後、上級審へ移管すべき証拠が充分とわたしが判断したら、いくらでも中立てを行なってください。さて、以上でよろしいですかな」

テディに目をやると、サーカスに連れてこられたかのように大きく目をみひらいている。何が起きているのかまったく理解していないのだ。手には小さなぬいぐるみを持っていた。猿だ。

「わかりました、二週間後ですね。お会いできて光栄でした……ミア」

踵をかえし、監置場にぶちこまれないうちに法廷を出ると、ライリーとテディもあとに続いた。三人で無言のままエレベーターに乗りこみ、やがてわたしが口を開いた。「その猿はどうしたの、テディ」

「ラグーンゆうえんちに行ったとき、パパがとってくれた。ボールをなげるゲームで、パパがなげて、これをとってくれたんだ」

ライリーが微笑む。「十歳のときです。それ以来大事に持っているの」

裁判所を出て階段のところで足をとめる。「予備審問は公判の縮小版みたいなものです。検察側が証人を呼び、わたしたちは反対尋問ができます。ミアは公訴に進むだけの証拠があると判断するでしょうから、そのあとに公訴棄却の申立書を出します。受理されなければ、中間上訴という手続きを行なうことで、最初の裁判が終わらないうちに上級の裁判所に訴えることができるんです。最終的には、ユタ州最高裁がフーヴァー郡を叩きのめしてくれるでしょう。明らかに違法なことをやっていますから。流れはだいたいそんな感じだと思います」

「ありがとうございます」ライリーはうなずき、テディを見やった。「帰りましょう、テディ」

「ダニエル」テディはわたしの肩に両手をのせて言った。「すごいニュースがあるんだ」

「どんな？」

「金よう日はぼくのたんじょう日なんだ。それで……パーティをやるよ。来てくれる？」

わたしは言葉に詰まった。依頼人と仕事以外で会ったことは一度もない。そうやって厳密に線引きしてきたからこそ、これまでうまくやってこられたのだ。けれどもテディの表情に浮かぶものを見ると、とても断れない。

「もちろんよ。行くからね」

テディは母親に向きなおって言った。「ダニエルが来てくれる！」

ライリーは目をそらし、テディを連れて階段をおりていった。時間や場所を訊こうかと思ったが、そんな話をするような雰囲気ではなかったので、何も言わないでおいた。自分の車に戻って乗りこみ、焼けつくような熱気のなかで、しばらくすわっていた。

今日の法廷での感触だと、気に食わない法を叩く機会がたまたま来たからフーヴァー郡側が動いたとは思えない。もっと組織的なものを感じるし、ロスコームはうわべよりも多くを知っている。慎重に動かなければ。フーヴァー郡検察もロスコームも信用できない。パーティで綺麗な女の子に出される酒を信用できないように。

エンジンをかけ、車を走らせる。ケヴィン以外のふたりの少年に話を聞いたあと、要（かなめ）の人物に会いに行こう。警察が情報屋にしていた売人だ。

16

クリント・アンドリューズとフレデリック・ウィルモア。このふたりと対峙（たいじ）して、ケヴィンの話が真実なのかどうか確かめねばならない。調査員のウィルは、すでに弁護士を立てている相手との接触や会話は拒否している。倫理違反をすれば、若くして引退する計画に影響してしまうから。その考えを責めることはできない。きっと検察はウィルに対する懲戒処分を求め、調査員の資格を剝奪（はくだつ）しようとするだろう。最終的に向こうが負けるとしても、手続きには数カ月もかかるので、一刻も早く南国へ飛びたいウィルにとっては不都合なのだ。

クリント・アンドリューズはレイターフォードという私立高校に通っていた。公立高校とはちがって簡単に入ることはできない。どの入口もカードをスキャンしないと開かないようになっている。二、三分ほど思案をめぐらせてから、わたしは車を降りた。

事務室にいる職員の姿が見えたので、手を振ってみると、インターホン越しに声をかけられた。「何かご用ですか」

「どうも、パティ・アンドリューズよ。クリント・アンドリューズの母です。ちょっとだけ息子と話をしたいの」

「お母さま？」

「ええ。そうです」

事務員はわたしを見やったが、何も言わなかった。読みが当たったようで、やはり母親の顔までは把握していないのだ。

「べつに早退させたいわけではないの。五分だけ話がしたいんだけど、携帯電話にかけても出てくれなくて。話はここで、そちらから見える場所でしますから。殺人犯か何かだと疑っているならご心配なく」

いまの軽口は逆効果だったかもしれない。事務員はわたしを訝しげに見つめ、警察を呼ぼうかどうか迷っているように見えたが、やがてこう言った。「少々お待ちください」

わたしは後ろを向いて、駐車場を見わたした。煙草に火をつけたくなったが、警備員の注意を引きそうなので我慢した。

振りかえると、ひとりの若者が事務員と話していた。クリントだ。顔を見られないように背を向け、じっと待つ。やがてドアが開き、クリントが歩道に出てきた。

「クリント！」抱きついて言う。

「あんた一体――」

すかさず肩に腕をまわし、事務室に背を向けさせ、こちらの表情が見えないようにする。

「わたしはテディ・ソーンの事件の担当弁護士よ。事務員に怪しまれたら困るから、調子を合わせて」

「え、でも、ぼくにも弁護士ついてるし」

何を言うにも語尾を上げるタイプだ。世界じゅうがクエスチョン・マークだらけに見えるのだろう。頭のネジがゆるんでいるようなのは、マリファナの喫いすぎのせいだろうか。一マイル先からでもわかるほど、髪と服ににおいが染みついている。

「逮捕された夜のことを覚えてる？」クリントの言葉を無視して言う。

「え、うん」

「何があったのか話して」

肩がすくめられる。「リチャードソンに行った。ふたりが用事があるって言うから」

「ふたりって？」

「ケヴィンとテディ」

「どんな用事だったの」

「わからない」

「わからない？　あんな怪しげな場所にスポーツバッグを持って寄ろうとしていたのに、理由も訊かずについていったの？」

「訊かなかった。ケヴィンが皆で行くっていうから、いいよって答えただけ」クリントは事務室のほうを見る。「あの、もう行ってもいいかな。体育に遅れそうなんだ」

「警察の報告書では、リチャードソンに行って誰かを訪ねたいと言いだしたのはテディだとあなたは供述している。警察にそう話したことは覚えてる？」

首が振られる。「ううん。あ、内容はそうだけど。なんて言うか、警察は……これこれこういう経緯だったんだろうと話をしてきた。それで、その場に父さんもいて、うなずいてきたから、はいって答えたんだ」

「テディはリチャードソンまでバッグを運ぶとは一切言っていないの？」

「うん。だと思うけど。あいつが話してたのはゲームとか、くだらないことばかりだった。テレビゲームをやりたがってて」

わたしは腕組みをして壁に寄りかかった。いかにもフーヴァー郡の警察だ。犯行について勝手にストーリーを仕立てあげ、証人を誘導して、警察の望むような証言をさせるのだ。

「ありがとう、クリント。体育がんばってね」

「うん」

校舎に入っていくクリントを見送ってから、わたしは警備員に母親でないことを疑われないうちに、そそくさと車に戻った。


クリントとはちがって、フレディ・ウィルモアの通う高校は富裕層向けの私立ではなかった。セントラル・ハイスクールは州内でもっとも貧困にあえいでいる地域に建っていた。この学校には青々とした芝生もなければ、レイターフォードやスカイラインの駐車場にあったような高級車も見あたらない。煉瓦の外壁はあちこちが崩れ、割れている窓もいくつかある。正面口のドアはいまにも蝶番(ちょうつがい)から外れそうだし、校舎のなかは古い体育館のロッカールームみたいなにおいがした。

事務室へと向かう。職員は電話中で、わたしの姿を見ると目を丸くした。壁のペンキは剝がれかけ、黒い染みがあちこちに見える。

「なんのご用です」電話を終えた職員が言う。

「すみません、フレディ・ウィルモアと話したいんですが」

「お待ちください。呼びだしますから」

こちらが何者なのかも尋ねないし、なぜ来たのかも尋ねない。急にこの学校の生徒が気の毒になった。学校側は生徒を適当にあしらい、さっさと卒業させることしか考えていない。二十マイル離れたレイターフォードの生徒たちが、いかに恵まれているかと思わざるを得なかった。

数分後、痩せた身体に赤いTシャツを着た短髪の生徒がやって来た。職員がわたしを指さす。手を差しだすと、フレディは握手してくれた。

「フレディ、わたしはテディ・ソーンの事件の担当弁護士なの。いくつか訊きたいことがあるんだけど」

「もう代理人がついているんです。話は弁護士を通していただかないと」

「そうでしょうね……でも、テディはただでさえ大変な人生を送っているのに、こんなことに巻きこまれてしまったのよ。なんとか助けてあげるために、力になってくれないかな」

フレディはこちらの言わんとすることをすぐに察したようで、その目には同情が浮かんだ。判事のロスコームに期待したけれど、まったく浮かばなかった感情だ。

「あの夜、リチャードソンに行こうと言いだしたのはテディじゃないんでしょ」

フレディは事務室のほうを一瞥(いちべつ)してから言った。「テディがそう言ったのは聞いてませんん」

「警察に誘導されたってこと？」

「ケヴィンとクリントが、言いだしたのはテディだと証言したって聞かされて。ぼくは聞いてないって言おうとしたんですが、警察は必要な証言だけ得られればいいみたいで。それで同意したという感じです」

「じゃあ、誰が言いだしたの。ケヴィン？」

「わかりません。ぼくがゲームをやっていたら、ケヴィンがリチャードソンに行くって声をかけてきました。誰が最初に言いだしたのかは聞いていません」

「フレディ、検察はテディを大人として訴追するのよ。担当の裁判官は、麻薬取引をした大人を全員刑務所送りにするようなひとなの。テディが刑務所に入ったら、どんな目に遭うかわかる？」

顔がゆがみ、視線がそらされる。「わかります。考えただけでぞっとする。でも本当に、どうしてあそこへ行ったのか、誰が言いだしたのかは知らないんです」

マリファナ漬けのクリントとちがって、フレディは話し方もしっかりしていて知性も感じられる。そんな若者が、テディに罪を着せる計画の片棒を進んで担いだとは思えない。けれどもこの子にとって警察はとても恐ろしい存在だろうし、これまで縁がなかったのであればなおさらだ。すでに証言したふたりに話を合わせなかったら、何をされるかわからないので、怯えて同意したのだろう。

「例の家に着いてから、何があったの」

「ケヴィンが車を降りて、テディを連れていきました。ふたりが玄関のところへ行くと、すぐに警察が大勢やって来て、取りかこまれてしまったんです」

「バッグの中身がコカインだとは知らなかったのね？」

「ええ。知っていたら絶対に行きませんでした。フロリダ大学の奨学金が決まっているんです。ドラッグ絡みの事件を起こせば、その話がなくなりますから」

「だからテディに罪を着せて、自分は逃れようってこと？」

フレディはごくりと唾を飲みこむ。「ぼくは……」

「まあ、いいわ。話を聞かせてくれてありがとう。間違ったことをしても、あとから正すことはできる。あとでうちの調査員があらためて話を聞きに来るから。録音もするけど、構わないね？」

肩がすくめられる。「さあ。いいんじゃないですか」

わたしはうなずいた。この子のしたことはともかく、見ていると気の毒になってきた。靴には穴が開いているし、Tシャツは何年も着古しているようだ。貧しい家庭で育ち、貧しさゆえに、そこから抜けだそうと必死で勉強に励んだのだろう。フレディはその努力の結果を守ろうとしているだけなのだ。今後はできるだけ配慮してあげて、必要以上に煩わせることがないようにしてやりたい。

「すみません。テディに、ごめんと伝えてもらえますか」フレディは言った。

「わかった」わたしは名刺を渡しながら言う。「何かほかに話すことが出てきたら、電話してね。調査員は今日か明日には来させるから」

立ち去ろうとして足をとめ、わたしは言った。「ねえ、ちょっと気になったんだけど。どうやってこんなに早く弁護士をつけたの？」

「ケヴィンのお父さんが雇ってくれたんです」

「なるほどね。名前はわかる？」

「わかりません。ケヴィンの家の専属弁護士だとか」

「ケヴィンとクリントとはどうやって知りあったの。皆、高校はべつべつでしょ」

「幼なじみなんです。子どものころは家が近かったので。ぼくが十歳のころに父が出ていって、引っ越すことになったんです。でも、ふたりともいまでも親友です」

うなずき、わたしは言った。「ありがとう、フレディ。あなたはいい子ね」

学校を出るころには、すっかり気分が高揚していた。フレディが警察に誘導されたという話を録音しておけば、検察側はこちらに取引を持ちかけてくるはずだ。この録音が陪審に公開されたら三人の証言の信憑性が疑わしくなるので、それは避けたいはずだろう。

晴れやかな気持ちになったことだし、昼から祝杯を挙げるとしよう。

17

一杯飲んだあと、次の審理に向かった。単なる罪状認否手続きなので、やることは法廷に立って依頼人の住所を確認するだけだった。二十一歳の若い女性で、ブラインド・デートのときにクリスにゲロをひっかけた子だ。

法廷を出ていきながら、その子が言った。「免許はだいじょうぶだと思う？」

「たぶんね。取引する方法はいくつかあるから、停止は免れるかも。それまではトラブルを起こさないように気をつけて」

「わかったわ。運転席の下にマリファナと銃があったんだけど、見つからなくてよかった」

「その話はここだけにしておくのと、二度と話題に出さないようにしましょ」

「あっ、そうか。そうしたほうがいいわね」

その日は似たような流れが続いた。一件、また一件と審理をこなし、そのあとは書面作成。それからウィルと〈パープル・イグアナ〉にランチに行き、フィジーに着いた最初の週にウィルがやりたいことを一時間かけて語るのに耳を傾けた。ようやく話を終え、ウィルは言った。「自分のことばかりで、きみの話を聞いていなかったね。ソーン事件はどうだい」

「いい感じ。少なくとも証人のひとりが警察に誘導されていたことがわかった。あなたにフレディ・ウィルモアの聴取をしてほしいんだ。リチャードソンに行くことを提案したのが誰なのかはわからないのに、警察の圧力でテディだと答えたって話してくれるはず」

「その子には弁護士がついているんじゃないのかい」

「話を録音するだけってことなら、弁護士は同席しなくていいでしょ」

「けど、違反すれすれの行為だな」

「ウィル、いいからやって」

隣のテーブルの女性たちがウィルをちらちら見ている。人目のある場所に行くといつもこうなのだが、ウィルはまったく気づいていない。

降参するように両手を挙げ、ウィルは言った。「わかった、わかった。きみのためだ」料理を口に運び、ナプキンで唇を拭う。「にしても、すごいじゃないか。完全に棄却に持ちこめるってことだろ?」

「そうとは言いきれない。ソルトレイク郡ならそうだけど、フーヴァー郡は向こうに非があったとしても徹底的に闘うからね。結局公判はやることになるかも」

「そういえば、チップと話をした。書類を送るときに電話したら、きみがテディの保釈金の手数料を払ったと言ってたけど、ほんとかい」

「うん」

「じゃあ、その金はテディの両親がかえしてくれるんだろうね」

「どうかな。払えるとは思えないけど」

「それじゃ……受任のときに六千ドル受けとって、保釈に五千ドル使ったってことかい。そのうえ、ぼくの仕事に最低三千ドル。赤字じゃビジネスとしてまずいだろ、ダニ」

肩をすくめる。「あの子を拘置所に入れておけなかったから」

「どうしてだい」

首を振り、わたしは黙っていた。

「聞いてくれ。ぼくは貧しい家庭で育った。父はバーを経営していたけど、やがて家族を棄てて、ぼくたちは無一文になった。朝も昼も夜も、政府の補助がなければ食べられなかった。あの生活には二度と戻りたくないと思ったし、戻ったこともない。ぼくがアメリカン・ドリームを実現したのには、わけがあるんだ。困っている者はそこらじゅうにいる。ひとりを助ければ、べつの者も助けを求めてきて、またひとり、またひとりと増えていく。まずは自分を守ることを第一にして、他人を助けるのは余裕があるときだけにしないと」

「でも、なぜだかわからないけど……あの子を放っておけなかった」

「じゃあ、今回だけは特別だ。きみからお金は取らないよ」

「悪いけど、甘えさせて。ありがとう、ウィル」

「仕方ないな、きみのためだ」

支払いをすませてレストランを出たあと、家に帰ることに決めた。事務所に戻っても、依頼人からの電話一本すら出る気になれない。法は理不尽だとか、証拠は警察の捏造（ねつぞう）だとか、CIAに電話を盗聴されているとか、宇宙人が人間の脳にメッセージを送りこんでいるといった与太話に耳を傾ける余力はとてもない。

ホームレスのシェルターの前を通ると、人だかりはいつもより少なかった。建物の角に数人と、通りに数人のグループがいるだけで、このあいだ目にしたような大人数は見あたらない。ずっと寄付をしていなかったので、今度服を持っていこうと決めたことを思いだした。近くのリサイクル・ショップへ行き、セーターやスウェットパンツを箱いっぱいに買って二十二ドル支払い、シェルターへ戻ってそれを寄付した。

家に帰ると、テレビを観る気も音楽を聴く気も起きず、陽が暮れていくなかで居間の窓から見える木をただ眺めていた。風にそよぐ木は、陽射しを受けた葉が揺れるたびに光って見える。瞼（まぶた）が重くなってきたところで、携帯電話が振動した。息子のジャックからのメッセージだ。

〈三人で映画に行かない？〉

〈三人って？〉

〈ぼくと父さん〉

返信を打ちはじめる。〈疲れてるの。また今度にしておく〉と打ったが、ぜんぶ削除して〈行く〉と返信する。首と腕を伸ばしてから、ジープに乗りこみ、フェデラル・ハイツに向かった。

ふたりがわたしを呼ぶ気になった理由は謎だが、断るわけにはいかない。本当は男同士で行く予定だったのに、ジャックがわたしを誘いたがったのだろう。

ドアが開いてふたりが外に出てくると、心臓がとまりそうになった。こんなに素晴らしい光景がほかにあるだろうか。世界でいちばん愛しているふたりが、笑いながらこちらに近づいてくる。

「紳士がたのお出ましね」ジープに乗りこむふたりに声をかける。

「やあ、母さん」ジャックは頬に軽くキスしてくれた。

ステファンを見てわたしは言う。「挨拶のキスはなし？」

「一緒に来たんだ。それだけでも大きな一歩だろう」

「ありがたく思っとく」

映画館へと車を走らせる。ジャックが好きな女の子の話をしたので、思わずゲロを吐く真似をしてみせると、息子は大笑いした。

「あの家ではどういう教育をしてるの？　ジャックはまだ十三歳なのよ。もっと厳しくしないと」

「何を言ってるんだい。ぼくが初めて彼女を作ったのは十四歳のときだ」

「それだって幼すぎる。ジャックを閉じこめておかなきゃ。ペイトンは核シェルターか何か持ってるはずでしょ？　そこに閉じこめておいて、三十歳になったら出してあげるといいい。リジー・ボーデンみたいに父親と継母を斧で殺すかもだけど」

ステファンが笑みを浮かべる。「初めての彼女はいまでも覚えてる。パトリシア・オカムラ。十六歳の日系で、瞳はエメラルド、身体はヨガのインストラクターみたいだった」

「ねえ、事故らせたいの？」

「車のなかで一度だけヤったんだ。夜景を見ながらね」

「うわっ、ちょっとやめて」窓をおろし、またゲロを吐く真似をする。ジャックの笑い声が耳に心地よかった。「こういう時間がいまは恋しいの。家族との時間。以前はいつも面倒なものだと思っていたけど、いまはどれだけ素晴らしいものだったかがわかる。気づくのが遅すぎたけど。真実が見えてなかったってことね」

「遅くなんかない」ステファンが言う。「きみにとってはね。誰か相手を見つけて家庭を持って、ぼくたちはそれぞれの人生を歩むんだ。それが離婚というものさ、ダニ」

「そうね。でもそんな日は来てほしくない」

車をとめ、映画館に入っていく。ふたりのためにポップコーンと飲み物を買い、ジャックが観たいという映画のチケット代も払う。セクシーなティーンのヴァンパイアものだ。

最初の五分間の台詞を聞いただけで吐き気がしたので、ジャックとステファンに気づかれないよう、好きなだけふたりの顔を見つめることにした。途中でステファンが気づき、笑みを浮かべた。仕方なくわたしは前を向き、ティーンのヴァンパイアと狼男と、あと魔女か何かのロマンスに耐えることにした。

そのうち眠ってしまい、ジャックに手を握られて目を覚ました。

「来てくれてありがとう。好みじゃないってわかってたけど」

「全然そんなことない。あの女の子が、すんごいイケメンのモンスターふたりのどっちかを選ぶ場面あったでしょ。あれはよかった」

ジャックはわたしと腕を組み、出口へと向かっていった。ステファンがこちらを見ていて、口もとにかすかな笑みを浮かべている。母親と過ごすジャックを見たからなのか、息子と過ごす時間と映画が楽しかったからなのか。でも、わたしと同じように、この三人だけの時間を死ぬほど愛しいと思っている可能性だってある。

ふたりを家まで送っていくと、ジャックが先に車を降りた。ステファンはすぐには降りようとしない。「きみは前へ進まなくちゃ。孤独でいてほしくない」

「愛してるひとがいるのに前へなんて進めない」

「それが本当なら、浮気なんてしなかったはずだ」身を乗りだし、ステファンはわたしの頬をつついた。「ありがとう、来てくれて。ジャックがどうしてもって言うから」そこで少しためらい、言葉を継ぐ。「もうひとつ、ジャックが強く望んでいることがある。ペイトンとぼくがどんなに説得しようとしても、少しも聞きいれてくれなくて」そこでため息をつく。「きみに結婚式に来てほしいそうなんだ。もし来ないなら、ジャックも出席しないと言ってる」

「どうして？」

「人生の一大イベントだから。一大イベントにはすべて、きみにいてほしいそうなんだ」

わたしはペイトンの家を見やった。「あの歳とは思えない子ね」

「来たくないなら、無理はしなくていい。ジャックも現実を受けいれるだろうし、いつの日か来られない事情を理解するだろう」

「ううん、行くよ。でも、飲んだくれずにはいられないと思うけど」

「構わないよ。節度を保ってくれれば」

わたしは大きく息をつき、座席にもたれた。「本当にいいの？　あなたはこのまま前へ進むつもり？」

「ペイトンを愛してるんだ。ごめん、きみを傷つけるとは思うけど、本当だから」ドアを開け、ステファンは車を降りた。「おやすみ、ダニ」

家へ向かって歩く彼を見つめる。玄関に着くと、ペイトンがドアを開けた。それからキスをして、こちらに気づくとステファンの尻をつかんだ。わたしは中指を突きたててから、車を出した。まるで鉛(なまり)の重りを飲みこんだようで、地球の中心まで落ちていく気がした。炎に飲みこまれ、溶岩に打ち砕かれる。あまりにも怒りが強すぎて、いったん車を脇に寄せ、気持ちを落ちつけてから走りださなければならなかった。

前に進む。なるほど。ずいぶん簡単に言ってくれるものだ。

18

ステファンの結婚が重く心にのしかかる。妻をロマンティックなディナーに連れだすステファンに出くわしたり、山でスキーを楽しむふたりを見かけたり、さらにはもっとも見たくないものまで想像してしまう。ステファンの子をお腹に宿したペイトン。想像するだけで耐えられない。

それから数日間は、まるで生ける屍(しかばね)だった。朦朧(もうろう)とした頭で朝から晩まで働き、〈リザード〉で浴びるほど酒を飲み、そのまま倒れこんで眠る。ミシェルの家で、あるいは自宅で、はたまた〈リザード〉のＶＩＰルームで。そして毎晩のように港に立っている夢を見た。夜に巨大な黒い船が停泊し、何やら邪悪なものをわたしに届けに来るのだ。

金曜日に裁判所にいるとき、ケリーからメッセージが来て、今日はテディ・ソーンの誕生日だと思いだした。あれ以来、パーティに関してはなんの連絡も来なかったので、テディの両親はわたしを本気で誘うつもりはなかったのだろう。ちょっとしたプレゼントでも用意して、パーティに出られない埋めあわせとして家に届けよう。

最近は夜中になると、自分がいかに弱く疲れきった存在であるかを痛感し、エドガー・アラン・ポーのことが頭に浮かんでしまう。ポーは瀕死の状態で側溝に倒れているのを発見され、その孤独な最期は後悔と失われた愛でいっぱいだったという。わたしもそんな最期を迎えるのだろうか。いや、もっと悲惨なものかもしれない。少なくともポーは、後世に数多くの名作を遺していった。わたしが遺していくのは、自由にしてあげたり減刑してあげたりした犯罪者たち以外に何があるというのか。

ホームレスのシェルターの前を通ると、二、三のグループがたむろしていた。夜も暖かくなってきたので、ごった返しているということはない。シェルターとその向かいにある無料の診療所のあいだで、数人の男が誰かを小突きまわしていた。やられているのはまだ若い黒人のようだ。ひとりがその子の顔を睨みつけ、ほかの男たちがポケットをまさぐっている。新入りがシェルターにやって来ると、よく見られる光景だ。小突かれている子は誰かに似ていた。まさか、テディ？　そんなことがあるだろうか。

車を脇に寄せ、グラヴ・コンパートメントにある催涙スプレーを持って降りる。

街灯に照らされて、三人の男の顔と標的にされている者の後ろ姿が見える。「あなたたち、やめなさい。警察を呼んだからね」

何歩か近づくと、男たちは振りむいた。ホームレスがもっとも嫌がるのは警官にボディチェックされることだ。それをやられたら、持っているドラッグを没収されることになり、ほんの数時間だけつらい現実を忘れることすらできなくなってしまう。

わたしは凍りついたように立ちどまった。

標的にされていたのは本当にテディ・ソーンだったのだ。

「テディ？」

三人の男たちは逃げていった。ひとりはテディの『ハックルベリー・フィンの冒険』を投げ捨てて立ち去った。わたしは本を拾って歩み寄る。テディは手の指をこすり合わせ、ぐるぐると円を描いて歩いている。

「テディ、ここで何をしているの？」

「だからかえしてほしいって言ったんだ。ママにもらったものだから、かえしてほしいって」

「テディ」わたしは正面にまわりこんで言った。「ここで何をしているの？　どうして家にいないの」

「かえしてほしいって言ったんだけど、かえしてくれないんだ。だからママにもらった――」

できるだけ優しく両手をテディの肩に置き、歩きまわるのをやめさせようとした。こちらに目を合わせてくれず、テディは地面を見つめている。あまりにも強く指をこすり合わせるので、薄明かりのなかでも皮膚がすりむけているのがわかる。両手でテディの手を覆ってこすらせないようにし、そのまましばらく握りしめていた。ゆっくりと視線が上がり、テディはわたしと目を合わせたあと、また地面を見つめる。ただ、ようやく歩きまわるのはやめた。

「どうして家にいないの？」

じっとしたまま、テディは黙っている。

「どうやってここに来たの？」

「かえしてほしいって……」上の空で言いだしたが、そこで言葉が途切れる。

きっと道に迷ったのだろう。わたしの事務所はそう遠くないので、母親に連れてこられて車のなかで待っているとき、抜けだしてきたのかもしれない。「いらっしゃい。送っていってあげる」わたしは言った。

助手席にすわり、テディは身体を前後に揺らしている。本をかえしてやると、五歳の子みたいに声をあげて喜んだ。膝の上に本をのせ、表紙の文字を指でなぞっている。

「パーティに行けなくてごめんね」

「ダニエル、来てくれるって言ったのに。パーティに来てくれるって言ったのに」

「そうね。本当にごめんなさい。パーティはどうだった？　素敵なプレゼントがもらえたかな」

「今日……ちょうちょ（バトラーフライ）を見たんだ」

「本当に？　バトラーフライを見たの？」あえて〝バタフライ〟とは直さなかった。むしろ威厳があっていい呼び名だ。

「家で見たんだ。家で。おいかけたんだけど、にげちゃった。つかまえて、ビンに入れて、かおうと思ったんだ。かってみたかった」

「バトラーフライは瓶のなかは好きじゃないのよ。自由に飛びまわりたいの。飛びまわれないと、死んでしまうから」

「うん、でも、もしかえたら、友だちになれる。友だちはいたほうがいいよ」そこでふと言葉を切ったあと、口を開く。「ママがパーティはできないって言った。行くところがあるから、パーティはできないって」

「行くってどこへ？」

「行くところがあるんだ。だからパーティはできないって」

　家に着いたので、テディをジープから降ろしてあげた。ポーチの階段をのぼっていくと、正面の部屋には明かりがついている。ノックしてみる。もう一度ノックして、ベルを鳴らす。それからノックしてベルを鳴らし、またノックしてベルを鳴らす。出てくる気配はない。

「ご両親、いないのかな」

「ときどき……ふたりでえいがをみに行く。そのときはミセス・ハッチャーが家に来てくれるんだ。いっしょに〈ジェパディ！〉をみるんだよ」

「ミセス・ハッチャーはご近所の方？　近くに住んでいるの？」

「ミセス・ハッチャーは〈ジェパディ！〉がすきだよ。アレックス・トレベックがかっこいいから」

思わず笑みが浮かぶ。「ミセス・ハッチャーの家はどこかわかる？」

「家はあっちのほうだよ」

テディは本をしっかりと持って、通りを歩いていった。小さな白い家にたどり着くと、芝生があるべき場所は大きな石で埋められていた。「ミセス・ハッチャーはここにすんでるけど、おきゃくさんはきらいなんだって」

「今日だけは大目に見てくれるはずよ」

玄関のドアに近づいたが、テディは歩道に残ったまま待っていた。ノックすると、眼鏡をかけた老婦人が出てきた。小柄でずんぐりしていて、わたしが誰なのかを思いだそうとしているようだ。

「こんばんは。初めてお目にかかりますが、わたしはダニエル・ローリンズといいます。ソーン一家の弁護士です。テディが迷子になっていたんですけど、ご両親が不在のようで。どこにいるかご存じですか？」

ミセス・ハッチャーは悲しげな顔になり、どうやらわざとテディを見ないようにしている。

「ええ。家にいると思います」

「そんな。だって、散々ドアをノックしてベルも鳴らしたんですよ」

「出てこないと思います」重々しい口調で言う。

まさか、このイカれた老婦人がメネンデス兄弟並みの凶行に至り、テディの両親を手にかけたのか――血みどろの部屋、撃ちこまれた散弾、湿布のにおい。

「あの……何か理由があって、出てこないんでしょうか」

「おふたりに直接訊いてください」

ドアを閉めようとしたので、とっさに押さえる。「すみません、あと少しだけ。テディの面倒をときどき見てくださってると聞いたんですが」

目が閉じられ、鼻から大きなため息が漏れる。「お帰りください」

「せめて、どういうことなのか教えてもらえませんか。テディはホームレスのシェルターにひとりでいたんです」

視線がテディに向けられ、悲痛な表情が浮かぶ。「わたしには引きとれなかった。自分の面倒さえろくに見られないのよ。頼まれたんだけど、断ったんです」

「引きとれないって……まさか、嘘でしょ。両親がテディを故意にシェルターに連れていったと言うんですか」

「お引きとりください。いますぐドアから手を放さないと、警察を呼びますよ」

しばらく凍りついたように動けなかったが、ようやくわたしは後ずさりした。ドアが閉じられる。テディのほうを振りかえると、鼻歌をうたいながら、空を見あげて星をかぞえている。ミセス・ハッチャーの言うとおりだとはとても思えない。きっと何か事情があるはずだ。

テディの自宅に戻ってみる。さっきはついていた明かりが消えている。家の脇には小さなテラスがあり、その庇の上の窓が開いていた。

「テディ、ここで待っててね」

テラスに駆け寄り、庇を支える鉄製の柱をよじのぼり、どうにか上に乗った。ところが後ろに落ちそうになり、とっさに窓枠をつかんで、溺れる者並みの必死さでしがみついた。窓からなかへ入り、二階の廊下におり立つ。暗がりのなかで耳をすましていると、廊下の先のほうから静かな話し声が聞こえてきた。近づいてみると、テディの両親が寝室でベッドにすわって話をしていた。父親は小さな音量でテレビを観ていて、着ているポロシャツにはやたらと大きな食べこぼしの染みがあった。ライリーは腕組みをして、空を見つめている。

「すみません」

声をかけると、ふたりともぎょっとする。ロバートは怒りをあらわにし、立ちあがって向かってきた。わたしは両手を挙げて言う。「おっと、ご勘弁を。息子さんを送ってきただけなんだけど」

「どうやってなかへ入ってきたんだ！」

「一時間近くドアをノックしてたのに。聞こえなかったんですか」

「帰ってくれ。いますぐ」

「もちろんです。テディは外にいますから、連れてきますね」

ふたりは目を見あわせる。

「信じられない。ほんとだったわけ？　あなたたちがあの子をシェルターに連れていったのね」

「あいつはもう十八歳だ。自分の意思で行動できる。十八年間も尽くしてきたんだ。十八年間分の人生を奪われてきた。残りのわずかな人生を奪われてたまるか」

わたしはロバートの目をまじまじと見つめてみたが、そこに怒り以外の感情はなかった。

「冗談もほどほどにして。あなたの息子なのよ」

ライリーが立ちあがって歩み寄り、夫の肩に手を置いた。それで少し怒りが収まったのか、ロバートは背を向けてベッドに戻り、腰をおろして床を見つめた。ライリーはそっとわたしの肩に手をまわし、寝室の外へ連れだした。

「ああいった子を育てるのがどんなものか、あなたにはわからない。もうわたしたちは疲れはててしまったの。お金も、身体も、頭も、心も……すべてがすり減って、何も残っていないわ。ロバートは心臓発作を二回も起こした。わたしは三年前に神経衰弱と診断され、精神科に一週間以上も入院したのよ。あの子にはすべてを捧げてきた。責任があるうちは何がなんでも育てようと思っていたけど、もう終わったわ」

「いったい何を言っているの。〝終わった〟？　テディがひとりで生きていけるわけないでしょ。わたしが見つけたとき、あの子がどんな目に遭っていたと思う？　喝上（かつあ）げされてたのよ。これから一生そんな仕打ちを受けていくのよ。ものを持つことすら許されない。身体すら守れない。あそこにいる男たちは刑務所から出たばかりで、女が手に入らなければ――」

「もう聞きたくないわ」ライリーは手を挙げ、目を閉じた。

「いいえ、聞いてちょうだい」

「ミズ・ローリンズ、他人を裁くのは簡単よ。同じ立場にならない限り」

「そうね、とっても簡単よ。だって、どう見てもあなたたちみたいな輩は人でなしだから。

わが子によくもあんなことができるわね」

「何年も考えてきて、お祈りもしたし、弁護士に相談もしたし、受けいれてくれる施設も探してきたわ。やれることはすべてやった」

「非営利団体で受けいれてくれるところがあるはず」

「あの子の年齢では無理なのよ。ユタ州にはないの。もっと制度の整った州にあの子が自分で行けたら、助けが得られるんでしょうけど」

「ちょっと、何言ってんのかわからない。あなたがそういう州に連れていけば？」

「ミズ・ローリンズ」ライリーは厳しい口調で言った。「話をしたのは善意からなのよ。不法侵入ですぐに通報してもいいんですからね」

「それなら、息子を道端に棄てたことを警察に話しても構わないのね？」

「何も違法なことはしていないわ。弁護士に相談したんだもの」

悔しいけれど、ライリーの言うとおりだった。ユタ州では子どもが十八歳になれば、親に養育の義務はなくなるのだ。たとえ知的障害があったとしても。

「信じられない。あの子をゴミか何かみたいに、シェルターに置きざりにするなんて。あなたはいったいどういう人間なの」

ライリーの目に涙が浮かぶ。「十八年間、囚（とら）われの身だった人間よ。もう残りの人生は少ないけれど、これ以上囚われていたくないの。さあ、もう帰ってちょうだい。費用はすべてお支払いしたから、今後はもう連絡してこないで」

呆然(ぼうぜん)としたまま、わたしはその場を去った。同じ人間なのに、どうしてこんな仕打ちができるのか。しかも自分の子どもだというのに。シェルターでテディを降ろしたとき、この男たちがどういう人間であるかは見たはずだ。鮫のようにうつろな目をして、小さな魚を喰(く)いちぎろうと探しまわっている。それでもあのふたりは、なんとも思わないのだ。いつからテディの十八歳の誕生日を待ちわびていたのだろう。毎日テディと朝食をともにし、休日を過ごしながら、いずれ道端に棄てるつもりでいたというのか。

歩道に出てみると、テディは本をしっかりと抱きしめ、鼻歌をうたっていた。

「おうちに帰れるの？」

わたしはうつむいた。さっきの老婦人のように、テディの顔を見ることができない。

「ううん、帰れない。今夜はうちでわたしと一緒に寝よう」

「おとまり？」

「そうよ。お泊まりだね」

19

自宅に着くと、テディはなかに入って居間で立ちどまった。まるで初めて動物園に来た子どものように、喜んだり驚いたり顔をしかめたりしている。毛布と枕を持ってきてソファに置き、わたしは言った。「さあ、テディ。今夜はここで寝てちょうだいね」

「ううん、だめだよ。これはソファだから」

「そうだけど、大きいでしょ。ゆったり寝られるよ」

「ソファはすわるためにあるんだ。すわるためで、ねるためじゃないよ」

「まあ、たしかに……」どうやら説得するのは無理そうだ。事実、ソファはすわるためのもので寝るためのものではない。わたしはテディを寝室に連れていった。

「じゃあ、ベッドを使っていいよ」

「わかった」

部屋を出ようとすると、テディが言った。「はみがきしないと」

「えっ？」

「ぼく……はみがきして、テレビをみないと」

「テレビって？」

「〈スポンジ・ボブ〉をみるんだ。はみがきをして、〈スポンジ・ボブ〉をみないと」

「ねえ、うちでは〈スポンジ・ボブ〉は観られないの。それに一晩くらい歯みがきしなくたって平気よ。そういうのもたまにはいいよ」

背を向けて部屋を出ようとすると、テディが叫びだした。「はみがきをして、〈スポンジ・ボブ〉をみるんだ！」

振りかえると、テディは震えていた。激しく手が揺れていて、ハックルベリーの本を落としてしまいそうだった。下唇がゆっくりと丸まったり伸びたりしている。

「わかった」穏やかに言う。「なんとかするからね」

テディとわたしは地元のスーパーマーケット〈スミス〉の通路を歩きまわり、ようやく歯ブラシを見つけた。選ぶのに五分かかり、さらにアイアンマンの絵がついた歯みがき粉も欲しいと言われる。両方とも持って会計しようとすると、レジ係の娘が言った。「素敵な歯ブラシね」

「ありがとう。おとまりなんだ」テディが言う。

「そう」視線がわたしに向く。「楽しそうね。以前、障害のある子とかかわっていたの」

娘は笑みを浮かべる。

「あら、そうなの。ねえ、教えてほしいんだけど、障害のある大人を入れられる施設みたいのを知らないかしら。身寄りがないひとのための。安全なところがいいんだけど」

娘はまるでわたしが獣姦愛好者だと宣言したかのような顔つきになった。そそくさと歯ブラシと歯みがき粉を袋に入れ、わたしと同じものをさわりたくないかのように手渡した。

「彼らはあなたやわたしと同じ人間なのよ。何もちがわないの。なのに、そんな仕打ちをするなんて」

「そうじゃなくて……いや、なんでもない。ありがとう」

「バイバイ」テディが手を振る。

「バイバイ」娘は笑顔で言い、そのあと射るような目つきでわたしを睨みつけた。

家に帰り、テディをバスルームに連れていく。するとテディはズボンとパンツを脱ぎ、便座に腰かけた。わたしは慌てて背を向ける。「ねえ、脱ぐときは先に言ってほしいんだけど」

外に出てドアを閉めようとすると、テディが言う。「ダニエル？」

「何？」

「ドアをあけておいてくれる？　こわいから」

「わかった」

用を足してから歯みがきをすませると、テディは言った。「パジャマはどこ？」

また〈スミス〉に行き、赤いサンタクロース風のパジャマを選んだ。レジ係は同じ娘で、会計のあいだずっとわたしを睨みつけていた。外に出ると、わたしは訊いた。「テディ、ほかに必要なものはない？　よく考えてみて。今日はもうこのお店には来ないから」

「うーん……」テディは考えこみ、左右の足に交互に体重をかける。「朝は〈フルーティ・ペブルズ〉を食べているよ。〈フルーティ・ペブルズ〉とオレンジ・ジュース」

「〈フルーティ・ペブルズ〉とオレンジ・ジュースね。了解。ほかには?」

「えっと、〈スポンジ・ボブ〉を――」

「だいじょうぶ、スクエアパンツさんでしょ。それ以外に、何かいるものはないかな」

テディは首を振った。また店に戻り、〈フルーティ・ペブルズ〉とオレンジ・ジュースをレジに持っていくと、またしても娘に睨みつけられた。わたしは思わず言う。「そうやって怒っているとかわいいわよ」

娘はいまにもシリアルの箱を投げつけんばかりに目を剝いた。

やっと家に帰り、テディがパジャマに着替えたあと、アマゾンで〈スポンジ・ボブ〉のシーズン一をまとめ買いした。画面に見入るテディを、わたしは戸口のところで眺めた。身体は大人だけれど、中身は子どものまま。これまで出会ったなかで、そんな人間はいくらでもいたように思える。少なくとも判事の半分はそうだった。

わたしはソファに歩み寄り、そこに横になって目を閉じた。

20

朝になり、居間にひとの気配を感じる。目を開けると、テディがこちらを見おろしていた。驚いて思わずソファから転げおちそうになると、テディは腹を抱えて笑いだした。

「ねえ、びっくりするからそういうのやめて」

「〈マイリトルポニー〉と〈フルーティ・ペブルズ〉の時間だよ」

「〈マイリトルポニー〉？　〈スポンジ・ボブ〉じゃないの」

「だって、ねる時間じゃないもん」

横になったまま少し考えてから、立ちあがる。〈マイリトルポニー〉のシーズン一をまとめ買いし、寝室のテレビの前でテディに朝食を食べさせる。大きなボウルいっぱいの〈フルーティ・ペブルズ〉と、トールグラスに入ったオレンジ・ジュース。あと一時間で法廷に行かなくては。ウィルに電話をかける。

二十分後、シャワーをすませてスーツに着替えたころ、ウィルがやって来た。ジーンズにベージュ色のジャケット姿は、GAPのモデルみたいだった。

「さっきの話は冗談なんだろ。本当はぼくに会いたくて作り話をしたんじゃないのかい」

「残念ながら、ちがうの。いまは寝室で〈マイリトルポニー〉を観てる」

ウィルは足音を忍ばせて廊下を歩き、寝室をのぞきこんだ。それから戻ってきて言う。

「本気であの子とふたりきりにさせるつもりなのか？　子どもの扱い方なんて知らないぞ」

「おとなしい子だし、もう十八歳よ。ほかに頼めるひとがいないの。ミシェルはイカレてるから、テディに娼婦を呼びかねないし。ほんの少しのあいだだけだから。審理が終わったらすぐに帰ってくる。ケリーに電話して、テディを受けいれてくれるグループホームを探してもらっているところだから」

腕組みをしてウィルが言う。「ダニ……」

「何よ？　ほかにどうしようもないでしょ」

「安易にあの子を連れてきちゃだめだ。きみは何も――」寝室のほうを見て声をひそめる。「きみは何も知らないだろ。障害のある子の世話の仕方なんて」

「じゃあ、どうすればよかったの。ホームレスのシェルターでレイプされろってわけ？」

首が振られる。

「ねえ、こんな頼みを聞いてくれて本当に助かるし、そういうところが大好き」

ぱっと笑みが広がった。そんなウィルの頰に、わたしはキスした。「ほんと、ありがとう」

今日の審理は州内でもっとも荒れた裁判所で行なわれる。マグナ治安判事裁判所だ。不毛の砂漠地帯に建っていて、車を降りたとたん、口のなかに砂が吹きこんできた。唾を吐きだしてからヘルナンド・ラミレスのファイルを手に取り、裁判所に駆けこんでいく。建物はかつて、隣にあったフリトレーの工場の事務所だったのだが、工場はすでに取り壊されている。

なかに入ると、下水道の空気に死んだネズミをあしらったようなにおいがした。ドアノブはべたついていて、指紋だか鼻くそだか涎だかわからないものにまみれ、それ以外にも身体から出るものが塗りたくられていそうだった。いつ来ても窓は汚らしく、トイレはとても使える状態ではない。それどころか、この建物全体が裁判所というよりも公衆便所を思わせる。ただ、ここのボース判事が地域でもっとも頭のおかしい下衆な裁判官であることを思えば、それにふさわしい場所であるとは言える。

わたしの依頼人は廊下をうろうろしていた。

「ヘルナンド、元気？」

「ああ。今日で解決してくれるんだろうな？」

「待ってね」ファイルを開き、進展があるかどうか確かめる。「尿検査はパスしたのね？」

「ああ。ヤクは二カ月断ってる」

「よかった。すわってて。すぐ戻るから」

人ごみでごった返す法廷に入っていくと、検察官は控室にいるらしく、弁護士を立てない本人訴訟をしている被告人と話しているとのことだった。ふたりの話が終わるまで部屋の外で待ちながら、法廷を埋めつくしている人々を眺めた。五十人が定員の法廷に、百五十人近く入っているように見える。壁に頭をつけて天井を見あげ、どこかのビーチにいるのだと想像する。波の音、隣に横たわるステファン、近くで遊んでいるジャック。ウィルが散歩しているのも見える。なんたる楽園。

ドアが開き、本人訴訟の被告人が出てきてゲロをぶちまけた。

女性の被告人で、目は血走り、酒のにおいがぷんぷんする。いまにも倒れそうだったので腕をつかむと、ゲロのしぶきがスーツに飛んできた。廷吏が駆けつけてきて、被告人を連れ去っていく。悪臭漂う裁判所の空気とゲロのにおいが混ざりあい、吐き気がこみあげる。ぐっとこらえ、控室に入ってドアを閉める。テーブルに置かれているティッシュを数枚引きぬき、スーツにかかったゲロを拭きとる。

「流れ弾に当たったようだね」

検察官の名前はボブとしか覚えていないのだが、前回会ったときは怒鳴りあいになった。が、向こうは笑顔なので、どうやらすっかり忘れているようだ。「仕方がないわ。リスクのある職業だから」

「まったくだ。ところで依頼人は？」

「ミスター・ラミレス」

「今日の予定表にラミレスは四人いるんだが」

「ヘルナンドよ」

　ボブは積み重ねたファイルから一冊を抜きだした。「ああ、これだな。立ちション男。警察の車に小便をかけたんだったな？」

「そう、その男」

「くだらん野郎め。よく催涙スプレーをかけられなかったな」

「くだらん野郎だけど前歴はほとんどない。だから微罪に変更して、罰金を払わせて終わりにしたらどう？　二カ月もドラッグを断っているし、尿検査もちゃんと通ってる」

　うなずき、ボブはファイルを閉じる。「わたしの意見を言おうか。おととい来やがれ」

「はあ？」

「覚えていないとでも思ってるのか、ローリンズ？　おまえは判事の前でわたしに恥をかかせた。そっちは数カ月に一度しかこの法廷に来ないだろうが、こっちはあのイカレ野郎と毎日顔を合わせるんだぞ。あの申立書のせいで、何カ月もの努力が水の泡だ」

「そっち側の刑事が嘘つきだったのは、わたしのせいじゃないでしょ」

「嘘つきじゃない、そう見えるように仕向けたんだろう。そのせいでわたしまで能なしに見られた。というわけで、取引はなしだ。要望があるなら公判で出せばいい」

「ちょっと、頭おかしいんじゃないの？　車に立ちションした男のために、お互いの時間を無駄に費やすってわけ？」

「そうだ。せいぜいがんばらないと、こっちは可能な限り長い実刑を求刑するからな」

「あっそ。じゃあ、これ捨てといて」わたしはゲロまみれのティッシュをボブのファイルに投げつけた。

控室を出ると、法廷の出口近くにヘルナンドが立っていた。眉を上げ、結果を尋ねてくる。わたしが首を振ると、「クソッ」という声が聞こえた。もはや判事を待つ以外には打つ手がない。

噂によると、ボース判事は裁判官になったあと、五十代で心を病んだらしい。そしてアルコール依存と精神疾患を放置したことにより、認知症を患っているとも言われている。法廷に来ると、ボースは笑顔で家族は元気かと訊いてくる日もあれば、丸い顔を真っ赤にゆがめ、汗まみれになり、声帯がすり切れるほど怒鳴り散らす日もある。その日に当たるのがジェダイ・ボースか、ダース・ボースかを事前に知るすべは何もない。

ようやく廷吏が声をかけてきた。「全員、起立。これよりマグナ治安判事裁判所を開廷します。クラレンス・ボース判事の入廷です」

わたしは起立し、ジョギング・ウェア姿のボースが入ってくるのを見る。定年後の余生をフロリダで過ごしている老人みたいな格好だ。薄緑のベロア生地で、ついさっきスーツから拭きとったゲロを思わせる色だった。

何やらつぶやきながら、ボースは裁判官席の後ろにかけてある法衣を手に取って着る。それから着席して背もたれに寄りかかり、大きく息を吸いこんだ。「準備の整っている弁護人は？」

わたしは前に進みでて口を開いた。「ミスター・ヘルナンド・ラミレスの代理人、ダニエル・ローリンズです」

ボブは検察側のテーブルについたまま、判事を見つめている。わたしもボブも、今日はどちらが怒声の標的になるかはわかっていない。ボブはわたしをちらりと見やり、テーブルに手をつけたまま中指を突きたててみせた。あのとき申立書を受理させるため、わたしはやるべきことをやったまでなのに、こんなことをされる謂れはない。そこで舌を突きだしてみせると、ボブは首を振った。

「ミズ・ローリンズ」ボースが口を開く。「今日はいかがお過ごしですかな」

「元気にしております。判事はいかがお過ごしですか」

「いやあ、孫がかわいくてね。いまは、会うのが楽しみで毎朝起きているんですよ。八人もいるんでね」ポケットに手を伸ばし、写真がぎっしりと入った財布を取りだす。「見てみますか」

ちらりとボブを見ると、ゆっくりと腰をあげている。ふたりで法壇に近づいていくと、ボースが写真を一枚ずつ取りだし、孫を指さしながら名前を言う。「これはスージー、そしてエリック、キャサリン、それと……」

八人ではなかった。孫は十人いて、全員の名前を告げられた。それからボースは財布をしまい、わたしに目をやってから、ボブに目をやる。「なぜふたりとも前に立っているんですか」

わたしはボブを見やってから言う。「本件の棄却を検討されていたんですよ、判事」

「そうでしたか？」

「ちがいます」ボブが口をはさむ。「そんなことは検討されていません。判事はかわいらしいお孫さんの写真を見せてくださっていたんですよ」

「ああ、そうでした。孫は十人いると言いましたかな、ミズ・ローリンズ？」

「どの子も本当にかわいらしいです、判事。それで、公訴棄却の申立ては受理していただけますよね」

「公訴棄却など申立てられていません！」ボブは声を荒らげた。

ボースはいっとき目を閉じたが、開けたとき、明らかに何かが変わっていた。いまの大声がスイッチを入れてしまったようだ。「ミスター・マカルッソ、わたしの法廷では怒鳴り声は許しません。とりわけ……」声が徐々に大きくなる。「とりわけ、このわたしに向かってはな！　そこをわかっているだろうね」

「はい、判事」

「ここをどこだと思っている？」ボースはまた声のボリュームを上げた。「ここは売春宿か？　怒鳴りつけて、わたしを売春婦扱いするつもりかね、ミスター・マカルッソ？」

「いいえ、判――」

「ミズ・ローリンズ、わたしが売春婦に見えるかね？」

「いいえ、判事。でも、もしそうでしたら、絶世の美女だと思いますわ」

「そのとおり」

ボースはボブに向きなおった。もはや誰にもとめることはできない。水門は決壊した。

「よく聞け、ボブ。わたしにそのような態度は許さん！」ボースは法壇を平手で叩いた。

「わたしはハーヴァード卒だぞ。わかっとるかね。朝から夕方までアルバイトで働きづめだったのに、それでもクラスではトップの成績だった。わかっとるのか」

その声はもはや絶叫に近かった。法廷を埋めつくす人々が全員、一言一句に耳を傾けていることには気づいていないようだ。

ボースの叫びは五分間続いた。わたしは法壇に肘をつき、その様子を眺めた。ボブは真っ赤な顔をしている。そして壇上のペンやリーガルパッド、小槌（こづち）などを眺め、どうにか罵声（ばせい）を右から左へと聞き流そうとしている。しまいには顔の赤みも消え、げっそりとした表情になる。

「さて」ようやく話題が切り替わる。「公訴棄却の申立てを受理しましょう。ミズ・ローリンズ、あなたの主張には説得力がありました。あなたの依頼人への公訴は棄却します」

「なんというご英断でしょう、判事。ありがとうございます」

「判事」ボブの顔はまた赤くなっている。「公訴棄却の申立てなど存在しません。弁護人は何も提出していません」

「次の事件を審理します」ボースが声を張りあげた。

法壇を離れるとき、ボブが小声で言った。「上訴するからな。こんなことは許さない」

「どうぞ。ただ、書面はボース判事を通さないと出せないけどね。全知全能を自負するお方だから、自分の判断に物申されるのは喜ばないかもよ」

「そのうち痛い目に遭うぞ、ローリンズ」

思わずボブの肩を叩いて笑う。「あなたはもうちょっと楽しく生きないとだめよ、ボブ。こんな件を深刻にとらえることないって」

「ここは法を扱う場所だというのに、きみのやり方はまるでサーカスの曲芸だ」

「とんでもない。サーカスはもっと理路整然としている。ここは——」わたしは手を大きくまわして法廷全体を示した。「混沌が支配する世界なのよ。無秩序がルールのようなもの。振りまわされるか、打ち破るかしかない。すべてをまともに受けとめていたら、身が持たないよ」

わたしがヘルナンドを連れだすころ、ボースはキャップをかぶった男に向かって、車線変更の仕方について講釈を垂れていた。この建物から外へ出て砂埃とスモッグにまみれた酸っぱい空気を吸うまでは、ボースの魔の手から逃れられた気がしない。

事務所へ戻るつもりだったが、ふと自宅で待たせているふたりのことを思いだした。

「いったい何をやったんだい」ヘルナンドが訊いてくる。

「ツイてただけ。ほんと、お酒もドラッグも控えてね。真面目な話。特にここマグナでは。今回はわたしたちに運がまわってきたけど、ボースの矛先(ほこさき)があなたに向くことだってあるんだから」

「わかったよ。約束する」

握手をしてから車へと向かうとき、そろそろウィルはわたしを恨んでいるだろうかと思った。

21

帰宅すると、笑い声が聞こえてきた。廊下の角を曲がると、ウィルがディナーテーブルについていた。というか、ディナーテーブル代わりにしているものの上で、テディとトランプを使って何かをしている。ウィルがカードを一枚抜きとると、テディは金切り声をあげて喜び、手を叩く。

「ダニエル！　マジックをやってくれるんだよ」テディが言う。

「ほんと？　どうしてマジックなんてできるの」

「子どものころ、マジシャンを目指していたんだ。本気で。教室に通って本格的に勉強していた。母がその道に進むのを応援してくれてね」ウィルが言った。

「そうなの。どうしてやめたの？」

「話したと思うけど、母が亡くなってね。十二歳のときかな。それで父と暮らすことになったんだけど、そもそも父はぼくを引き取りたくなかったし、ぼくが何に興味があるかなんてお構いなしだった。そのうち再婚して、さらに状況が悪くなった。レッスン代なんてとても払ってもらえなかったんだ」そう言って片手でカードを切る。「いまでも残念な気持ちがあってね。凄腕のマジシャンになれたと思うのに」

わたしはテディに声をかける。「ウィルと楽しく過ごせた？」

「マジックをやってくれる」テディは笑いながら言った。「テディ、今日は会えてよかった」微笑みかけると、ウィルは立ちあがって言った。

「だめ、もっとマジックやって。あとひとつだけ。おねがい」

「きっとダニエルが見せてくれるさ。ぼくは仕事に戻らないと」ウィルはわたしを見据える。「あくせく働く生活もあと少しだけど」

「うわぁ、言ってくれるね。憎らしいったら」わたしは思わず言う。

玄関まで送っていき、戸口で声をかける。「本当に助かった」

「ぼくも楽しかった。あの子は素晴らしいね。受けいれてくれるところは見つかったのかい」

「まだケリーから連絡が来ないの。今夜までには見つかると思うんだけど」

首が振られる。「両親の仕打ちは信じられないな。あの子をよろしく頼むよ、ダニ」

車へと向かうウィルを、わたしはずっと見つめていた。ドアのところでウィルは振りむき、わたしと目が合うと満面の笑みを浮かべた。一瞬、ステファンではなくウィルみたいな男性と結婚していたら、どんな人生だったのだろうという思いがよぎった。ウィルは行動力があり、楽しいひとだ。いつだったか、朝の五時に迎えに来て、レンタルしたバイクでスカイダイビングに連れていってくれたことがある。またあるときは、スーツを着たまままいきなり滝に飛びこんだこともあった。あまりにも気持ちよさそうだったからと言って。一方、ステファンは正反対の人間だ。思慮深くて、あらゆることを細部まで計画しておかないと気がすまないタイプ。いまになって思えば、不器用な生き方だったのかもしれない。

ウィルが行ってしまったので部屋に戻ると、テディがぶつぶつ言いながらマジックを真似ようとしていて、うまくいかずに不満げな声を漏らしている。わたしは携帯電話を取りだし、ケリーにメッセージを送った。

〈受けいれ先は見つかった？〉

〈まだよ〉

〈引きとってくれそうな親族は？〉

〈いないわ。ウィルによれば、ライリーに姉がひとりいるそうなんだけど、テディとは一切かかわりたくないとか〉

　ということは、少なくともあと半日、テディと過ごすことになる。ソルトレイク・シティで行なわれるイベントをグーグルで検索すると、マイナーリーグの〈ソルトレイク・ビーズ〉の試合が午後四時に始まることがわかった。

「野球を観に行ったことはある、テディ？」

「マジックができないよ、ダニエル。できないよ」テディは悲しげに言い、いまにも泣きだしそうだった。

　テーブルに歩み寄り、テディの隣に腰をおろす。「だいじょうぶだよ。練習すればできるって」

「ううん、だめ。できないよ」

「じゃあ、わたしにちょっとやらせて」わたしはトランプを手に取る。「ストップって言ってね」カードを切ってみたが、テディは何も言わない。「ほら、切ってるあいだにストップって言わないと」

「ストップ」

「えっと、もう一度切るからそのあいだに言ってね」

ふたたび切っていくと、テディが「ストップ！」と叫んだ。向かってくる車をとめるみたいに。わたしは一枚のカードを見せた。ダイヤの2だ。

「よく見てね。このカードをあなたに渡すんだけど、切るのをとめたときに一瞬だけ裏を見るの。わかる？　やり方をよーく見ていて」わたしはもう一度やってみせて、ちらっとだけ裏を見た。テディが眉をひそめたので、さらにもう一度やってみせる。

「それってマジックじゃないよ」とうとうテディが言った。

わたしはトランプをテーブルに置いた。「何か食べに行きましょ。お腹すいてる？」

「うん。いつものフレンチトーストが食べたい」

「どんなフレンチトースト？」

「いつもお昼にメープルシロップのかかったフレンチトーストを食べるんだ」

「お昼に？　まあいいや、お昼だっていいよね。フレンチトーストにしよう」

テディを連れだして最初に気づいたのは、周囲の視線だった。誰も彼もが、こちらを見ずにはいられないみたいだ。ほとんどは悪意のない視線で、単に興味を惹かれているだけにすぎない。優しく微笑みかけてくれる者さえいるなかで、わたしたちは〈フィーダーズ・ベーカリー〉に入っていった。

テディにフレンチトーストを頼み、わたしはコーヒーとドーナツを注文した。そして窓の近くの空いている席につく。席はだいぶ空いてきている。フィーダーズは朝食専門の店で、一時には閉店するからだ。

テディはすぐに、テーブルに置かれている砂糖とジャムのパックを手に取り、小さな家を組み立てはじめた。そしてまったく同じものを次々に隣に組み立てていく。パックをすべて使いきってしまうと、隣のテーブルのものを使いだした。

「組み立てるのが好きなんだね」

「うん、よくレゴであそんだんだ。ロジャーおじさんと。レゴをかってきてくれて、ふたりであそんだんだよ」

「そうなの？　ロジャーおじさんは、パパのお兄さん？」

「ちがうよ。ロジャーおじさんは、となりにすんでいた。でも、天国に行ったんだ」

たとえ聖職者でも、これほどきっぱりと言いきることはできまい。テディは死の訪れを理解はしているが、それは人間が天国に運ばれることだと思っている。テディを哀れむ気持ちと同時に、羨(うらや)む気持ちもあった。わたしは人生など偶然の連続にすぎないと思っている。宇宙の片隅にあるこの星にたまたま生命が誕生し、生き物たちはひたすら奮闘してきただけなのだと。でも、テディみたいに世界を信じられたらどんなにいいだろう。そうすれば、汚れきった世の中に少しでも意味を見出せるのに。

厨房(ちゅうぼう)から男が出てきて、レジ係と話をした。こちらを見やって微笑んだが、テディに目をとめると笑みが消えた。名札には〝ビリー／オーナー〟と書かれている。名札に〝オーナー〟と入れているオーナーは初めて見た。

ビリーは中年の男で、撫でつけた黒髪は薄くなりかけ、太鼓腹をしていた。そして首を振って、何やら〝低能ども〟がどうとか言っていた。はっきりと聞こえる距離にいたので、聞き間違いではない。

「ちょっといいですか。いま、なんて言ったの」

ビリーはわたしを見る。「べつに」

「いいえ、言ったでしょ。とぼけても無駄よ。はっきり言ったらどう」

「べつに。ただ……おれは、権利を振りかざす奴らにうんざりしているだけだ。言いたいことはわかるだろ。政府は個人の問題なんか放っておけばいいんだ」

「そう思うからって、どうしてわたしの友人を侮辱するわけ」

「侮辱したんじゃない。たとえば、ゲイだって……」

「ゲイですって？」

「そうだ。奴らは不平不満を並べたてて権利をもぎ取り、政府の力を盾にしているから、おれは奴らに料理を出さなきゃならない。信じられるか。低能どもの場合だって、悪く思わないでほしいが、結局は同じことだ。障害者法とかいうもののせいで、二千ドルもかけて店にスロープをつけなきゃならなかった。二千ドルだぜ。信じられるか」

「歩けないひとのためにスロープをつけたわけね……あらぁ、可哀想に。なんて大変な人生でしょ。障害者のためにお金を払うなんてねぇ。で、続きは?」

「ったく」ビリーは首を振る。「これだからな。まともな話もできないのが相手じゃな」

「相手って、理性ある大人のこと? なんの文句があるっていうの。この子と一度入れ替わってみればいいのよ。あんたみたいなクソ野郎は一日だって持たないよ」

「おい、この店でそんな言葉遣いはやめてくれるか」

「もちろん。だってもう出ていくから。行きましょ、テディ」

「まだフレンチトースト、食べてないよ」

「どこかべつの店で食べることにするから」

「いやだ、ここで食べたい」

わたしは立ちあがり、テディの腕をつかんで立たせようとした。「行くよ。ほかの店で食べましょう」

「いやだ」

「テディ、お願い」腕を引っぱる。

テディは叫びだした。そして両手の拳で自分の頭を叩きはじめたので、腕をつかんで押さえなければならなかった。あまりにも大声で叫ぶので、顔は真っ赤になり、首には血管が浮きでている。まだ自分を叩こうとするので、抱きついてどうにかやめさせようとする。テディは泣きだした。

「だいじょうぶ」わたしは耳もとで言った。「だいじょうぶよ、だいじょうぶ。ごめんね、乱暴にして。ごめんね。ごめんね」

叫び声は少しずつ小さくなっていき、テディはしゃくりあげはじめた。店を見まわしてみると誰もがこちらを見つめていて、ビリーは薄ら笑いを浮かべている。ドアが指さされる。わたしはテディから手を離し、ビリーに歩み寄った。

「フレンチトーストをあの子に出して。さもないと帰らないから」

「あんたたちに出すものは何もない。いますぐこの店から出ていってくれ」

「出ていこうとしたら、ああなったのよ。わたしたちはお金も払っている。さっさとフレンチトーストを出してくれたら、二度と顔を見せないわ」

太い指をわたしの顔に突きつけ、ビリーは言った。「ふん。知ったことか。すぐに出ていかないと警察を呼ぶぞ」

話の通じない相手というのはどこにでもいるものだ。この男はユタ州の理不尽な判事らにそっくりだ。

「そう。じゃ、いまからオーブンにおしっこする」

ビリーは笑いだした。「なんだって？」

「警察を呼びなさいよ。でも、来るまでには最低でも十分はかかる。ちなみにわたしは刑事弁護士だから、警察はまったく怖くないの。せいぜい罰金刑を受けるくらいよ。ただ、オーブンにおしっこしたあと、すぐにＫＳＬチャンネルに電話してニュースをネットで流してもらうから。ほかのニュースサイトにも今日じゅうには広まるでしょうね。あとから必死に掃除しても無駄よ。この店は、頭のイカれた女がオーブンにおしっこしたことで有名になるの。ニュースを見たあと、そのオーブンで焼いたエクレアを誰が食べたがると思う？」

「黙れ。さっさと出ていけ」ビリーは追いはらうように手を振る。

わたしはガラスのショーケースの裏にまわり、パンツをおろし、下着を丸出しにする。オーブンは客席のどこからでも見える場所にある。「指一本でも触れたら催涙スプレーをかけるよ。それでもオーブンにおしっこするから。せいぜい、そこですわって見てな」

ビリーは顔色を変えた。まるでわたしが宇宙の彼方の惑星からやって来た生物で、触角を振りかざしているかのように。下着をおろそうと、わたしは親指をかける。数人の客が立ちあがって見物していた。すでに携帯電話を出して録画している者もいる。

ビリーは片手を挙げて言った。「待ってくれ」そしてレジ係に向かって言う。「あいつにフレンチトーストを出してくれ」

わたしはパンツを引きあげ、大手を振らんばかりに席に戻った。見物していた客が慌てて席につくなか、椅子にすわってテディに目をやると、また家を組み立てる作業に没頭していた。

「テディ、気分はどう？」

「むかしはレゴがあったのにな」

「乱暴なことしてごめんなさい。わたしが悪かったわ」

わずかに眉がひそめられた。「レゴ、すきだったのにな」

22

その日の午後遅く、わたしたちはフランクリン・コーヴィ球場にいた。ソルトレイク・ビーズはフィラデルフィアのチームと対戦予定だった。テディのためにホットドッグとソーダを買い、自分にも同じものを買った。ホットドッグはおいしかったし、陽射しも穏やかで肌に心地よかった。サングラスをかけて選手のウォームアップを観ていると、テディはボールが打たれるたびに拍手していた。満面の笑みを浮かべ、真っ白だけれど矯正が必要そうな歯をあらわにしている。ナプキンを何枚渡しても、顔やシャツに食べ物の染みを次々につけてしまう。

「野球はやったことある？」わたしは訊いた。

「うん、あるよ。ケヴィンがやらせてくれた」

「ほんと？　ケヴィンが一緒にやってくれたんだ」

「うん、ボールをうったんだけど、みんなわらってたよ。ぼくがおもしろいんだって」

それを聞き、沈んだ気分になる。視線を選手のほうに戻したとき、わたしの肩に手が置かれた。ウィルだ。

「来られたのね。無理かと思ってたけど」

「ぼくが野球嫌いになったとでも？　しかも新たな友テディと観られるなんて」

テディは歓声をあげた。「またマジックやって！」

「今はトランプがないの」わたしは言った。

テディはしばらく黙りこんだあと、またフィールドに目を向ける。選手がレフトにヒットを打つと、テディは歓声をあげて拍手した。

「今日はどんな一日だったんだい」ウィルが訊く。

「最高よ。夢かと思うくらい」煙草を取りだして口にくわえる。子ども連れも多いので、火はつけない。テディはコンクリートのフロアを這いまわるカミキリムシらしきものに夢中になっている。「テディは野球をやったことがあるんだって。近所のケヴィンと一緒に。テディが面白くて皆が笑ったそうなんだけど、善意からの笑いではないと思う」

「子どもってやつは残酷だからな」

「何言ってんの。大人はもっと残酷よ」そこでふとわたしは口をつぐみ、煙草を口から抜いた。「わたしは一時期、ある家庭に引きとられんだけど、そこは小さい町で住民全員が知りあいだった。たしか十一歳のころだったと思う。で、近所に男の子が住んでいて、名前はサンディかランディかアンディか、そんなような感じだった。その子には障害があったの。わたしと友達は、その子を誘って自転車に乗って遊んだりしていた。五年生くらいのとき。その子はときどき発音がうまくできなかったから、皆でいろいろな言葉を言わせては笑っていた。もちろん、わたしも。けれどもすぐに飽きて、誰もその子を誘わなくなったの。その子はぽつんとポーチにすわって皆を見ているだけで、わたしたちはその子が存在しないかのように遊んでいた」そこで言葉を切り、しばらくフィールドを見つめる。

「誰かに向ける感情のなかで、最悪なのは憎しみじゃない。無関心よ」

煙草をまた口に戻す。ウィルは大きな瞳でこちらを見つめていた。

「その男の子はどうなったんだい」

「一家が引っ越してしまって、それ以来誰も会っていない。引っ越した次の日に学校に行っても、話題にものぼらなかった。まるで存在していなかったみたい。そんなの、おかしいんじゃないかと思った。幼いころから近くにいた子なのに、いなくなっても誰も気づいてなかった」ため息が漏れる。「あなたの言うとおりかもね。子どものほうが残酷なのかも」

ウィルはわたしの膝に手を置き、ぎゅっと握りしめた。「ぼくだってよくわからないよ。ゲイルは子どもを欲しがらなかった。それが離婚した理由のひとつでもあるんだけど、もう後戻りはできない」

「どうして子どもが欲しくなかったんだろ」

「わからない。自分のことだけ考えていたかったのかな。自分中心に生きたかったら、ほかの誰かに尽くすことはむずかしいから。たとえそれがわが子でもね。ぼくの父もそういう人間だったんだろう。きみはどうなんだい。もうひとり子どもは欲しくないの？」

首を振る。「ジャックがいるから。わたしの世界はあの子が中心。そこに赤ちゃんが加わるなんて想像もできない」わたしはパンツから糸くずか何かを払いのける。「いまでも、ステファンがあの女と結婚するなんて信じられない」

肩がすくめられる。「それはどうしようもないさ。他人の人生はどんどん進んでいく。別れるべきふたりがいつまでも一緒にいるほうが、悲惨な場合だってあるだろ。ぼくとゲイルが離婚するまえの大喧嘩を見せてやりたいくらいさ」

「ゲイルは元気にしているの？」

「わからない。扶養料を受けとったら姿を消してしまって、それっきりだ」

フィールドに視線を戻す。アナウンサーがやかましい声で何事か言うと、選手たちは引きあげていった。テディはまたあとで選手が出てくることもわからず、立ち尽くしていた。それから腰をおろし、ソーダをごくごくと飲みながら、アナウンサーがタッパーウェアか何かの宣伝を延々と語るのを聞いていた。

それから数分後、選手たちが正式に紹介され、観客が歓声をあげ始めた。テディは飛びはねている。それを見て微笑まずにはいられず、ウィルも笑みを浮かべていた。

試合中、テディは縛りつけるべきかと思うほど興奮していた。観客が喜べばジャンプして喜び、ブーイングのときは一緒にブーイングする。全身から溢れる喜びにいつの間にか釣られてしまい、ソルトレイク・ビーズのファンでもなんでもないわたしでさえ、歓声をあげたり相手チームを罵ったりしていた。騒ぐたびに、ウィルが肘でつついてきて牽制する。

「ジャックは来ないのかい」三回に入り、相変わらず歓声が続くなかでウィルが言った。

「連絡したんだけど、友達と出かけてるんだって。最近はそんなのばっかり。家族よりも友達中心なのよ」

「そんなに不貞腐れるなって。きみだってそうだったろうし、ジャックだっていずれ自分の子どもに同じことをされる。やがて三十代にでもなれば、友情なんて脆いものだと気づいて、家族をまた大切にするのさ。まあ、家族を憎んでいなければだけど。それか、亡くしてなければね」

「うららかな陽射しみたいに慰めてくれるね」

ウィルに大きな笑みが浮かぶ。少しのあいだ、目と目が合った。すると大歓声が沸き、相手チームのバッターが三振に倒れていた。ウィルは立ちあがって叫んだが、わたしはフィールドから目をそらし、自分の靴を見つめた。傷がつき、汚れている。ステファンは一緒に暮らしていたころ、わたしの靴を磨いてくれていた。やらなくていいと言っても、夜にわたしが先に寝たり酔いつぶれてしまったりすると、かならず午前の法廷のために靴を綺麗に磨いておいてくれた。

「ダニエル！」テディが嬉々として言う。「あのひとボールとったよ！　ボールとったよ！」

ボールを取っただけで、誰もが喜んで雄叫びをあげている。

それからわたしはことあるごとに歓声をあげた。とは言っても、テディが喜んでいるときに限って。

試合が終わり、わたしたちは球場を出て歩いていた。ここには専用の駐車場がないので、有料の駐車場に法外な額を払うか、路上駐車エリアを探すしかない。テディは棒切れを持ってわたしたちの先を走っていた。消火栓や木をつついたりして遊ぶのに夢中になっている。

「そうだ、報告がある。フレディのところへ行ってみたんだが、ケヴィンと同じ弁護士がついていて、話をさせてもらえなかった」

「わたしには話をすると言ったのに」

「気が変わったということだ。警察に誘導されたという話は、もう誰にもしないだろうな。弁護士に相当脅されたにちがいない。勝手なことをしゃべったら、ひとりだけ捕まるとかなんとか」

「やられた。もうすぐ予備審問だから、そのときに棄却に持ちこみたいんだけど。あるいはそれ以降に、管轄違いを申立てるとか」

「向こうがあんなに必死なのが不思議だよな。テディのような子のために」

「法を変えたいと思っていたところに、都合のいい事件が舞いこんできたんでしょ。タイミングと相手が悪すぎたわ」

「正義は運で決まるってとこか」

「運だけだったらいいけどね。もっと裏があるような気さえする」

少しためらってから、ウィルが言う。「きみのこと、誇りに思うよ」

「どうして？」

「この事件を受けたこと。テディの面倒を見てること。あの子をホームレスのシェルターに入れておけば、いつもと変わらない生活ができたのに」

わたしたちは足をとめた。ウィルの車は黄色と赤で塗装された建物の前にとめてあった。テディはバッタと遊んでいる。そっと優しく、道路からつまみ上げて安全なところまで運ぶ。バッタがまた路上に戻ってしまうと、もう一度運んでやっている。

「ねえ、決めたの。ステファンの結婚式が終わったら、引っ越すつもり」

「どこへ？」

「LAへ戻る」

「そんなこと、いつ決めたんだい」

「たったいま。歩いているときにね」煙草をくわえ、今度は火をつけた。「もう無理なの。ステファンは、わたしがいまでも死ぬほど愛してるのを知ってる。もうよりを戻せないのは仕方がない。わたしのせいだから。でも、あのひとが妻と住む街にはいられない。あちこちで姿を見かけたり、噂を聞いたりするなんて。ここを離れて再出発したい」

翳（かげ）りはじめた陽射しがそう見せるのか、気のせいかもしれないが、ウィルは悲しげに見えた。腕を組み、ウィルは地面を見おろしてうなずく。

「それがベストだと思うならね」

「何がベストかなんて、まったくわからない。でもとにかく、ここを離れれば変われる気がする」

「でも、ジャックのことはどうするんだい」

「親権を争うつもりはないの。あの子がどっちと暮らしたいか訊くつもり」

「そうか。どちらかが心を痛める羽目になるわけだな」

煙を吐きだしながらうなずき、煙草を低く持ってテディを見つめる。テディはぐるぐるとまわりながら手を叩き、道路から建物のほうへ進んでいくバッタを追っている。

「さて、もう行かないと」ウィルは言った。「誘ってくれて、ほんとにありがとう。楽しかったよ」

ウィルが車に乗りこみ、走り去るのを見送った。急に煙草がまずく感じられ、側溝に投げ捨ててからテディに歩み寄った。

「いらっしゃい、テディ。何か食べに行こうよ」

23

テディがどうしてもと言うのでパンケーキの夕食をとったあと、わたしのベッドで寝かしつけるため、〈スポンジ・ボブ〉をまた延々と観せる羽目になった。ようやく寝てくれたので、隣人のベスに少しだけテディを見てもらうよう頼んで、わたしはソーン夫妻の家へと車を走らせた。明かりはついている。だめで元々でも話してみよう。いまごろふたりはテディを恋しく思い、後悔しているかもしれない。

玄関のドアへ歩み寄り、ノックした。父親のロバートが出てくる。

「二度と来ないでくれ」バタンとドアが閉じられる。

なるほど、気が変わるまでには時間がかかりそうだ。わたしは携帯電話を取りだし、ライリーに電話をかける。留守番電話につながった。

「もしもし。ダニエル・ローリンズです。テディはいまのところ、わたしの家に泊まってる。おふたりをとても恋しがっているの。もしかして……なんと言うべきかな。あなたたちが、過ち(あやま)に気づいたのではないかと思って。いつでも連絡して。来てくれてもいいし」そこで間をあける。「子育ては決して楽じゃない。楽だったら、誰だってうまくやれてるはずだけど、皆苦労してるの。自分にできるベストを尽くすしかない。でも、これはベストだとは言えないわ、ライリー」

電話を切り、家の二階を見あげる。窓辺にライリーが立っていて、わたしを見おろしている。微動だにせず、なんの身振りも見せないので、わたしも動かずにいた。しばらくぎこちなく見つめあったあと、わたしは車に戻り、酒を飲もうと思った。

〈リザード〉はいつもより混みあっていた。ミシェルを見習わなければならない。少なくとも商売上手であるのは間違いない。自分の店に合う客層を本能的に嗅ぎわけ、スナイパーのように相手を尾けまわすのだ。

　今日はわたしが先にミシェルを見つけたので、殴られないようにバーのストゥールからおりてテーブル席に行った。ミシェルがやって来て腕をわたしの首に巻きつけ、人形みたいに揺すってジョッキのビールを飛び散らせる。

「ハイになりたい？」そう訊かれたが、質問ではない。いつだって答えはイエスの前提だから。

「やめておく」

「大学以来、葉っぱとは無縁なのね。どうして？」

「合わないのよね」

「ご自由に。それで、調子はどう？」

「家に泊まらせてる子がいるから、早めに帰らなくちゃいけないの」

　ミシェルは隣に腰をおろし、シルクの小袋を取りだした。マリファナは芳しく、まるで香水のように感じられた。ミシェルは袋をテーブルに置き、中身を取りだした。「泊まらせてるって、息子？」

「ううん、じつは依頼人なの。まあ、子どもだけど」

「依頼人を家に入れるようになったわけ？」

「まさか」ビールを一口飲む。「ねえ、ちょっとお願いしたいことがあるんだけど」

「なあに」

「警察の情報屋のことで。名前が昨日公開されたんだけど、秘密保持命令が出てるから誰にも言わないで。サルバドール・ザモーラというの。リチャードソンでドラッグの売人をやってる。その男が検察側のメインの証人なんだけど、何度電話しても出ないのよね」

「それで、あたしがユタ州の売人全員とたまたま知りあいではないかと思ったわけね。こういうキャラだから」紙のふちを舐め、ミシェルはマリファナを巻きはじめた。

「知ってる？」

火をつけ、深々と一喫いしてから言う。「そりゃ知ってるけど。なんでそいつと話したいわけ」

「うちに泊まらせてるテディ・ソーンって子のために。その子がザモーラにコカインを売ろうとしたって言われてるけど、知的障害がある子なの。きっと嵌められたんだと思う」

「嵌められた？」ミシェルは笑いだし、煙でむせかえった。「八〇年代の探偵ドラマじゃあるまいし」

「真面目に聞いて。その子はやってもいない罪を着せられてるの。ねえ、力になってくれるの、くれないの？」

「まあまあ、落ちついて。そんなに頭に血がのぼってると、心臓発作を起こすわよ。あたしの父は三十七歳のときに心臓発作で死んだの。信じられる？　まだまだ若いからだいじょうぶと思っていても、ストレスで倒れることだってあるわ。そうならないようにね」

「臨床的な助言に感謝するわ、軍医総監。それで、その売人について情報を得たいんだけど」

ミシェルはうなずいた。「リチャードソンに多少の人脈はある。何か聞きだせないか、探ってみるわ」

「ありがと」わたしはビールジョッキを置いた。飲みたい気分は失せてしまった。

「もう行くの？」立ちあがるとミシェルが言った。

「疲れちゃって。またね」

24

テディの予備審問の準備として、警察の報告書や証人の供述調書をあらためて読みなおし、自分が押さえておきたいポイントをまとめた概要を作っておく。刑事弁護士のなかにはすべての質問を事細かに決めておく者もいるけれど、わたしはやらない。陪審や判事は、時に証人の発言内容よりもそれ以外の要素に影響される。いかにも嘘をつきそうな証人もいれば、嘘をつくくらいなら死を選びそうな証人もいる。当然ながら、見た目の印象と証人の発言の真偽とはなんの関係もないのだが、陪審や判事は自分たちがたしかな目を持っていると思いこんでいる。もしわたしが質問事項にばかり気を取られていたら、どんな要素に陪審や判事が着目しているかを見逃してしまう。だから概要を作るだけにとどめておくのだ。

予備審問では、公判に移行するだけの相当の理由があるかどうかを判事が決めることになっている。ユタ州のほかの地域では、公平を期すために予備審問と公判はべつの判事が担当する。ところがフーヴァー郡では、費用の節約という名目で同じ判事が担当する。実情は、公平さなど糞食らえ(くそくらえ)ということだろう。

ザモーラは大きなクエスチョン・マークのような存在だ。何を言いだすか想像もつかない。警察の報告書のとおり、テディがコカインを売ったと言うかもしれないし、テディのことなどまったく知らない、ケヴィンがすべてを取り仕切ったと言いだすかもしれない。

三度目となるファイルの読みかえしをデスクで行なっていると、ミシェルから携帯電話に着信があった。

「はい」

「ザモーラの情報をつかんだわ」

「さすがマジック・ウーマン。どんなこと？」

「〈キングズ〉のコカイン専門の売人よ。知ってる？」

「何人か弁護したことがある。よくは知らないけど」

「メキシコ人のストリート・ギャングよね。メキシコ人の少年を撃った警官を、報復に射殺した奴ら」

「うん、覚えてる。ザモーラはそのメンバーなのね？」

「メンバーどころか、幹部のひとりよ」

「本当に？」

「ええ。話を聞いた男によれば、ザモーラはあまりにも刑務所への出入りが頻繁なので、次はいつ戻ってくるかと看守たちが賭けをしているそうよ。前科はかぞえきれない」

こういった男は、刑務所行きを逃れるためならなんだって言うかもしれない。たとえその理由が、もうあの退屈な生活はこりごりだという程度のものであっても。

「テディとのつながりは何か見つかったの？」

「いいえ。テディの名前は全然知られてなかった。でもね、ザモーラはそこらの高校生がコカインの入ったバッグを気軽に持ちこめる相手ではないの。取引するにはコネがないと。その子にはコネがあったってこと？」

「まさか」

「そう。ま、わかったのはそこまでよ。ほかにできることはある？」

「ううん。すごく助かった。恩に着るよ」

「じゃ、今度あたしから頼みがあったときはよろしく。気をつけてね、ダニ。そいつらはかなり危ないわよ」

携帯電話を置き、わたしは背もたれに寄りかかった。ザモーラは危険なストリート・ギャングの大物だった。テディはそんな相手に、何キロものコカインを売れるほどの伝手があったというのか。そんなはずはない。どう考えても無理がある。とはいえ、ケヴィンだってザモーラにコネがあるような子ではないだろう。ロスコームが予備審問から公判に移行するなら、わたしはいずれ上訴を行なうことになるだろう。その手続きを待つ何カ月ものあいだに、少年たちの誰がザモーラとつながっていたのかを突きとめなければ。

ファイルを読みすすめようとしたところで、事務所から携帯電話に着信が入った。そういえば、裁判の準備をしているときは携帯電話の電源を切っておこうと決めたのに忘れていた。結局切っておいたことは一度もなく、それだけ刑事弁護士は新しい依頼を逃したくないということなのだ。今回は忘れていてよかった。

テディの件に集中したいのは山々だけれど、請求書の支払いをするための収入源を無視することはできない。

ため息をつき、電話に出る。「はい、ダニエルです」

25

予備審問の当日、準備をするあいだはウィルにテディを見ていてもらい、開始時刻に法廷まで連れてきてもらうことにした。事務所に連れていくという手もあるが、仕事中は放っておくことになってしまい、テディがひとりで時間をつぶせるとは思えなかった。ソーン夫妻にアドバイスを求めようとメッセージを送っても、返信は一切来ない。ライリーの携帯電話にはかぞえきれないほど電話をかけたので、とうとう番号を暗記してしまった。

ケリーが州内のあらゆる非営利団体に当たってくれたのだが、テディを引きとれるような施設はほとんど見つからなかった。シェルター、グループホーム、職業訓練所などはあっても、障害者のケアに精通したスタッフがテディを見てくれる場所はない。どの団体も判で捺(お)したような返事だった。「お力になりたいのですが、予算が削減されまして、さらに……」

〝さらに〟の先は聞くまでもない。受けいれは無理ということだ。テディを外に放りだしたら、行き場はどこにもなく、食べ物を手に入れる方法もわからないだろう。死に至る可能性は確実にあるはずで、テディの両親が息子を棄てると決めたときも、そこに思い至らなかったはずがない。一九〇一年に制定された法は、親が大きくなった子どもをいつまでも世話していると農作物の収穫に影響が出るという理由で、養育の義務を免除している。そんな古い法がロバートとライリーを守っているのだ。あまりにも昔の法が残りつづけているので、いったんすべてを撤廃して制定しなおすべきではないかと思う。

法廷に早めに行くと、ダブルDはすでに検察側のテーブルについていた。襟もとには滑稽なピンバッジをつけている。アメリカの国旗の上に二挺のリボルバーがクロスしているものだ。わたしが会釈すると、ダブルDも会釈をかえしてきた。弁護側のテーブルにつき、印刷された予定表を見てみると、今日の審理はテディの件も含めて三件だった。ほかの二件は公選弁護人が担当している。

被告人の家族らしき人々が法廷にぽつりぽつりと入ってくる。テディには誰も来ていない。携帯電話で時間を確認する。テディとウィルは十五分前には来ているはずなのに、姿が見えない。

「全員、起立」廷吏が声をかける。

ロスコームが入廷してきて、誰にも目を向けることなく席についた。コンピューターを立ちあげ、身を乗りだす。「準備の整っている方は？」

「はい、お願いします、判事」公選弁護人のひとりが言った。被疑者と一緒に陪審員席にすわっていて、被疑者は申立書へのサインを渋っているようだった。弁護人はサインする以外に選択肢はないと説得している。ようやくあきらめたのか、被疑者は手錠の鎖の音を響かせながらサインした。フーヴァー郡では公選弁護を一般の事務所に委託しているのだが、いちばん安い予算を提示してきたところが委託先に選ばれる。公選弁護人には何も非はないのだが、郡の方針のせいで、彼らは低賃金で過酷な労働を強いられている。そんな環境にしておけば、裁判で争われたり、憲法に疑義を呈されたり、州側に非難を向けられたりする心配はないというわけだ。独裁者は反抗されることを好まない。

公選弁護人が前に進みでて、手続きをする。わたしは何度も戸口に目をやり、ウィルを待った。そして携帯電話にメッセージを送り、居場所を尋ねる。すると、裁判所に着いてはいるが金属探知機のところで手間取っているとのことだった。

ロビーに行くと、ふたりの職員がテディの前に立ちはだかっていた。テディは壁にもたれ、両手で耳を覆って、身体を前後に揺すっている。

「どうしたの？」

テディをなだめようとしていたウィルが顔を上げる。「靴を履いたままだとブザーが鳴ることが多いから、脱ぐようにと言われたんだ。でもテディが脱ぎたがらなくて、職員に腕をつかまれたんだ」

わたしは職員たちに向かって言った。「そこまでする必要があるの？　小型のスキャナーで検査すればいいだけでしょ」

「靴を脱ぐように指示したのに、従わなかった」

「あの子は脱ぎたくないのよ。べつに大ごとにしなくたって」

「靴を脱がなければ、入れるわけにはいかん」

どうやら衛兵気取りの男は、鉄の意志を枉げたくないようだ。わたしはテディに向きなおり、前に立って目をのぞきこみ、微笑みかけた。ゆっくりと、両耳を覆っている手が離れていく。

「だいじょうぶ、テディ?」

「あのひとが……ダニエル、あのひとがクツをぬげって言ったけど、ぼくはぬぎたくない。ぼくはぬぎたくない」

「そうよね。でも、知ってた? ここの床はリノリウムっていって、靴を脱いでみるとすごく気持ちいいの。やってみて」

わたしは靴を脱ぎ、数歩走ってから、ストッキングを穿いた足で床を二フィートほど滑ってみせた。

「ねっ?」

もう一度滑ってみせると、テディの顔に徐々に笑みが浮かぶ。そして靴を脱いで放りだし、わたしのほうへ駆け寄ろうとしたので、すかさず言う。「あそこをくぐってみて」金属探知機を指さすと、テディはそこをくぐって床を滑った。ブザーは鳴らなかった。わたしが階段の周りを走りだすと、テディは歓声をあげた。隅にあるベンチまで滑っていってそこに倒れこむと、テディは世界一楽しいことのように喜んだ。ウィルはわたしたちの靴を手に持ち、笑顔で眺めている。

テディを立ちあがらせて言う。「これからちょっと上の階に行くんだけど、あとで戻ってきてまた滑ってみたい？」

「うん！」

「じゃ、靴を履いてね。さっさと用事をすませて、たくさん滑りましょ」

靴を履き、エレベーターに入った。床を滑ってご機嫌になったテディはスキップしていた。三人で乗りこみ、法廷へと向かう。

弁護側のテーブルにテディをつかせる。公選弁護人はふたりの依頼人の答弁を終わらせており、ロスコームはわたしを見るとため息をついた。「ミズ・ローリンズ、日が暮れるかと思いましたよ」

「わたしもです」

「では始めましょう。ユタ州対セオドア・ソーン、事件番号一六四五九八四九二五。検察側の準備は整っていますか」

ダブルDが立ちあがって言った。「はい、判事」

「よろしい。最初の証人を呼んでください」

「ユタ州はケヴィン・シモンズを召喚します」

廷吏がいったん法廷から出て、しばらくしてケヴィンとともに戻ってきた。テディが手を叩いて叫ぶ。「やあ、ケヴィン！」わたしはテディの手を急いで押さえつける。

証言台に立ったケヴィンはこちらを見ようともしない。わたしはケヴィンを見つめる男が法廷内にいるのに気づいた。ピンストライプ柄のグレーのスーツに、同じ色の髪。法廷の後方で腕組みをして立っていて、わたしを見ている。ケヴィンの弁護士にちがいない。

ダブルDは立ちあがり、もったいぶった歩き方で証言台に近づいていく。質問状は一枚だけのようで、しばらく黙りこんだまま、質問を読みかえしているようだった。そしてようやく口を開いた。「お名前と綴りを教えてください」

「ケヴィン・シモンズです。K-E-V-I-N、S-I-M-M-O-N-S」

「ミスター・シモンズ、今年の四月二日の出来事を覚えていますか」

「はい」

「覚えていることを聞かせてください」

テディをちらりと見てから、ケヴィンは視線を落とした。それから咳払いをする。「その日はソルトレイク・シティにある、ぼくの家に集まってました。皆でつるんでテレビゲームをしたり、遊んだりしてたんです」

「皆というのは、誰のことでしょう」

「友達のクリント・アンドリューズとフレディ・ウィルモアです。たしか、テレビゲームをやってたとき、テディが来たんです。それで——」

「お待ちください。テディとは誰でしょう」

「テディ・ソーンです」

「今日は法廷に来ていますか」

「はい」

「どの人物か教えてください」

ケヴィンは少しためらってから、腕を伸ばしてテディを指さした。「あそこのテーブルにいます。グレーのシャツを着てるひとです」

「どうやって知りあったんですか」

「家が近いんです。小さいころから隣に住んでいます」

「あなたとお友達が遊んでいるところへ、テディがやって来た。それからどうなりましたか」

「テディは、なんだか取り乱してました。気に障ることがあるみたいに。そういうときは、歩きまわるのでわかるんです。こう、行ったり来たりするんです。だからどうしたのかと訊いたら、バッグをどこかへ持っていかなきゃいけなくて、連れていってほしいと言われました」

「そのときバッグを持っていたんですか」

「いいえ、そのあと取りに戻ってました。行き先はリチャードソンだと聞いて、ぼくたちもロイって町にいる友達に会いに行くとこだったんで、乗せていけると言ったんです。そのときは……なんか、よくわかりませんでした。テディが何をしたいのか」

「それで、連れていくことに同意したのですね」

「はい、ぼくたちも近くに行くので、いいよと言いました。そのあと、テディは家に急いで戻って、バッグを持ってきました」

ダブルDは検察側の席に戻り、テーブルの下から何かを取りだした。紺色のスポーツバッグを手に、ダブルDは証言台に戻ってきた。「このバッグでしょうか」

「ええ、そうだと思います」

「判事、本物件を証拠第一号として提出します」

「異議はありますか」ロスコームが言う。

わたしは立ちあがった。「ありません」

ダブルDが言った。「近づいても?」

「どうぞ」

ダブルDは書記官にバッグを渡し、また検察側の席に戻ってテーブルの下に手を入れた。

そしてコカインの包みらしきものをいくつも取りだした。それらをテーブルの上に綺麗に積み重ね、その量を印象づけるかのように、しばらく間を置いた。

「ミスター・シモンズ、彼を車に乗せてから何がありましたか」

「車にみんなで乗って、出発しました。テディは助手席にすわりました。リチャードソンまでは三十分くらいかかったので、音楽を聴いたりしゃべったりしてました」

「テディは何か話しましたか」

「いいえ、特に。バッグを運ぶとだけ言ってました」

「それからどうなりましたか」

ケヴィンは大きく息をついた。「二十五番通りの出口でハイウェイを降りました。そのときになって、テディがバッグの中身について話したんです」

「なんと話したのでしょう」

「バッグにはコカインが入ってると言いました」

「その言葉どおりに話したのですか」

ケヴィンはうなずいた。「コカインが入っていて、それを届けなきゃいけないと。ぼくは、やめたほうがいいと言いました。それは違法なことだと言ったんですけど、どうしてもやらなきゃいけないと言い張られて。テディには一度言いだしたら聞かないところがあって、同じことを何度も何度も言ってました。そうなったら、ぼくたちは言われたとおりにするしかないんです」

「そのあと、何が起きましたか」

「じつは、本当にコカインだとは思ってなくて」ケヴィンは判事をちらりと見て言った。「たぶん冗談だろうと思ってたんです。それでも、何かを届けなければいけないのは本当っぽかった。だからテディの案内でリチャードソンにある家に向かいました。着いたらテディはしばらくじっとしていて、ひとりで行くのは怖いと言うので、ぼくが車を降りて一緒に行きました。コカインなんて見たこともなかったし、テディの作り話かもしれないと思って。きっと。で、ふたりでポーチまで行くと、メキシコ人が出てきました。テディが〝こんにちは〟って言ったあと、メキシコ人がバッグを受けとりました。そこからわけがわからなくなって、警察の車がどんどん来て、地面に押しつけられて手錠をかけられました。現実とは思えなかった。そんな経験は一度もなかったので、何かの間違いじゃないかと」

「わかる範囲で結構ですが、誰かがテディ・ソーンを陥れたのだと思いますか」

「いいえ、そうじゃないと思います。いま話したこと以外は、何も聞いてません。ぼくの知る限りでは、バッグを届けようとしていたのはテディだけです」

「テディとは付きあいが長いそうですね」

「はい」

「彼はやや鈍いところがありますね？」

「はい、頭が足りないんです。でも、何もできないというわけじゃありません」

「では、そんな人間が計画を立てて、これだけの量のコカインの取引をしたという話を、法廷で信じてもらえると思いますか」

「わかりません。ぼくは本当のことを言っているだけです」

「ありがとう、ミスター・シモンズ。質問は以上です」

わたしはすわったまま、ペンを口に当ててしばらくケヴィンを見つめた。そしてペンを置いて立ちあがった。前へ進みでて、証人席のすぐ前に立つ。ロスコームが嫌うやり方だ。ポケットに両手を突っこみ、行ったり来たりする。

「テディがその家まで案内したんですね」

「ええ、さっき言ったとおりです」

「テディがリチャードソンに行ったことがないのは知っていますよね」ケヴィンの反応を見ようと、わざと推測を含めて言ってみる。

「知りませんでした。でも、道はわかってるようでした」

「どうやって案内したんですか」

「ただ、家の場所を言ってきただけです」

わたしはケヴィンの目の前で足をとめる。「じゃあ、角を右に曲がるとか左に曲がるとか？　それとも、住所を知らされたんでしょうか」

「右とか左とか言ってきました。目的地まで案内するかのように。住所については、わかってたとは思えません」

「曲がり角の指示は何回くらいありました？」

「えっ？」

「案内した回数はどれくらいですか」

「わかりません」

「十回？　二十回？　三十回……？」

「たぶん二十回くらいかな。ここで曲がるとか、坂をのぼるとか言ってました」

「服は何を着てました？」

「服ですか？」

「ええ、ミスター・シモンズ。その夜わたしの依頼人はどんな服装でしたか」

ごくりと唾を飲みこむ。「覚えてません」

「その夜ずっと一緒にいて、麻薬の取引も一緒にして、逮捕まで一緒にされたのに、彼の服装を覚えてないんですか」

少しためらい、ケヴィンは言った。「ジーンズです。ジーンズと、あとTシャツ」

「どういったTシャツでしょう」

「靴はどんなものでしたか」ケヴィンに一歩近づく。

「青だったと思います」

「リチャードソンへ向かうとき、聴いていた曲は？」

「わかりません」

「腕時計はしてましたか」

「わかりません」

「四人でどんな話をしたんですか」

「覚えてません」

「適当に、ですか。その夜のことははっきりと覚えているのかと思いましたが」

「さあ。適当に」

「なるほど、たいして覚えていない。それでも、わたしの依頼人に責任がすべてあるという点だけは覚えているわけですね」

「覚えてません」

「それはそうです」

「コカインはどこで手に入れたものだったんですか」

「教えてくれませんでした」

「訊かなかったんですか」

「はい」

ロスコームのほうを見ると、こちらに関心すらなさそうだった。予備審問はほとんど形式上のものなのだ。弁護人側が勝つことはまずないので、判事もまともに聞いてすらいない。正式起訴に向けてゴム印を捺すだけが仕事なのだ。そのことはべつに構わないし、ここで勝てるとも思っていない。こちらとしては、証人に突っこんだ質問をして答えさせ、録音と証言記録に残しておいて、本訴に移ったあとに矛盾した証言が出たら、そこを徹底的に追及するつもりだった。

「ハンディキャップのある友人がバッグいっぱいのコカインを持っていたのに、どこで手に入れたのか訊かなかった。それを信じろと言うんですか」

「思いつかなかったんです」

「思いつかなかった？　だけど、やめたほうがいいとは言ったんですよね」

「言いました」

しばらくケヴィンの前を行き来してから、わたしはまた向きなおった。「どう言ったんですか」

「どうって、何を？」

「やめるように言ったんでしょう。具体的に何を言ったんです」

「それは違法なことだから、やっちゃいけないんだと。大変なことになるって」

「テディがその言葉を理解したと思いますか」

「はい、けっこういろいろ理解してますから」

「ついさっき、彼は頭が足りないと言いましたよね」

「そうですけど、ある程度物事はわかっています」

わたしは腕を組んだ。「そうなんですか？　あなたはその方面の学位でも持っているんでしょうか、ミスター・シモンズ？」

「いいえ」

「では、〝どの程度〟頭が足りないのかを正確に言うことはできませんよね」

「そうかもしれません」

ケヴィンに歩み寄り、証人席の端に手を置いて、顔をのぞきこむ。プレッシャーをかけられたときの反応を見るためだ。「スポーツバッグは大きなものですよね。ウェアやシューズを入れるものですから」

「そうだと思います」

「テディはスポーツをやるんですか」

首が振られる。「いいえ、やらないと思います」

「あなたはスポーツをやりますか」

「野球とレスリングをやってます」

また腕を組んでから言う。「コカインの取引をしたのはあなたですね」

「いいえ」

「テディを一緒に連れていったのは、捕まったときに罪を着せるためだったんでしょう」

「いいえ、そうじゃありません」

「誰かのせいにするなら、〝頭が足りない子〟はうってつけです。反論できないも同然ですから」

「いいえ」ケヴィンは首を振る。「ぼくはそんなことはしない」

「するでしょう。捕まって刑務所に入らずにすむのなら。頭が足りない子のせいにしておけば、なかったことにできる。いつから友達のふりをしていたんですか」

「そんなんじゃありません」声が大きくなる。

「よく毎日、テディに顔を合わせられましたね。友達だと思って笑いかけてくるのに、あなたは彼の人生をめちゃくちゃにしようと目論んでいた。誰よりもひどいやり方で」

「ちがう！」声を張りあげる。「そんなんじゃない。友達だった。テディは友達だ。ぼくはそんなことはしない」

ケヴィンの顔は紅潮し、手が震えている。それから視線をテディに向ける。テディは少し間をあけてから言った。「やあ、ケヴィン！」

ロスコームがとつぜん割って入った。「ミスター・ソーン、わたしの法廷では証人に話しかけないように」

わたしは数歩下がり、ロスコームがテディに向ける視線をさえぎった。「質問は以上です」

席に戻り、ケヴィンを見つめる。

なんと忌々(いまいま)しい小僧だろう。

あんな嘘を信じてしまうところだった。

26

次に刑事のひとりが証言台に立ち、ケヴィンと同様の証言を行なってから、ダブルDが休憩を申しいれた。メインの証人である警察の情報屋ザモーラは、予備審問には呼ばれていないものの、供述調書を提出していた。判事のロスコームは双方に確認すら取らず、ただこう言った。「本件は公判に移行する要件を満たすものと判断します」

「判事」わたしは立ちあがった。「一言よろしいですか。本件は手続き上の問題があるものと思われます。本来でしたら少年裁判所で扱われる事件ですし、重犯罪少年法に列挙されている重罪に当たるものでもなく、被告人は成年者として裁かれるべきではありません。

たとえ重罪に当たるとしても、少年を成年者として扱うかどうかを判断するのは少年裁判所の判事です。つまり、検察側は最高裁の制定した法をいくつも無視したうえで、地方裁判所に訴追請求を行なったというわけです。ですから本件は管轄違いであり、当方としては公判に移行しないことを要求します。正直に言いますと、本件がここまで進んでいる時点で、州民の権利が侵害されていると思われます」

ダブルDが立ちあがった。「判事、意見確認書にサインをされ、本件を成年者の事件として扱うことを承認されたのは、判事ご自身です。ミズ・ローリンズが判事に対して異議があるなら、上訴裁判所に上訴するのが正当な方法であり、上級審の判断を待つべきだと思います」

「マジなの？」信じられない思いで相手を見つめる。「あんたたち、ふたりしてクソまみれの計画を立てたってわけ？」一瞬のことだったが、ダブルDは視線をそらし、顔をそむけた。

「ミズ・ローリンズ！」ロスコームが怒鳴りつける。「法廷に敬意を払い、冒瀆的な言葉は慎みなさい。さもないとただちに監置場に叩きこみますよ」

「判事、検察側は本件の訴追請求よりも前にそちらに協力を打診したのですか。それともご自身の判断で意見確認を行なわれたのですか」

ロスコームがちらりと検察側に目をやり、ダブルDは視線を落として後ずさりした。いずれも小さな一瞬の動きだったが、見逃しようはなかった。この事件をロスコームが担当したのは偶然ではない。事前に計画を立てていたのだ。これまでは、重犯罪少年法の廃止を望むロスコームが、条件の合う事件に意見確認を行なったのだと思っていた。そうではなく、じつはすべてが判事と検察局の共謀だったのだ。自分たちの意向に沿うよう、検察が判事に働きかけたのだ。司法面でも倫理面でも、あまりにも多くの規則が面前で破られており、まともに頭を働かせることすらむずかしかった。

「判事、われわれはただちにあなたを忌避(きひ)する申立てを行ないます」

「そういった申立ては書面で行なうべきです、ミズ・ローリンズ」

わたしはテーブルからペンをひっつかみ、黄色のリーガルパッドに自分の名前、電話番号、法曹協会の会員番号を書き、いちばん上に〝判事、ご退出願います〟と書き、左端に〝忌避申立書〟と書いた。そして破りとって廷吏に押しつけると、それが判事に手渡される。

ロスコームはそれを一瞥して「ほほう」と言い、ごみ箱に放りこんだ。「これは正式な書式に則(のっと)っていませんな」

「お二方がたったいま破っている法はかぞえきれないのに、わたしには書式を守れとおっしゃるんですか」

「弁護人、わたしの法廷で失礼な発言は控えていただきたい」そう言ってから、ロスコームは書記官のほうを向いた。「録音をとめてください」書記官が言われたとおりにすると、ロスコームは口を開いた。「検察は法を適正にしようと動いているのです。現状の法が妥当ではないという意見には、わたしも同意しています。そちらが敗訴した場合、上訴すればいいですし、その後の判決を待とうではありませんか」

「それを待つあいだ、無実の少年の人生がめちゃくちゃになっても構わないわけですか」わたしは首を振る。「以前からあなたは性根の腐った方だと思っていましたが、ここまで頭のなかが腐りきって毒まみれだったとは知りませんでしたね」

ロスコームはいまにも下痢を漏らしそうな表情になった。真っ赤な顔で廷吏に向かって怒鳴る。「逮捕しなさい」

判事の執務室に隣接している監置場で、わたしは一時間以上すわっていた。脈打つような頭痛に見舞われていたが、麻袋みたいな感触の簡易ベッドの上で待つうちに、やがて治まっていった。

これまで、フーヴァー郡は運を利用したのだと思っていた。ロスコームは以前から重犯罪少年法を憎んでおり、今回のような事件を待ち望んでいたところへ、運悪くテディが網にかかったのだと思っていたが、そうではない。これは陰謀だったということだ。判事と検察が結託して、気に食わない法をどうにか変えられないかと策を練ったのだ。その法が、社会でいちばんの弱者である子どもたちを権力の横暴から守っているにもかかわらず。

事態の重さと恐ろしさが、ゆっくりと崩壊する屋根のように両肩にのしかかってきて、身体を押しつぶしそうだった。すわっていることもままならなくなり、わたしは狭いベッドに横になって天井を見つめた。

ドアが開いて廷吏が声をかけてきた。「判事がお呼びです」

わたしは廷吏のあとをついていった。ロスコームはまだ裁判官席にいたが、法衣は脱いでいる。視線がこちらに向く。「廷吏に一晩じゅう子守をさせるわけにはいきません。お帰りください」

「念のためお耳に入れさせてもらいますけど、法廷侮辱罪にするなら審理を開かないといけないはずです、判事。どうやら州法を読むのがお好きではないようなので、お知らせしておきます」

ロスコームは両腕を組んで身を乗りだし、深く息を吸った。「あなたのような言動をする方の今後がきわめて心配ですよ、ミズ・ローリンズ」

首を振って言う。「あなたは法を守ることを宣誓したはずです」

「正しい法に対してだけです」

「法に正しいも何もありません。すべての法が唯一の法なんです。あなたの気に入る法だけが正しいなんてことはありません」

ロスコームは眉を吊りあげて言った。「まあ、今後どうするか選択肢はいくつかあるでしょう。好きな道を選べばよろしい」

裁判所をあとにする。出口に向かう途中で、廷吏が携帯電話をかえしてきた。ウィルからメッセージが来ていて、角を曲がったところにあるカフェでテディと待っているとのことだった。裁判所の近くにあるカフェはそこしかなく、洒落た店ではあるのだが、壁にはなぜか森に住む部族の男たちの写真が飾られている。まるで店のパンはブラジルの熱帯雨林で獲ってきたもので、通りの先にあるスーパーマーケットで買ってなどいないと印象づけたいみたいだった。

ウィルとテディはテーブルについていた。テディの口のまわりには食べかすが輪になってついていて、さらにプラスティックのカップから赤い飲み物をごくごくと飲むので、また新たな汚れがつきつつある。わたしはウィルの向かいに、うめきながら腰をおろした。

「いやあ、久しぶりのシャバだわ。もう何年も男なんて見てなかったから。ウェイトリフティングと、木を削って歯ブラシを作る毎日だったからね」

ウィルはにやっと笑う。「その台詞にクラっとくるジゴロは多いだろうな」

「あら、そう？　じゃあ今度ハイスクールでナンパするときに使ってみる」ウィルの前には食べ残したピザがあり、冷たくなっていた。一切れ取って食べてみる。ゴムみたいな食感で、あろうことかベジタリアン・ピザだった。

「今日は本当にありがとう。もっと興味深い案件をやりたいだろうに」わたしは言った。

「きみの逮捕劇を見るよりも興味深いこと？　それは思いつかないな」

「あの判事は本当にクズだよ」

「どうしてあんなにキレてたんだい」

「あのふたりがぜんぶ計画してたのよ。最初は、自分たちの権力を邪魔する法を変えようと、検察局だけが躍起になっていると思っていたの。でも、そうじゃなかった。検察は判事と事前に示しあわせて計画を立てたわけ。議会の制定した法をなんとか覆すためにね。完全に権力の濫用でしかないよ」

ウィルは微笑んでいる。

「何よ？」

「きみが熱くなるのはいいことだ」

「べつに、やらなくたっていいんだけど。こんなにややこしい事件を扱う力量はないし」

ウィルはわたしの手をそっと取り、ぎゅっと握ってから離した。「きみにならできる」

わたしはウィルをしばらくのあいだ見つめた。あらゆる意味で、女にとっては夢のような男なのだろう。自力で富を築き、ハンサムで魅力的、優しくてユーモアもある。いったいどうしてわたしは、そんなウィルに夢中になれないんだろう。きっと付きあった男にはすぐに飽きてしまう性格だから、ウィルに飽きたくないと思っているのかも。

ウィルは立ちあがった。「さて、もう行かないと」

去っていくウィルを見送り、テディに向きなおると、大きなピザを一切れ、耳のほうから無理やり口に押しこもうとしていた。ピザの向きを反対にしてやると、テディは笑いながら半分ほど口に詰めこんだ。

「ねえテディ、訊きたいことがあるから答えてほしいの。いいかな」

「いいよ」口いっぱいのピザ越しにテディが答える。

「あのバッグはどこで手に入れたの？　警察の車に乗せてもらった夜に持っていたバッグのこと、覚えてるでしょ。バッグはどこから持ってきたの？」

ふいに深刻そうな顔になり、テディは目をそらした。「知らないよ、ダニエル」

「知ってるはず。いいのよ、わたしには話しても」

「ダニエル、知らないよ。知らないよ、ダニエル」

ため息が漏れる。「どうやらわたし並みに嘘がうまいみたいね」

頭をさすり、店のなかを見まわした。

次にやるべきなのは公判移行に対する無効の申立てで、要するに判事の判断に異を唱えるということだ。その申立書はまたしても、同じ判事が受けとることになる。ここはフーヴァー郡なので、抗議を受けた判事本人が、自分に過ちがあったかどうかを決めるというわけだ。この申立てが通る確率は、お騒がせセレブのカーダシアン一家から博士号取得者が出る確率にも等しい。けれども無効の申立てを行なえば、ユタ州上訴裁判所に一応は書面が送られることになり、フーヴァー郡を脱出することも不可能ではない。

「さあ、そろそろ出ようか」

テディは残っていた赤い飲み物を口に流しこみ、立ちあがった。わたしは紙ナプキンを一束持ってきて、顔を拭いてあげた。車に向かいながら、ケリーにメッセージを送る。

〈進展は？〉

〈ないわ、残念ながら。ずっと預かってくれるようなところは見つからない。ただ、打診中のところはあるけど〉

携帯電話をしまう。「どうやら、もう一晩うちに泊まってもらうことになりそうだよ」

「アイスクリーム食べたいな」

さて、アイスクリームを出してくれるバーはどこかにあっただろうか。

27

事務所に戻ることに決め、アイスクリームのコーンに吸いついているテディも連れていった。しばらく面倒を見てくれないかとケリーに頼もうとしたとき、声をかけられる。

「候補が出てきたわよ」

「施設なの？」

「いいえ、学校。十八歳になったので、テディは通っていた学校に在籍延長の手続きをする必要があったんだけど、両親が何もしなかったので、手続きの期限も過ぎてしまっていたの。でも、高校を卒業できなかった大人の障害者のための学校が見つかったわ。九時から三時まで毎日授業があって、テディだったら入学資格はあるはず。保護者にサインをもらえば、わたしから診断書を送ることも可能になるわ。今日じゅうにもらっておくから。まあ、あのふたりがまだ保護者と言えるかどうか疑問だけど。あなたがテディを代理するなら、委任状も作成しないと。それ以外も必要なことは対応しておくわね」

「んもう、いますぐキスしたい」

「あのね、前から言ってるけど、いつかセクハラで訴えるわよ」ケリーは立ちあがった。

「テディ、一緒に来てちょうだい。あなたのご両親にサインをもらいに行くわよ」

テディは不安そうにわたしを見て、身体を左右に揺らしはじめた。わたしは言う。「だいじょうぶよ。この人はケリー。わたしと仲のいい友達なの」

テディに笑みが浮かぶ。「こんにちは、ケリー」

ふたりが出かけると、わたしは倒れこむように椅子に腰をおろし、天井を見つめた。こんな事件は望んでいなかった。わたしは罪を犯した人々を弁護するはずではなかったのか。法廷に行って検察と取引し、刑務所行きを免れさせ、依頼人はハッピーになり、わたしは日常生活に戻って彼らのことを忘れる。これまでの人生で、こんな状況など一秒たりとも予想したことはない。依頼人を家に泊まらせることも、郡検察局と地方裁判所判事を敵にまわすことも。

事態があまりにも桁外れの規模になってきたので、もう笑うことしかできず、カレンダーに目を向けた。テディの公判よりもまえに別件の審理がいくつか入っているが、そんなものはどうでもいい気分だった。考えたくもない。どれも現状のまま引きのばすよう手続きしておいて、テディの件の無効申立書を起案することに集中したい。

デスクのいちばん下の抽斗からジョニーウォーカー・ブラックを取りだし、グラスに注いでから、最近提出した無効申立書を雛形として使うため、ファイルを開いた。

申立書の作成にどれだけ時間を費やしたのかわからないが、ふと目覚めるとソファに横になっていた。起きあがって首と背中を伸ばし、どこまで作業が進んだか見てみる。申立書は最後まで書けていた。不適切な言葉が入っていないかチェックすると、二箇所に〝クソ〟と書かれていたので削除した。それから印刷して、提出してほしい旨をポストイットに書き、ケリーに宛てて貼っておいた。そういえば、ケリーはテディと出かけていたのだった。メッセージを送ってみる。

〈どこにいるの？〉

〈テディが車のなかで寝ちゃったの。あなたの自宅の前にいるんだけど、まだ寝かせておこうと思って。学校のほうは、必要な書類を提出しておいたわ。費用はテディの入っている障害者向け医療保険（メディケイド）でまかなえるか確認しているところ。明日には直接出向いて、手続きを早めてもらうようにするわ〉

〈すごい！　あなたってほんとに優秀〉

〈その気持ち、年末のボーナスまで覚えておいてね〉

　事務所を出て、〈リザード〉で少し飲んでからジャックの顔でも見に行こうかと考えた。が、通りに出るまえに足をとめ、思案をめぐらせる。テディの事件で大きなクエスチョン・マークとなっている、売人のザモーラとはまだ一度も話せていない。電話にも出てくれない。法曹協会の倫理規則を屁とも思わない誰かがいてくれたら……

　わたしはジープに飛びのり、ケリーに帰りが遅くなると連絡してから、リチャードソンへと車を駆った。

　ザモーラの自宅は小さなあばら家だった。たとえるなら、往年のロックスターが落ちぶれて死にゆく場所といったところだ。車から降り、煙草に火をつけてジープに寄りかかり、何服か喫いながら近所の家並みを観察する。これまで見たり住んだりした町と比べて、どこよりもひどい場所とまではいかないが、かといって安全そうな町にはとても見えない。

ひもを結び合わせた靴が電線からぶら下がっていて、それは通りにドラッグを売る家があるという意味の目印となっており、それを見てジャンキーどもがここに買いに来る。それぞれの家のポーチには色の異なる明かりがついていて、ドラッグの種類を示している。赤はヘロイン、青はコカイン、黄色はメタンフェタミン、緑はマリファナ。いまのところはそう決まっているが、数年でルールは変わる。捜査班に情報をつかまれるとすぐに、売人たちはべつの手を考えるのだ。

煙草を地面に放り投げ、玄関へと向かっていく。ドアをノックして、ポケットに手を入れて待つ。窓の向こうでカーテンがめくられ、ふたりの男が顔をのぞかせたので、微笑みかけて手を振ってみた。鍵がまわる音がして、男のひとりがドアを開ける。シャツの裾のほうが膨らんでいて拳銃を持っているのがわかるが、よりによって股間の真上でズボンにはさんでいる。この手のワルどもは、よほど自分のイチモツを吹きとばしたいのだろう。

「こんにちは、アミーゴ。サルバドールはいる?」

「てめえ、なにもんだ?」

「ちょっとした情報を持ってきたの。保留になってる罪状のことでね。きっと聞いておいたほうがいいと思うよ、本当に」

男はわたしを上から下まで眺めまわして言った。「待ってろ」

わたしは振りかえり、周囲の家を見まわした。外には誰も出ていない。遊んでいる子どもの姿もなければ、ポーチでくつろいでいる老人の姿もなく、人影はまったく見えない。誰もが家のなかに身を潜め、厄介ごとに巻きこまれるのを避けているかのようだ。

背後でドアが開き、眼鏡をかけた細身の男が出てきた。首のあたりにタトゥーの一部がのぞいている。運転免許証の写真を見たので、それがサルバドール・ザモーラであることはすぐにわかり、わたしは言った。「どうも」

「なんの用だ」

「ねえ、どうしてこう誰も彼もがぶっきらぼうなの？　〝こんにちは〟とか〝ご機嫌いかが〟とかは忘れちゃったわけ？」

ザモーラはわたしの足もとに唾を吐いた。「なんの用だ」

「テディ・ソーンのことで用があるの」

「てめえは誰だ」

「関係者とだけ言っておく」

「おれは誰とも話さねえ」ザモーラは背を向けて戻ろうとした。

「ちょっとだけ待って。まず、今回の件ではあなたとテディがいちばん損してるのはわかってるよね。白人の金持ちの息子三人が、罪に問われるとでも思う？　あなたと黒人のテディだけが悪者にされるんだよ」

ザモーラがこちらを見据える。まばたきすらしないその目は、残忍な肉食獣の目だった。直感的に、この男は好きになれない。

「五分だけ話をさせて。ふたりの力になれると思うの」

うなずき、ザモーラが言う。「五分だな」

28

ザモーラはわたしを招きいれた。室内には南米料理のにおいが漂っていて、豆の煮込み、パン、それとトウモロコシ料理か何かを作っているようだった。年配の女性がコンロの前に立ち、鍋の中身を混ぜている。あらゆる壁に聖母マリアの絵が飾られており、ドレッサーの上にはマリファナの入った小袋が置かれている。

裏口に近い部屋に通される。そこはウォーターベッドが部屋のほとんどを占めていた。ザモーラが腰をおろすと、ベッドが上下に揺れた。

「それで?」

「あのコカインを売ったのはテディじゃない。それは互いにわかってるでしょ。わからないのは、なぜあなたがケヴィンをかばうのかってこと。あいつは最後には裏切るよ」

せせら笑い、ザモーラが言う。「どんな方法でおれの力になるってんだ？」

「まずはあなたが何を知っているか教えて」

「いいや、それは無理だ。そっちがどんな方法でおれの力になるか話したら、こっちも話をするかどうか考えてやろう」

わたしは両手を腰に当て、部屋を見まわした。ベッドの上の壁には大きな絵が掛かっていて、古代アステカ族の兵士が描かれており、従順そうな半裸の女性を膝にのせている。

「ケヴィンがテディを嵌めたの。わたしはこの事件を棄却に持ちこめるかもしれない。全員が共同被告人になっているから、棄却にできれば、あなたも罪に問われなくなるというわけ。それにさっきも言ったけど、すでにあなたには分が悪い状況なのよ。良家のお坊ちゃんたちと、あなたやテディが同等に扱われると思う？　協力したって感謝されるどころか、足蹴にされるのが関の山よ。間違いなくおつとめはさせられる」

肩をすくめ、ザモーラは頭の後ろで両手を組んで壁に寄りかかった。

「あれだけの前科があるのに、自由の身にしてもらえると本気で思ってるの？」

舌打ちをし、ザモーラは言った。「おれはあんたに話をする理由がねえ。取引をしたからな」

「どういった取引なの」

「あんたにゃ関係ねえ取引だ。さて、もう帰ってくれ」

「ひとつだけ教えてくれたら帰る。今回の逮捕を指揮した刑事は誰なの」

「白人の刑事（デカ）だ。もうひとりのほうじゃねえ。白んぼ（ボリーリョ）だ」

　ザモーラの家を出て、事件のファイルを開いてみる。白人の刑事の名前はボー・スティードだった。この男が一連の逮捕を取り仕切っていたわけだ。ウィルにメッセージを送る。〈フーヴァー郡麻薬捜査班の刑事について、ひとつ残らず情報を仕入れてほしいの。名前はボー・スティード〉
　一分ほど経つと、返信が来た。〈仰せのとおりに〉それを読んだあと、〈リザード〉に向かうことにした。わたしを待つ酒の力を借りて、少しだけ身体を温め、癒（いや）されてからテディのもとに帰ったっていいだろう。

29

　珍しく〈リザード〉は空（す）いていて、ミシェルもいなかった。バーテンダーのひとりが、頼んでもいないのにビールのジョッキとウィスキーのショットグラスを滑らせてきたので、思わず言う。「えっ、そんなに常連だったかな」

「そりゃそうさ」

「まずいな。そろそろべつの店にしないと」

「ミシェルに殺されるぜ」

わたしはうなずき、ビールを一口飲んだ。「そうよね。死ぬほど嫉妬深い女だから」

ビールとウィスキーを飲みほす。ここのところ飲みすぎかもしれないと不安になったので、それを忘れるためにお代わりを注文した。本当に飲みすぎていれば、何日も同じ服を着続けてしまい、ウィルが忠告してくる。けれどもここ一カ月ほど、ウィルからは何も言われてないので、まだ底は打っていないということだ。

二杯目のビールを飲んでいるときにウィルからメッセージが来て、居場所を訊かれた。それから三十分後には、カウンター席の隣にウィルがすわっていて、わたしの前にファイルを置いていた。最初のページを開いてみると、ボー・スティード刑事の人事記録ファイルの写しがあった。

「たった三時間でどうやって手に入れたの？」

「このために、きみはいつもぼくに大枚をはたいてるんだろ」

「でも、驚きだわ」

「警察官基準訓練委員会（POST）に知りあいがいるんだ。いつも、刑事の人事記録をもらうときには……まあ、いわゆる心付けを渡してる」

「そうだろうけど、わたしの仕事をそこまで優先しなくても」

照れ笑いを浮かべ、ウィルは言った。「きみの仕事はいつでも最優先なのさ。まだ気づいてなかったのかい」

煙草に火をつけ、ページをめくっていく。この刑事は十数件もの苦情を寄せられていて、内容は過剰な暴力からドラッグの仕込み行為まで幅広い。だが、ひとつも立件されていなかった。フーヴァー郡警察内務監査部門の職員は、ほかの警察官を逮捕することにかけては、自身の母親に手錠をかけること並みに腰が重い。十数件のうち、調査段階から先へ進んだものは一件もなかった。

「汚職刑事ほど嫌なものはないね」そう言って煙を吐いたが、カウンター奥のエアコンの風に吹きもどされて目に入り、思わず顔をゆがめる。

「この刑事も何か手をまわしたと思うのかい」

「わからない。この事件はおかしな点ばかりだから。郡検察局は、通常なら少年として扱われるか、不起訴になるはずの子に対して堂々と違法なことをやっている。そしてあの子よりまともそうに見える人間は、誰もが取引をさせられてこちらに不利な証言をしてくる。まるで全員がテディに個人的な恨みでもあるのかと思うくらいよ」

ウィルは肩をすくめる。「たしかにわからないね。ただ、ぼくはきみのことが心配だな。

この事件がきみに与える影響もね。すべてを考えあわせると、やっぱり手を引くべきなのかもしれない」

「事件からってこと?」

「一度、きみは有罪の依頼人の案件だけ受任したいと言ったことがあったね。それなら九割方解決できるからと。有罪だとわかっていながら公判までやりたがる者はあまりいない。ところがテディは無罪かもしれない。ダニ、きみの行ないは正しいと思うし、その情熱は素晴らしいけれど、この事件はきみにとって益となるよりも害となる気がするんだ。ここらで手を引いて、頭痛の種は後任の弁護士に引き渡してもいいんじゃないかい」

ウィルの瞳孔は広がっていて、頰はピンク色に染まっている。「ウィル、もしかしてハイなの?」

少しためらってから、ウィルは答える。「だからって、いまの意見は無効にはならないさ」

思わず笑ってしまう。「いつから仕事中にマリファナ喫っていいことにしたんだっけ」

「ぼくがあと少しでリタイアすることを決めて、白い砂浜を最終目的地に定めたときから」ウィルはわたしの肩に手をまわし、パリに佇む恋人同士のようにこちらの目をのぞきこんでくる。「一緒においで。こんな泥沼は抜けだそう。毎日ビーチで寝ころぶんだ。書きたかった小説を書く。フーヴァー郡もロスコームも、嫌なことはぜんぶ忘れよう」

「ほんと、そうできたらいいんだけど。魅力的すぎるお誘いに眩暈がしそう。でもいまは、わたしのなかに体重百ポンドのティーンエイジャーがいて、全力でそれを拒否しているんだ」

肩をすくめ、ウィルは両手をカウンターの上に置いた。「じゃあ、少なくともこの件からは手を引いたらどうだい。胃潰瘍になるまえに」そう言って、わたしのジョッキに残ったビールを飲みほす。

「何か、重要なことを見落としている気がするの。誰も口に出していない何かが水面下で起きている」

「誰かに話をさせる方法はいつだってある」

「どんな方法？」

「梃子の原理だよ、ちょっとだけ天然の白雪姫さん。証人たちに一度だけ真実を言わせてしまうような事実を探しあて、それを使えばいいんだ」

ハイになってはいるが、ウィルの言うことは的を射ている。検察側が汚い手を使っているのなら、こちらも善人でいる必要はない。ただ、溝に身を沈めるまえに、ひとつだけやることがある。頂上にのぼるのだ。明日になったら地方検事に直接会い、どれだけ話が通じるか試してみよう。

もう一杯ウィスキーを流しこんでから引きあげることにした。店を出るときウィルはまだ飲んでいて、煩わしい日常を脱して白い砂浜で過ごす日々についてバーテンダーに語りつづけていた。

30

家に帰るとテディは起きていた。そして駆け寄ってきて言った。「えいがをみたんだよ、ダニエル」

「本当に？」

ケリーが答える。「そう。テレビでね。映画を観られるなんてラッキーな子だわ」

テディは得意げに顎を少し上げている。

「ダニエル、テレビをみていてもいい？」

「いいよ」そう言うと、テディは笑顔になって走っていった。

その姿を見送ってから、ケリーはわたしに向きなおって言う。「本当に素敵だわ。あなたのしていることは」

「だって、他にどうすればよかったの。こうするか、あの子の親みたいにシェルターに置きざりにするしかなかったんだもの」

「書類にサインをもらうために両親に会ったわ。テディは車で待っていたんだけど、顔を合わせることすら断られた」

わたしは煙草に火をつけた。

「これからどうするの」ケリーが訊く。

「どうって、何を？」

「あの子の公判は永遠に続くわけじゃない。終わったあとはどうするの。一緒に暮らすつもり？」

正直なところ、そこまで考えていなかった。すべてが解決したあとのことは何も考えていない。

「わからない」

「それじゃ、これから考えないと。テディだってひとりの人間だし、どこに住むかを決める権利はあるはずよ」

「どうしたらいいんだろう、ケリー。あの子をシェルターに棄てることなんてできないし、かといってこの家にずっと住ませるわけにもいかない。わたしにはあの子の面倒は見られない」

「見られないの、それとも見たくないの？」

肩をすくめ、わたしは煙草を一喫いした。「とてもいい子だけど、わたしは付きっきりで面倒は見られない」

「そう思うなら、もっとあの子のことを知るべきね」

「どうして？」

「あなたが思っているより、できることはずっと多いのよ。多くのひとが、ああいった子に付きっきりの世話が必要だと思いこんでるけど、それは間違いなの。一度チャンスを与えてみれば、きっとテディ自身が証明してくれるわよ」

「ずいぶん詳しいんだね」

ソファに腰をおろし、ケリーは言った。「弟に障害があるのよ。あなたも一度だけ会ったことがあるんだけど、覚えてない？」

「そうだった」いつだったか、ケリーの家族の集まりに呼んでもらったことがあるのだ。土曜日だというのに、なんの予定もないわたしを可哀想に思って招待してくれたのだ。

「母はアルコール依存症で家のことが何もできなくて、ましてや障害児の世話なんてとても無理だったから、弟はわたしが育てたようなものなの。あの子は生まれてからずっと、まわりから同情ばかりされてきた。そして、感動を与えてくれる存在にさせられてきたの。障害があるから感動させてくれるなんて、侮辱にもほどがあると思わない？　ほかの皆と同じように生きられるのに。自分のことは自分でできる。それに、健常者よりもずっと多くのことを知っていたりするのよ。テディだってそう。チャンスを与えてあげれば、もっと成長できるはず」

わたしは寝室のほうを振りむいた。テディはテレビが映らないと騒いでいる。「そうだね、すべてが解決したあとのことは考えておかないと」

ケリーは立ちあがり、玄関へと向かう。「もう行くわね。楽しかった」

「ありがとう、力になってくれて」

「いいのよ。おやすみ、ダニ」

「おやすみ」

ポーチに出て、残った煙草を喫いおえてから室内に戻る。テディはベッドにすわっていて、テレビは映っていた。

「ぼくが直したんだ！」

「そうみたいだね。寝る準備はできてる？」

「おなかがすいちゃった」

「じゃあ、何か探してみるね」

ふたりでマカロニチーズを食べてから、ピクサーの映画を観た。最初から最後までテディは笑いどおしだったが、まるでいたずらを隠すみたいに手で口を覆っていた。一度テディは大きな音で鼻を鳴らしてしまい、わたしに目をやり、それからふたりで笑いころげた。

映画が終わるとパジャマに着替え、〈スポンジ・ボブ〉を観て、寝るまえの決まりごとをすませる。それからようやく眠りに落ちたテディのもとを離れ、わたしはポーチに出てすわった。携帯電話を取りだし、ステファンにかけてみる。

ペイトンが電話に出た。

「あら、ダニエル」

「えっと……どうも。彼はどうしてる？」

「ステファンはあいにく電話に出られないの。わたしのためにシャワーを浴びてるから。あなたからの着信だったから、伝えておいたほうがいいかと思って。あとでかけ直すんじゃないかしら。ベッドルームでの営みのあとで」

もっとも想像したくない場面だった。ペイトンの豊胸手術した乳房やボトックス注射でこわばった顔が、愛するステファンに触れるなんて。鼻から息を吐きだし、わたしは言った。「あなたはもう勝ったのよ。そんなに自慢する必要がある？」

「ええ、ダニエル。もちろんあるわよ。ところで、虎の頭を盗んだのはあなたでしょ。かえしてちょうだい」

「何を言ってるのかさっぱりわからないけど」

「そう言うと思った。あら、彼が出てくるわ。準備をしなくちゃいけないから、これで失礼するわね。今夜はカウガールになって彼の上に乗ろうかしら。いいと思わない？」

「あんたって、動物に欲情するタイプなの？」

「はあ？」

「ここのところ、ずっと考えてるんだよね。動物への執着がやたらと強いのは、きっと欲情しているからにちがいないって」

「おやすみ、ダニエル。いい夢を」

通話が切れる。動悸（どうき）が速まり、胃が差しこみ、頭に血がのぼる。わたしのなかの悪女魂が目覚めつつある。ほかの誰にも、こんな思いをさせられることはないのに。

「いますぐにお酒がほしいって顔をしてるわよ」穏やかな声が聞こえてきた。隣の家のポーチにベスが立っている。もう七十をとうに越えているのに、中身は二十歳の娘みたいで、満面の笑みを浮かべた顔まで若々しく見える。

「ご明察。さすが」

ベスはいったん室内に戻り、琥珀（こはく）色の液体が入ったタンブラーをふたつ持って出てきた。グラスを合わせたあと、ベスは腰をおろして一口酒を飲んだ。わたしも飲む。おそらくブランデーだろう、温かい液体は心地よく喉をおりていく。質のいい酒はお腹をすぐに温めてくれる。

「何があったの」ベスが訊く。

「この歳でこんな人生を歩んでいるはずじゃなかった」

「誰だって、どの歳でもそう思うことはあるんじゃないかしら」

「そうかな。あなたは幸せそうじゃない」

「幸せよ。それは、幸せになることを自分で選んだからなの。流れに逆らわず、自分らしく生きているから」

「あなたはジム・モリソンね」

「それって誰?」

「検索してみて。きっと気に入る曲がいっぱいある」酒を一口飲む。「幸せになることを選びたいけど、好きな男が嫌いな女と結婚する場合はむずかしい」

「それが本当なら、最初からその男はあなたに合わなかったってことよ」

「うっ。キビシイね」

「歳を取ると、くよくよしてる時間なんてなくなるわ。ダニエル、前へ進みなさい。彼はもうあなたのものじゃない。他人のものなの」

「いいえ、彼は心の底では、あの女のものになりたくないはず。わかってるの。わたしにひどく傷つけられたから、彼女と一緒になりたいと思いこんでるけど、それは痛みがそう思わせてるだけ。ああいった女のことはずっと嫌ってたのに」

ベスはわたしの手を取ってぎゅっと握り、酒を飲みほした。それからわたしのグラスを手に取り、それも飲みほしてから立ちあがった。「大事なのは、過去を乗り越えるために現在を変えること」

笑いながら訊く。「どういうこと？」

「外へ出ていって、素敵な男を捕まえて、その彼と今夜思い出を作るの。ここにすわって、もう戻ってこない男を待っていてはだめよ」

賢者のようなベスが鼻歌をうたいながら、家に帰るのを見送る。ひとり暮らしで、誰かが訪ねてくるのは一度も見たことがないけれど、わたしの知る限りベスは世界一幸せなひとだ。きっと孤独でいることが大事なんだろう。誰も一緒にいてくれないけれど、それなら傷つけられることも一切ない。

携帯電話が振動する。ステファンの番号だ。またペイトンの声が聞こえるかと思って出てみたが、ちがった。「ダニかい」

「うん」

「着信があったから。どうしたんだい」

「ちょっと話したかっただけ。いま時間ある？」

「ああ、少しなら。読書会に来ているんだ」

安堵で身体の力が抜ける。「ペイトンがあなたの電話を預かってたわけ？」

「そう、車で送ってもらったからね。携帯を車に置き忘れてしまって、ペイトンが持ってきてくれたところ。何か用事でもあるのかい、ダニ？」

「ううん。いや、あるけど。っていうか、声を聞きたかったの。落ちこんだとき、あなたの声を聞くと元気が出るから。あなたとウィルだけが頼り」

「そういう相手はそろそろ、ほかに見つけないと」

「そうだね、皆に言われてる」ため息が漏れる。「ごめんね、邪魔しちゃって。男同士の読書会に戻ってちょうだい。ところで、どんな本を読んでいるの？」

「推理小説だよ。読んでないからよくわからないけど。いつも結局、皆でフットボールの試合を観戦してたりする」

笑みが浮かんだ。「楽しんでね」

電話を切り、家の前を往来する車を眺める。ヘッドライトは暗闇に輝く瞳のようで、街灯が歩道やアスファルトをところどころ照らし、上から月の光が差しこんでいる。少し遠くから眺めてみると、美しい光景だ。誰もが自然の美しさばかりを賛美するが、わたしは街だって美しいと思う。ただ、いつも見ているものだから誰もそういった目では見ようとしない。毎日見ているものは当たりまえになってしまい、それは街だけでなく人間に対しても言えることだ。

ウィルから電話がかかってきた。

「ちょうどあなたのことを考えてたんだ」わたしは言う。

「何か卑猥なことだと嬉しいんだけど」

「ウィル……」

「失礼。悪かった。どうしてぼくのことを考えてたんだい」

「落ちこんだとき、わたしを元気づけられるのはあなたとステファンだけだと思って」

「ちょっと待ってくれ。さっきの〝ウィル……〟はどういうことだい。ぼくは女性にはかなりモテるんだけどな。まあ、銀行に腐るほど金を貯めこんでいるせいか」

「そうじゃない。あなたは優しいひとだから。それって大事なことだし、そういう男性はなかなかいない」

「おっと。皮肉でなく褒め言葉が出てくるってことは、まだかなり酔ってるな」

「たまには言ってもいいでしょ」わたしは空を見あげる。「いま、何してるの」

「そうだな」何かを食べながらウィルが言う。「事件の記録を読みかえしてる。浮気夫のつまらない案件だけど。古典の教科書に出てきそうだ。そっちは何してるんだい」

「ポーチにすわってるだけ。ＬＡに引っ越すことを考えてた」

沈黙が流れる。「やめたほうがいいと思うけどな」

「言ったでしょ、妻と一緒にいるステファンを見るのは耐えられないって」

笑い声が聞こえる。「よしてくれ。ぼくの仕事のせいで、どれだけの夫婦が離婚したと思う？　誰だって乗り越えてるよ。つらい時期もあるけど乗り越えられるのさ。新しい相手に出会えたら、ステファンは過去の存在になる。好きな気持ちを無理に抑えることもないけど、人生の中心に彼がいることはなくなる」そこで間を置く。「まあ、言うは易(やす)しだけど。裕福な親友が気を紛らわせてやるべきかな」

「まったく、あなたのようなひとが親友なんてね。自分でも驚き」

「嬉しいよ。ぼくだって、こんな素晴らしい親友は初めてだ」

「言ってくれるね、色男さん」ため息が漏れる。

「お褒めにあずかりまして。ともかく、きみの様子が気になって電話したんだ。そっちに行こうか？」

「ううん、だいじょうぶ」

「ほんとに？　やたらと心細そうな声だけど」

「二年間くらい眠りたい気分なの。でも、気にかけてくれて嬉しい」

「いつだって気にかけてる。何かあれば電話してくれ」

「うん、そうする」

通話を終えたあと、しばらく携帯電話を見つめ、それからポケットに入れて家に戻った。

31

梃子の原理。それがずっとわたしの頭を占めている。目覚めたあと、テディを買ってきた服に着替えさせてから、ケリーが見つけてくれた学校に送っていく。学費を医療保険(メディケイド)が負担すると正式に決まってはいないものの、願書は受けつけられ、ひとまず通わせられることになったのだ。

　テディの教師は漆黒(しっこく)の髪に格子柄のスーツを着た女性だった。テディを笑顔で歓迎し、抱きしめてくれた。いちばん前の席にテディがつく。机にはマーカーで名前を書いたプレートが貼られている。

「大変な仕事ですね。わたしにはとてもできない」教師に向かって言う。

「そんなことありません。ここは義務教育ではないから、生活するのに必要なことだけ教えてるんですよ。請求書の支払い方とか、銀行口座の残高を見る方法とか。公立校で障害児に教えたこともありますけど、そのときは一般的なカリキュラムに沿って教えなければいけませんでした。アルファベットすら書けない子たちを相手に、『誰(た)がために鐘は鳴る』の感想文を書かせるんです。あれは本当に……」

「心が折れました？」

　教師はうなずいた。「そう、その言葉がぴったりです。けれども、そんな教育制度のなかでも才能を開花させる子もいましたから、それだけで救われましたね」

「テディも開花するんでしょうか」

「わかりません。話をしてみれば、どの程度の伸びしろがあるかわかるでしょうね。ところで、わたしはロザリンといいます。あなたはお母さまかしら？」

「いえ、ちがいます。じつは弁護士なんです」

「弁護士さん？」

肩をすくめる。「いろいろ事情がありまして」

テディに目をやると、後ろの席にいるダウン症の男の子に話しかけられていた。テディが笑いだし、後ろの子も一緒に笑いだす。やがてふたりはわたしの視線に気づき、いたずらっぽく笑いを引っこめた。そんな姿は……ごく普通に見えた。ハイスクールの教室にいるティーンエイジャーの男の子そのものだ。ケリーの言葉に間違いはない。もっとテディを信頼してよかったのだ。

「ひとつお願いがあるんです」わたしは言った。「テディがいま進行中の裁判について何かしゃべった場合、わたしに知らせてください。外で話をされては困るので」

ロザリンはうなずいた。「ええ、わかりました。本人が了承すればですけど。どういった裁判なんです？」

「まあ、ちょっとした案件です」腕時計を見る。「それじゃ、急ぐので。これを」わたしは名刺を一枚渡す。「何か必要なものがあったり、緊急事態などのときにはわたしに連絡をください。テディの両親は電話に出ませんから、わたしが対応します」

「承知しました」

「ありがとうございます」

学校を出ながら、正しい名刺を渡したかどうか確かめる。たいていの弁護士は、少なくとも二種類の名刺を使いわけている。ひとつは携帯電話の番号を載せていないもので、普通の依頼人に渡すもの。もうひとつは携帯電話の番号を載せているもので、時間制で報酬を請求できたり、かなりの額の着手金を支払ってくれたりする依頼人に渡すもの。

わたしは五種類の名刺を使いわけている。携帯電話の番号を載せているもの、載せていないもの、飲酒及び麻薬影響下の運転が専門分野だとしているもの、暴力犯罪が専門分野だとしているもの、そして〈ユタ州麻薬犯罪のトップクラス弁護士〉と謳(うた)っているもの。ロザリンに渡したのは、名刺入れのいちばん奥にある、肩書きの何もない携帯電話番号入りの名刺だったはず……たぶん。


フーヴァー郡地方検察局の建物は予想どおりに醜悪で、刑務所にそっくりな雰囲気だった。なかに入ると不快な気分になり、ウォルマートよりもまぶしい照明がひどく神経に障る。地方検事のサンディと約束があることを受付係に伝えたあと、すわってコーヒーテーブルに置かれている雑誌に目をやった。銃、狩猟、釣り、銃、狩猟、スポーツ、銃、大型銃。ペイトンがクリスマス休暇に読む雑誌の一覧みたいだ。

　これからサンディと話しあうべき内容が、ずっとわたしの頭を占めている。サンディ・タイルズはフーヴァー郡地方検事に選出された初の女性だ。この郡は相当な男性社会で、銃器愛好者が多く、警察が絶大な権力を持っている。こうした社会で並みいる男たちを押しのけて女性がトップになるということは、サンディも相当筋金入りの人物であるにちがいない。きっと直談判（じかだんぱん）できる機会は一度きりだろうから、抜かりなくやりたいところだ。

　法的な面からストレートに、テディに対する起訴がどう見ても違法であることを指摘しようと最初は思っていたが、その点はサンディも承知の上なのだろう。法を無視することで法を変えるのは、フーヴァー郡のように市民の権利など屁とも思っていない地域でさえ、そう簡単なことではない。そして、そんな計画に協力するような検察官は、よほどの見返りを示さない限り見つからないだろう。いわんや、ダブルDのように臆病者であれば。

「もうお会いになれるそうなので、ご案内します」受付係が言った。

　広い角部屋のオフィスに通される。物は少なく、すっきりとした部屋で、壁に写真が数枚飾ってあるだけだ。サンディが警察官と射撃練習場や訓練場で写っているものだ。

　サンディは仕事をしているふりも、忙しそうなふりもしていなかった。静かにデスクについていて、両手をしっかりと組み、わたしをじっと見据えている。

「ダニエル・ローリンズよ」手を差しだす。

「サンディ・タイルズです。初めまして。握手はしないの」わたしは手をおろす。「あなたの噂はよく聞いているわ」サンディが言う。

わたしは腰をおろした。「いい噂ばかりでしょうね」

サンディは椅子の背にもたれたが、背筋はまっすぐに伸ばしたままだった。「普通は椅子を勧められたらすわるものでしょう。わたしは勧めていないわ」

「あら、立ったままがよかった？　となると、わたしのヴァギナと顔を合わせるわけだけど。むしろいい会話ができるかも」

少しだけサンディの口角が上がる。意外だった。

「ねえ、きっと刑事だの、おべっか使いに必死な部下だのから、わたしが相当うさん臭い奴だと聞いているだろうけど、ここに来たのはある事件のことで話をしたいから。それだけなの。テディ・ソーンの事件について」

「その事件ね」ため息とともに、もう何十回も話したとでも言わんばかりに答える。「何を話したいの」

「あなたにテディと会ってもらいたい」

「なぜそんなことを考えなきゃならないの」

「テディに会えば、あの子が事件を計画するなんて絶対に無理だとわかるからよ」

サンディに笑みが浮かんだが、それはヴァンパイアが獲物に向けるような不気味なものだった。「被告人ひとりひとりに会っていたら、仕事にならないでしょう。それだけで時間がつぶれてしまう。起訴は正当に行なわれたと思っている」

「そうじゃない。明らかに違法な手段で行なわれているし、あなたもそれは認識しているはず。あの子は無罪なの。どう考えても」

「あらゆる被告人を公平に扱っているわ。そちらは自由な意思で、精神障害を理由に無罪を主張する被告人を弁護してるんでしょうけど、検察局では全員を同等にみなすのよ」

「冗談じゃないよ。人間はひとりひとりちがうでしょ。事件の背景だってそれぞれ異なる。すべてを一括りにしていたら、結果は公正にはならない」

サンディは笑いだした。「公正にならない？　それって、検察が不公正なことをやっているという前提なの？　これじゃまるで、十二歳同士の喧嘩だわ」

「刑事司法制度のなかでは、公正さなんて笑い飛ばせるくらい軽いものでしょ。それを忘れていたわたしも馬鹿だけど」

「ミスター・ダイアモンドの取っている方針は正当なものよ。不満があるなら――」

「第一級重罪として実刑を受けるなんて、どこが正当なの。そんな求刑をしている郡は、州内のどこにもない」

「州内のどこにも、ここほど犯罪に悩まされている郡はないわ」

「どの州のどの郡だって犯罪に悩まされている。あなたは自分の方針を通したいから、法を破ろうとしているだけでしょ。大昔から法執行機関はそういうものだから。ノッティンガムの保安官はロビンフッドを見つけるために、仲間を拷問したしね」

「まあ、ウィットに富んでいること。噂に聞いていたとおりね。でも、陪審の前ではあまり披露しないほうがいいわ」

怒りと苛立ちが身体じゅうを駆けめぐり、抑えきれそうにない。不正を目にしたことは何度もあり、その都度冷静に受けとめてきたが、こうやって間近で見てみると、その裏にある顔は怪物のようだった。最悪なのは、その怪物が自分を正義だと思っていることだ。

「あんたたちは最低よ」そう言い放ち、わたしは立ちあがってオフィスから飛びだしていった。まるで両親からモリッシーのライヴに行くことを禁じられたティーンエイジャーのように。

32

「ほんとに言ったのかい」ソルトレイク・シティのカフェで、ウィルが訊いてくる。

「言ったよ」

「言葉どおりに？」

「言葉どおりに」

ウィルの眉が上がる。「まあ、ちょっとガキっぽいしオリジナリティもないけど、なかなかの度胸だ」

「度胸じゃなくて、怒りが抑えられなかったの。あれほど聖人ぶった独裁者は見たことがない。自分は正しいと信じこんでいるオーラがすごかった。それで頭に来ちゃって、思わずキレちゃった。もっと冷静でいられたら、説得できたかもしれないのに」

肩をすくめ、ウィルが言う。「何を言おうと説得できるような相手じゃないだろ。彼女はこの事件に、闘い抜くだけの価値を見出してる。それを進める権利もある」

「あの女に感情があるとは思えない。冗談でなく。人間の皮をかぶった氷の塊だよ。それか宇宙人かも。トカゲが人間に化けてさまざまな要職を乗っ取っているとかいう陰謀説があるんじゃなかったっけ？」

「相手がトカゲであろうとなかろうと、この事件が途方もなく手強いことに変わりはない。やっぱり手を引くべきだと思うけどな」

わたしは首を振る。「それだけはできない。わたしにも意地があるんだから」

「どうして意地になる？　きみの魅力をもってしても、彼女を意のままにできなかったから？」

「ちょっと、わたしの魅力を小馬鹿にしないでよ」

「してないけど、相手の立場で考えてごらん。自分たちには揺るぎない信念があり、テディは責任能力を問えないほどの障害者じゃないと判断している。そういうことだろ」

「あなたはそれに同意するわけ？」

首を振り、ウィルはアサリを口に放りこむ。「相手の立場で考えてみるからって、相手に同意するわけじゃない。ぼくが言いたいのは、この件にきみが肩入れしすぎて心配だってことだ。いつかはこれも終わり、新たな事件がやって来る。ぼくが確実に言えるのは、人生は常に前へ進みつづけているってことさ」

「でも、こんなの間違ってる。どう見ても間違ってるって。本能的にそう感じるの」

「間違ってるとしても、単なる一事件にすぎない。数カ月まえのきみだったら、気にもとめなかったかもしれない。手離したほうがいい。ここまで頭を悩ませる必要はないよ」

わたしは窓の外に目をやり、行き交う人々を眺めた。何かを見落としている気がする。もう一度ファイルを読みなおさなくては。「事務所に戻るよ」

「もう？　来たばかりなのに」

「食欲がないの」

ウィルはわたしの手をつかんで引きとめた。「ダニエル、きみとは長い付きあいだ。ぼくを信頼してくれるかい」

「もちろんよ」

「じゃあ、どうか忠告を聞いてくれ。素晴らしく腕のいい弁護士を見つけて、テディの事件を任せるんだ。この件にきみが食いつぶされるまえに」

負け戦。その言葉がずっと、事務所へと車を走らせるあいだも、エレベーターに乗るあいだも頭を占めていた。これは負け戦なのだろうか。どんなに力を尽くしても、わたしは破れない壁に頭を打ちつけているだけで、法を変える流れはとめられないのだろうか。わからない。ただ、答えは事件のファイルの奥底に埋もれているような気がする。

しばらく仕事に集中させてほしいとケリーに伝え、テディ・ソーンのファイルを取りだした。検察側から受けとった資料だけでなく、ウィルが入手したものも含まれている。警察官の人事記録、通信指令係の通話記録、証人に対する聴取の録画——特にフレディ・ウィルモアの聴取は注意深く見なおす——ほかにも、検察側が公判には無関係と判断して弁護側には送らなかった資料など。まずは一冊目のファイルを開いて読みはじめる。

二時間以上かけて、すべてのページを数回ずつ読みかえした。慎重に一語一語読みすすめ、まるで警察の誤字脱字だらけの報告書が深い意味を持つ詩で、一音節ずつ熟慮する必要があるかのように、じっくりと読んでいく。それだけやっても、新たな発見は何も得られなかった。

椅子の背にもたれかかり、ヘッドレストに頭をあずける。この角度から見ると天井がよく見える。木の天井は古い雨漏りで色が褪せ、ひび割れ、錆びた釘が点々と見える。いつ見ても殺風景でみすぼらしいオフィスだ。

　ウィルがあとから加えた資料を手に取り、あらためてめくってみる。何も見つからない。ファイルをデスクに放りだそうとしたとき、通信指令係の通話記録にかすかな違和感を覚えた。胸の奥にほんの少しだけ、何かが引っかかる。これほど必死に手がかりを探そうとしていなければ、気づくこともなかっただろう。

　通話記録には九一一番へのすべての通報に加え、通信指令係が現場と行なう通話も収められている。刑事らは自分たちが行動した時間を記録するため、指令係に都度連絡を入れる。現場への到着時間、対話を始めた時間、急襲する時間、応援の到着時間。いままで見すごしていたが、ひとりのパトロール警官が応援を申しでていたのに、ボー・スティード刑事は人手が足りていると言って断っている。その後、ふたりのパトロール警官がやはり応援に駆けつけようと連絡を入れていたが、なぜかそれは断られていない。

　べつに大発見をしたわけではない。最初は人数が足りていると思っていたが、そのあと応援が要ると判断したのかもしれないし、人数が増えても差しつかえはないと思い、放っておいただけかもしれない。それでも、ひとりの警官が拒否され、ほかのふたりが受けいれられたのは事実だ。これしか新たに気づいた点はないので、ひとまず調べてみよう。

　通話記録の入ったＣＤを再生し、目当ての箇所まで早送りする。

「こちらユニット二六二。五分で向かえます」

スティード刑事が応答する。「応援不要だ、ステュ。人手は足りている」

「本当にいいんですか」

「だいじょうぶだ。制服組は充分にいる」

「了解です。ご健闘を」

ユニット二六二。ウィルにメッセージを送る。〈フーヴァー郡警察ユニット二六二に所属する警官の名前とバッジ・ナンバーを調べて〉

すぐに返信が来る。〈一時間待ってくれ〉

33

警官のフルネームはステュアート・ライヴリーで、ウィルはバッジ・ナンバーだけでなく、住所、人事記録、スケジュールまでも調べてくれた。ウィルがいなくなったらさぞかし困ることだろう。これほど仕事のできる調査員をどうやって見つければいいのか。けれども、わたしは近々LAに引っ越して法律の仕事からは離れるのだった。カフェの店員をやるか、絵を描くか、とにかくほかの仕事をしよう。

車に乗り、リチャードソンへと向かう。

ステュアート・ライヴリーはいまは非番のはずだ。主に夜間に勤務しているので、昼間は自宅で寝ているのだろう。メゾネット・タイプの住宅が並ぶ一帯の南側にある家に車をとめる。私道にパトロールカーがとまっていたので、通りすがりになかをのぞいてみると、やたらと綺麗だった。ファストフードの包み紙も、レッドブルの缶も見あたらない。

警官の多くは刑事弁護士を嫌っているので、約束もなしに自宅を訪れたりしたら、さぞかし嫌がられるだろう。ドアをノックしてから数歩下がり、スペースを開けることで、危害を加える気はないと知らせるつもりだった。ポケットに両手を突っこんだが、それだと何かを隠し持っているように見えるので、やはり両手は身体の脇に垂らしておく。そのポーズも不気味なストーカーっぽい気がして、やはり両手は腰に当ててみる。これだと威嚇的になってしまうと思い、結局ポケットに両手を突っこんだ。

黒人の男性が、ぴったりとしたシャツに十字架のネックレスという格好で戸口にあらわれた。わたしを目にして驚いているようだ。口を動かしているところを見ると、パトロールに出るまえの食事中だったのだろう。

「ライヴリー巡査？」

「そうだが」

「わたしはダニエル・ローリンズ。あなたが間接的にかかわった事件の担当弁護士なの。三十秒程度でいいから、話をさせてもらいたいんだけど」

「間接的に？」

その声は滑らかで低く、敵意は含まれていなかった。

「テディ・ソーンの事件。障害のある少年が麻薬取引で逮捕されたの。知ってるかどうかわからないけど、でも――」

「その事件なら知ってる」ライヴリーはわたしを上から下まで見まわした。「何を訊きたいんだい」

いい展開だ。罵声も浴びせられてないし、拳銃も抜かれていないし、刑事弁護士狩りだのなんだのとジョークを言われてもいない。「いくつか質問に答えてほしいだけなの」

ライヴリーはためらい、やがて言った。「じゃあ、入ってくれ」

室内には温めたシナモンのような香りが漂っている。ディナーテーブルには女性と少年がいたので、手を振ってみたが、振りかえしてきたのは少年だけだった。ダイニング・ルームから離れた仕事部屋に案内される。ライヴリーはデスクの奥にすわり、わたしは壁際のソファに腰をおろした。

「あの事件のことは何も知らない。かかわっていないから」

「でしょうね。でも、あなたは五分ほどで応援に行ける距離にいた。パトロール巡査が応援に向かうのは、よくあることなの？」

肩がすくめられる。「状況によりけりだ。あの夜は忙しくて、例の現場には六人しかいないのに、被疑者は五人もいた。だから手を貸そうと思ったんだ」

「それで、応援には行ったの？」素知らぬふりで尋ねる。

ライヴリーはしばらく思案をめぐらせ、どう答えようかと迷っていた。「いや。行かなかった」

「それはどうして？」

「不要だと言われたからだ」

わたしは身を乗りだし、両肘を膝にのせた。「ライヴリー巡査、わたしは警官同士の絆がとても強いことを知っている。ある意味、あなたたちは互いを監視しあっている。だから、仲間を裏切るようなことをさせたいわけじゃない。ただ、あなたが呼ばれなかったのは意図的な行為だと思っている。スティード刑事はあなたを断ったあと、べつのふたりの巡査を応援に来させているから。なぜそのふたりはよくて、あなたは断られたの？」

腕を組み、ライヴリーは黙りこんだ。わたしと視線が絡みあったが、先に目をそらしたのはライヴリーだった。

「何か思いあたることはないの？」

「言っただろ、何も知らないって。現場に行っていないから」

「どうして応援を断られたの」

鼻から息が吐きだされる。「おれには子どもがいる。だから恐れているんだ。あの子がどんな世界で育っていくかと思うと」

「さすがにあの年齢で犯罪被害の心配は少ないでしょ。統計で見ても、あの年代の子はもっとも安全に生きられるはずだけど」

「犯罪者を恐れているんじゃない」

また視線が絡みあった。「警察ね。あなたが恐れているのは」

ライヴリーは髪を掻きあげた。「あるニュースを耳にした。十二歳の子どもが棒切れを持っていて、それを捨てろと言われても捨てなかったから警官に撃たれたそうだ。七発も。子どもは黒人で、警官は白人だった。おれは息子を前にして、この恐ろしい現実をどうやって説明したらいいのか」視線が床に落ちる。「あの子がどうやって身を守ればいいのか、おれがどうして制服を着ているのか。それをどう説明すればいいんだ」

「彼らがあなたを現場に呼びたくなかったのは、黒人だからなの？　なぜ、それが問題なの」

答えはかえってこない。

「そうか」頭のなかで巨大な電球が光る。「テディが選ばれたのは、黒人だからなのね。障害のことは想定外だったんでしょ」

どうして気づかなかったのだろう。フーヴァー郡は強硬な白人社会ではないか。ここでは黒人の若者は、実際に有罪か無罪かを問わず、かなりの確率で陪審から有罪の評決を下される。テディが選ばれたのは肌の色のせいなのだ。

司法制度のなかで、黒人がどのように扱われてきたかはよく知っている。かつて酒の席で本音を漏らした例としては、大都市の警察署長でさえこう言っていた。〝黒人を見かけたらあとを尾けて、交通違反でもするのを待てば、収穫はかならずある。マリファナ、拳銃、その他もろもろ。毎回ではないが、十中八九は当たりが出る。それでわれわれは検挙率を保っているんだ〟

「テディはまだ子ども同然なのに。向こうにいる息子さんと、さほど変わらない歳でしょう。でも、息子さんは自分で弁明することができる。テディにはできない。そこまでの能力がないの。あなたが協力してくれなければ、あの子は終身刑になるかもしれない」

ライヴリーはわたしを見つめ、首を振った。それから立ちあがって、小さな冷蔵庫から水のボトルを二本取りだし、一本をこちらに手渡してからすわった。ボトルの蓋を開け、長々と水を飲んでから口を開く。

「話すとしても、他言は無用だ。あと四年で年金受給資格を得られるのに、いまクビになるわけにはいかない」

「他言はしない。約束する」

「刑事弁護士の口約束は意味がない。行動で示してほしい」

「どうやって？」

「おれの携帯に電話をかけて、留守電にメッセージを残してくれ。会ってもらえないのは残念だ、話したくないなら召喚状を使わせてもらうと。そうしてくれたら、何か話が漏れたとしても否定できる」

わたしは携帯電話を取りだし、言われたとおりにした。終わると、ライヴリーは口を開いた。「噂を聞いただけだ。奴らはおれには何も話さないから」

「いまはその噂で充分よ」

「長いこと、奴らは法を変えたがっていたらしい。そして利用できる事件が起きるのを待っていた。だから、黒人の少年が被疑者で、白人の少年三人が不利な証言をしていると知ったとき、飛びついたんだ。黒人が白人三人に証言されてちゃ、ここの陪審の評決は決まったようなもんだ」

「ギャンブラーの陪審ね」

「なんだって？」

「ギャンブラーの陪審。弁護士のあいだではそう呼んでいるの。理性ある人間なら無罪の評決を下すはずの事件なのに、人種のせいで有罪にしかねない陪審のこと。そんな事件を請けるのはギャンブルも同然だから」

ライヴリーはうなずく。

「どうしてそんなに法を変えたいんだろう。少年を麻薬取引で起訴できるかどうかに、そこまでこだわるのはなぜ？」わたしは言う。

首が振られる。「おれにはわからない。利用できる事件が見つかったから、証人たちに協力させるようスティードに指示があったと聞いただけだ」

「テディは嵌められたってこと？」

「そこまではしていないと思う。奴らに都合のいい事件が舞いこんできただけだろう」

わたしはソファにもたれかかり、水のボトルを掌（てのひら）で回しながら空（くう）を見つめた。なぜ検察は、少年を成人として起訴することにこだわるのだろう。どうも釈然としない。

「ほかには何か、事件に関して知ってることはない？」

「ないと思う。いま話したのがすべてだ」

「あなたは正しい行ないをしたのよ」

立ちあがり、蓋を開けていないボトルをデスクに置く。立ち去ろうとすると、ライヴリーが言った。「弁護士さん、おれたち全員がスティードのような人間なわけじゃない」

「わかってる。でも、スティードみたいな人間がこんなことをするのは、あなたのような人たちが声をあげないからでしょう」部屋のドアを開ける。「話してくれてありがとう。約束どおり、口外はしないから」

34

テディを授業終了後の延長プログラムに参加させていたので、学校まで迎えに行くあいだ、ボー・スティードのことを考えた。テディは黒人だから選ばれ、有罪になると見込まれたのだ。でも、評決が出る段階まで進むことはない。予備審問が終わったあとに無効申立書を提出してあり、ロスコームは当然ながらそれを棄却するだろうから、わたしはただちに中間上訴を行なうつもりだ。上訴裁判所は陪審よりも先に訴訟記録に目を通す。フーヴァー郡の行ないが許されるわけがない。サンディだってそのことは承知しているはずだ。それなのに、ギャンブラーの陪審に賭けようとするのはなぜなのか。

テディの教室に入っていくと、教師のロザリンがデスクについていた。

「こんにちは」

「あら、お帰りなさい。テディの延長プログラムは講堂でやっています」

「テディはどんな様子でしたか」

「すごいことがあったんです」ロザリンは紙をめくりながら言う。「見てください」

ロザリンが差しだした紙を手に取る。それは緻密（ちみつ）な筆致で描かれた鉛筆画で、筏（いかだ）の上に麦わら帽をかぶった少年と、あおむけに寝そべっている少年がいる。あおむけの少年のほうは肌が塗りつぶされていた。

「ハックとジムね」わたしは言う。

「素晴らしいでしょう。こんな才能があるなんてご存じでした？」

「いいえ、まったくです」

「伸ばしてあげるといいですよ。本人も誇らしげでしたから」

「ありがとう」

教室を出てテディを迎えに行く。フロアの中央にすわっているテディの姿が見え、五人の生徒とともに小さなボールを投げあうゲームをしているようで、誰かがボールを落とすと全員が大笑いした。隅のほうにいる教師が声をかけてきた。「誰のお迎えですか？」

「ダニ！」答えるまえにテディが叫んだ。「ぼくの絵、見てくれた？」

「見たよ。すごいじゃないの」

「ハック・フィンだよ。川にいるんだ」

「うん、見てわかった。いつからあんなに絵が上手なの？」

はにかんだ笑みが浮かぶ。「わからない」

教師に礼を言い、学校をあとにした。テディのシートベルトを締めているとき、携帯電話が振動する。ステファンからだった。

「あの子はどうしてる？」挨拶代わりに言う。

「誰？」

「ジャックよ。電話してきたのはジャックのことでしょ」

「いや。きみがどうしているかと思って」

顔がにやけてしまう。「本当に？」

「やっぱりやめときゃよかった。きみは期待しすぎだよ。もう切るね」

「ちょ、ちょっと待って。驚いただけだってば」

「ぼくはただ……」

ステファンの声がいつもとちがう。わずかなためらいが含まれている。何か話したいことがあるのに、どう言えばいいかわからないみたいに。

「何かあったの？」

「べつに。どうして？」

「なんだか声がよそよそしい。何かあったんでしょう。教えてよ」

「いや、特に……ただ……よくわからない」

どうかお願い。結婚を考えなおしたいってことでありますように。

「何か心配事があるんじゃないの」

「ちがう」その声は、心配事がないにしては高すぎた。

「うちにあるのはビールと調味料だけ。これから依頼人のひとりと夕食に出かけるところなの。一緒に来たらどう」

「話せば長くなる。障害のある十代の子で、行き場がないからうちに泊まらせてるの。で、夕食には来るの？」

「依頼人？」

なんらかの言い訳か、もはやそういう関係じゃないというお説教がかえってくるものと思っていた。が、ステファンはこう言った。「行くよ」

夕食にはスシを食べることにして、コットンウッド・ハイツというソルトレイク・シティから車で十五分ほどの街にある店を選んだ。ステファンはスシが好きだというのもあるけれど、バンビキラー・ペイトンからできるだけ離れさせてやりたいという気持ちもあった。テーブルにつくとすぐに、テディは箸を手に取った。ほかのテーブルの客が使っているのを見て、真似しようとする。ところがテディはすぐに指をこすり合わせてしまうので、箸は何度やっても手から落ちてしまう。

「ぼく、チュウカリョウリがすきなんだ。たんじょう日には、ママがチュウカをたべさせてくれるんだよ。ぼくがすきだから」

「そうなの。どんな中華がお気に入り？」

「あまずっぱいチキンがすきだよ。赤いソースがかかってるやつ。ゼリーみたいな」

「たしかに、あのソースってゼリーみたいね。この店にもあるかどうか、訊いてみるね」

ステファンが戸口から入ってきて、テーブルに向かってくる。テディが手を叩いて迎えると、ステファンは笑顔になる。腰をおろし、テディに声をかける。「やあ、初めまして」

「マジックできる？　おねがい、見せて！」

わたしは思わず笑う。「マジックができるのはウィルよ。このひとは友達のステファン」

「そう、ウィルがきっと新しいマジックをやってくれる。あれはすごいらしいよ。ほんとに新しい」そう言って、ステファンがわたしを見る。「なんだよ」

「何が？」

「頭の弱い女子高生みたいな目でこっちを見てるから」

「わたし、頭の弱い女子高生なの」

ステファンが笑う。「ジャックが本屋で頭をぶつけたときのこと、覚えてるか？　キャプテン・アメリカの本を見つけて、興奮して飛びついたら、棚に頭をぶつけて切っちゃったんだよな」

「覚えてる。あの血を見たときは気絶するかと思った」

「ぼくはきみに圧倒されたた。すぐにジャックを抱きあげて本屋を飛びだしていって、それから三人で病院に駆けこんだよな。きみは一言も話さなくて、ただ世界じゅうの何者も自分をとめられないって顔をしていた。あのときのきみなら、世界征服すら可能だった。たまに、あのときのきみが恋しくなる。でも、あれは遠い昔のことだ」

うなずいて言う。「そうね。あのときの自分も、あのころの生活も恋しい」

ステファンは椅子の背にもたれた。「こんなときこそビールだ」

「仰せのとおりに」わたしはウェイトレスに向かって手を挙げた。


スシを食べ、皆で笑い、ビールを飲んだ。テディが巨匠に引けを取らないほどの絵描きだと話すと、ステファンが見たがったので、店からペンを借りてテディに描いてもらう。紙のメニューの裏に、中国の龍が舞う絵が描かれていく。ペンの先から紡ぎだされる線は、そこに浮かびあがるのを待っていたかのようで、テディはごく自然に手を動かしているだけだ。指をこすり合わせる癖は消え、目は自分の描く絵をしっかりと見据えている。いつものように部屋を走りまわったり、大げさに目をみはったり、やたらとまばたきをしたりすることは一切ない。とてつもない集中力だった。

「はい、ステファン。これ、あげるよ」

絵を受けとり、ステファンがそれを見つめる。心なしか涙ぐんでいるようだ。「なんて素晴らしい。ありがとう」

テディは鼻歌をうたいながら、料理を食べはじめる。わたしはビールを飲みながらステファンを見つめていた。長いことステファンとは食事をともにしていなかった。最後に一緒に食べたのは、家族としての朝食だ。ステファンはずっと黙ったまま、心ここにあらずだった。ジャックとわたしは楽しげに、その日何をしようかと話していたのに、ステファンは黙々と食べるだけだった。朝食が終わり、ジャックが学校に行ってしまうと、ステファンは離婚手続きの書類を取りだしてテーブルに置いたのだ。

「それで、何があったの。本当のところ」わたしは訊いた。

「なんのことかよくわからないな」

「でしょうね。朝食のあとに離婚を切りだしたはずの相手が、落ちこんだときにかける電話番号のトップに来てるなんてね」

「落ちこんでるなんて言ってない」

「あなたがふさぎこんでるときはすぐわかるの。隠すのが下手なんだもの」

肩がすくめられる。「そんなレーザー光線なみの観察力があるのなら、自分を顧みるべきだったんじゃないか。そうすれば、よその男なんかと……」

「ちょっと、テディが聞いてるのよ」

ため息をつき、ステファンは皿にフォークを置いて両手に顔をうずめた。

「どうしたの」わたしは訊く。

「ペイトンと喧嘩したんだ」

「鹿ターミネーターと喧嘩？　相手が悪すぎるね」

ステファンがこちらを睨みつける。

「ごめん。何があったの」わたしは慌てて言った。

「ぼくの博士論文がほぼ完成しているって言ったっけ」

「そうなの？　まだあと一年は講義が残っているのかと」

「もう一年経つんだよ。二期制でね」

「ああ、そっか。そのことがどうかしたの」

「いまはペイトンが生活費をぜんぶ払っていて、ぼくは博士論文に集中している。でも早いところ仕上げて仕事に戻り、きちんと収入を得られるようになりたいんだ。それなのに、ペイトンは仕事に戻ってほしくないと言う」

「それはどうして？」

「あと数カ月だろうが、一年だろうが、論文なんか仕上げなくたっていいと言うんだ。ペイトンの両親は、子どもが結婚したら全員にお祝いとして五十万ドルを渡し、借金も返済してくれるらしい。それだけでなく、ペイトンは病院の一部門を経営していて、あり余るほどの収入があるそうだ。だから、ぼくは家にいてジャックの面倒を見るべきだと」

思わず笑ってしまう。「つまり、あなたを専業主夫にしたいってこと？」そう言ったが、ステファンが深刻な顔つきを崩さないので、わたしは真顔になって咳払いをする。「ごめんなさい」ビールを一口飲む。「理由は訊いてみた？」

「ペイトンが言うには、結婚しているふたりが両方とも家の外で働くのは好ましくないそうだ」

「好ましくないですって？」

「それで、どちらかが子どもたちを育てるのに集中すべきと言うんだ」

「子どもたち？　複数なの？」

ステファンがうなずく。「すぐにでも子どもが欲しいそうなんだ」

残りのビールを飲みほしながら、生まれたときから迷彩服姿で全米ライフル協会のステッカーを尻に貼った赤ん坊と、その子を抱きあげるステファンを想像しないように努めた。

「そう」これだけ言うのが精一杯だった。

「なんとも言えない気持ちになってね。自分でもよくわからない。結婚ってものは、ひとたび別れようと思えば数時間で離婚することだって可能だけど、子どもとなると……。ふたりの人間が子どもを持ったら、お互いとは一生縁が切れないことになる。絶対に逃れるすべはない。何があっても」

「ってことは、ペイトンとの子どもは欲しくないの？」

「わからない。わからないんだ。ペイトンは……昔ながらの考え方をずっと保っている。それってていい面もたくさんあるんだけど、馬鹿げている面も多い」

「あのね、ペイトンを褒めるパートはカットして。わたしのなかの女が悶え死にしそう」

「ダニエル……」

「だって、そうなんだもの。あなたのそばにいると、自分を抑えられない」

「冷たいシャワーでも浴びるべきだな」

身を乗りだして言う。「ためらう気持ちがあるなら、本能に従うべきよ」

「ぼくの本能は、どうするのが最善かわからないと言ってる」

「身内の誰かには相談した？　お姉さんはいつもいいアドバイスをくれるじゃない。話してみた？」

「ああ、話したよ。ペイトンと結婚するのはやめて、きみと話しあったほうがいいって」

思わずにやつきそうになったが、なんとか真顔を保つ。これだから、わたしはステファンの姉が好きなのだ。「ペイトンが望むことと、あなたが望むことがちがっているわけね。いかにも新婚の夫婦にありがちな揉めごとって感じだけど、いずれは折りあいをつけなくちゃ」

「仕事はぼくの生きがいだ。歴史学の教授になることが、人生のすべてなんだ。早く教壇に立ちたい。でも、ぼくが家にいるのがいちばんだとペイトンが考えるなら、それに従うべきかも」

「あの女に従う必要なんてない」

ステファンは料理をつつきまわし、模様か何かを作ったあと、一口だけ食べて皿を押しのけた。

「いまのあなたって、ジャックにそっくり」

「どこが？」

「なんだろう。仕草とかかな。何をやっても素敵よ。すべてがね」

「きみの好意はありがたいけど、必要ないんだ。それに、自分のことはどうにかする」

「ほんとに？　喧嘩して、結婚を取りやめにするって話は出なかったの」

「出なかった。あれだけ好き勝手なことを言いながら、それだけは口にしないんだ。ペイトンはぼくのことを死ぬほど愛してるから」

ビールを一口飲む。その気持ちはわたしも知っている。


ステファンを車まで送っていき、テディはわたしの携帯電話でゲームをしながらついてきた。

「ありがとう。聞いてくれて」ステファンが言う。

「いつでも呼んで。ただ……ひとつお知らせがあるの。LAに戻ることに決めたわ」

「えっ、いつ決めたんだい」

「最近」煙草を口にくわえ、今回は火をつける。「あなたと一緒になれないなら、それは仕方がない。自分のせいだから。ただ、あなたが妻と暮らしている街に住みつづけるのはとても無理。ここを離れて、一から出直すの」

「それがベストだと思うなら」

「ウィルにも言ったんだけど、何がベストかなんてわからない」

「ジャックのことはどうするんだ」

「親権を争うつもりはないわ。あの子に誰と暮らしたいか訊けばいい」

「訊けばいい？　訊く必要なんてないさ、ダニエル。ジャックがこの街で暮らすべきなのは明らかだ」

「明らか？　どうして明らかなの。たしかにわたしはダメな人間だけど、いい母親になれるように努力は惜しまない」

「そういうことじゃない。ぼくはジャックにLAで育ってほしくないんだ。LAで育った男がどんなふうになるか、わからないのか？　ひどい男になる。女性のことをまるで……モノのように扱う。そして、人間の価値は見た目と銀行の残高にしかないと思うようになる。ジャックをそんな街に住ませたくない」

「そこまでひどいかな。子どもにだって分別はあるでしょ。悪いことを避ける力は備わっているものよ」

「きみは男としてLAで育っていないだろ。ぼくは育った。見た目がすごくいいか、誰よりも早くセックスするか、金持ちか、あらゆる種類のドラッグを経験しているか、そのどれにも当てはまらなければ、クズ扱いさ。ぼくは小学校でダサい奴だと言われてきたけど、その理由はまだセックスを知らないからだった。十二歳でね。昼休みには廊下にひとりですわって、ほかの奴らがぼくをコケにするのを聞かないようにしてランチを食べた。そんな状況は、いまはLAに限らないのかもしれない。でも、とにかくジャックをそんな目に遭わせたくない」ステファンは首を振る。「絶対にLAで育つのはだめだ。この街でジャックはいい学校に通っているし、いい友達もいるし、近所もいい人たちばかりだ。ダニエル、悪いけどきみが引っ越すなら、ひとりで行ってもらうよ」

いまはそのことで言い争いたくなかったので、ステファンの興奮がおさまり、冷静に考えられるときまで待つことに決めた。

「まあ、その話はまたの機会にしましょう。とにかく、身体を大事にしてね」わたしは言った。

車が走りだす。手を振ると、ステファンは振りかえしてくれた。テールライトが暗闇のなかに消えるまで、わたしは見送っていた。

「ねえ、ダニエル」テディが言う。

「なあに？」

「あのひと、ダニエルのことすきだよ」

笑みが広がる。「帰ろう。〈スポンジ・ボブ〉が待ってるよ」

35

その夜テディを寝かしつけてから、わたしは居間のソファに横になり、テレビのチャンネルを次々に変えていった。真剣に観るつもりはなく、どの番組でも構わなかったので、ホームドラマをつけておくことにした。消音にして画面を眺める。男女がキスしていた。俳優たちは相手のことが少しでも好きなのだろうか。それとも屁とも思っていない相手に偽物の愛情を見せる、詐欺師みたいな気分なのだろうか。

ふと、キッチンにある勝手口のドアをがちゃがちゃと鳴らす音が聞こえてきた。少しの間のあと、また聞こえてきて、チェーンをスライドさせる音がした。わたしはゆっくりと立ちあがる。銃は持っていないが、廊下のクローゼットには野球のバットがある。それを手に取った。廊下の角からそっとのぞいてみると、ドアの鍵をいじっている人影が見える。

鼓動が早くなる。玄関から逃げようかと思ったが、そこにも誰かいるかもしれない。携帯電話は寝室に置いたままだ。こっそり寝室に行って警察に電話してみようか。こんなときに銃があればという思いがよぎり、明日にでも絶対に買いに行こうと決心した。

そのとき、人影は外に出ようとしていることに気づいた。入ってきて鍵を閉めているわけではなさそうだ。

テディだった。わたしはバットをおろし、壁にもたれる。

「何をしているの、テディ？」

返事はない。鍵をまわしてドアを開けようとしているが、ハンドルの近くにあるもうひとつの鍵が閉まったままなのだ。近づいていくと、テディはいきなり叫んだ。「さわらないで！」

わたしは両手を挙げ、後ろに数歩下がる。「落ちついて。いったいどうしたの」

テディはドアに向きなおり、開かないドアを押しつづけている。「おうちに帰るんだ」

「帰れないよ」

「おうちに帰るんだ、ダニエル」

わたしはテーブルの前にすわってテディを見つめた。もうひとつの鍵は開けにくい。錆びているので、押しながらまわさないと開かないのだ。テディは苛立ちはじめ、ぶつぶつとつぶやいている。

「テディ、あなたは家に帰れないの。残念だけど」

「ぼくは帰りたい、ダニエル！」

ゆっくりと立ちあがり、歩み寄る。テディは鍵をいじるのをやめ、わたしのほうを向いたが、視線は床に落ち、指を激しくこすり合わせている。

「落ちついてちょうだい、いい子だから」

「ぼくは……いい子なんかじゃない！　おうちに帰りたい。ママに会いたい」

首を振って言う。「ごめんね、テディ。家には帰れないの」

「どうして！　どうしてなの、ダニエル。おうちに帰りたい」

鼻から大きく息を吐きだし、テディが身体を左右に揺するのを見つめる。「家には入れてもらえないよ」

「うそだ！」テディの動きが速くなる。「うそだ！　そんなの、ほんとうじゃない。ぼくをとじこめているんでしょ。ダニエル、ぼくをとじこめているんでしょ。それはわるいことだよ。おうちに帰りたい。おうちに帰りたい！」

「あなたの帰る場所はどこにもないの、テディ」

「おうちに帰りたい！」叫び声が響く。

わかってもらえるはずがない。テディ自身の目で確かめてもらうしかなさそうだ。


服に着替え、ふたりでジープに乗りこむ。そしてテディの両親の家へと向かった。着いてみると、夜の十一時近いのに二階の寝室に明かりがついている。縁石に寄せて車をとめると、テディは飛びおりて玄関に駆け寄った。わたしも車を降り、ボンネットに寄りかかった。本当は背を向けていたい。

「ママ！」テディが叫ぶ。「ママ、ドアをあけて。ママ！」

廊下の明かりがつく。それから居間の明かりもつく。居間のカーテンが開き、ライリーが姿を見せた。テディは声を張りあげる。「ママ！」

ライリーの顔にためらいが浮かぶ。ふたりはしばらく見つめあったかと思うと、テディがポーチから飛びおり、低木を掻きわけて、母親の立っている窓の前までたどり着く。テディは母親に触れようとするかのように、ガラスに手を伸ばす。ライリーは息子の姿をほんの数秒だけ見つめ、カーテンを閉める。

「ママ！」テディが叫ぶ。「ママ、あけて。おうちに帰りたい。ママ、おうちに帰りたい！」

見ていられなかった。わたしは視線を路面に落とし、砕けたガラスの混じったアスファルトが月明かりできらめくさまを見つめる。一台の車が通りすぎていき、テディは叫びつづけ、窓を叩きつづけている。そのあとテディは玄関のドアに戻り、開けようとしてから、叩いたり蹴ったりしはじめた。居間の明かりが消え、廊下の明かりが消え、二階の明かりが消える。家は真っ暗になる。

「いやだ！　ママ、おねがい。ママ、おうちに帰らせて。おねがい！」

わたしは車を離れ、手が折れそうなほど激しくドアを叩いているテディに近づいていく。

後ろに立ち、両腕でテディを抱きしめる。テディは逃れようと、わたしを蹴り、唾を吐き、怒鳴り散らす。

「いやだ、ママ、おねがい！　おうちに帰りたい。帰りたいよ！　いい子にするから。おうちに帰らせて」

ポーチから引きずりおろすと、テディは芝生の上に倒れこみ、激しく泣きじゃくり、口から涎を垂らしはじめる。そんなテディをずっと抱きしめていると、ようやくテディもこちらを向き、わたしの首に腕をまわし、泣きつづける。

「ママはぼくがいやなの？　ダニエル、どうしていやなの」

何も言葉が出てこない。何か言ってあげたいのに。テディを心から安心させてあげられるような、大切な存在だと伝えられるような言葉を。それなのに、何も言えなかった。

頬に温かいものが流れてきて、それが涙だと気づいた。「わたしにもわからないよ、テディ」

36

数日後、わたしはテディを学校まで送っていった。車をとめると、テディはゆっくりと身体を前後に揺らしている。両親の家で起きたことについて、この数日間話しあってきたものの、テディはどこまで理解しているのだろう。わたしは自分の生い立ちについてはまだ話していなかった。

意を決し、ごくりと唾を飲みこむ。「わたしのママも、いなくなっちゃったの。あなたの歳よりもわたしが小さいころにね。ママはディズニーランドに連れていくと言って、わたしを施設に置きざりにしたの。それ以来会っていない」

「会いたいと思う?」

「わからない。ママのことはあまり考えないから。そういうものよ、テディ。あなたは自分の人生を生きて、自分の家族を持てばいいの」

テディは黙ったまま長いことすわっていたが、やがて口を開いた。「わかった。じゃあね、ダニエル」テディが教室へ向かうのを見送っていると、教師がこちらに手を振り、受けいれたことを知らせてくる。そのあともしばらくすわったままでいたが、やがてわたしは車を出した。

今日は無効申立ての審理がある。ほかにもいくつか予定が入っていたが、弁護士仲間に連絡を取り、代理で出てもらうよう頼んでおいた。いまはほかの事件については考えたくない。

リチャードソンまで車を駆るあいだ、音楽もかけず、窓を開けて風を取りこんだ。途中で〈チックフィレイ〉に寄り、サンドイッチとスプライトを買った。

裁判所の駐車場は満車だったので、路上に駐車した。ボンネットに寄りかかってサンドイッチを食べながら、裁判所に出入りする人々を眺める。入っていく人々は皆、緊張の面持ちで、出ていく人々はたいてい打ちひしがれている。帰る際に、駐車場で泣いているひとを見かけない日はない。

一組の男女が言い争いをしている。どうやら裁判所の仕事に向かう女を男が送ってきたようだ。請求書の支払いをしていないとか、その手のことが原因みたいだ。ステファンとわたしも、そんな些細なことでよく喧嘩をしていた。たいていは、言い争いになって五分もすれば理由など頭から吹っ飛んでいた。どうしてあんなに苛立って喧嘩ばかりしていたのだろう。あのころは冷静になることができなかった。

ウィルからメッセージが来た。〝幸運を祈る〟いつでもこうして気にかけてくれるのが嬉しくて、笑顔になる。

ロスコームの法廷に入っていくと、妙な雰囲気であることにすぐ気づいた。ダブルDは検察側の席で、隣にいる公選弁護人の言葉を聞いて笑い声をあげていた。ところがわたしを見ると笑いを引っこめ、黙って裁判官席のほうを向いた。わたしは弁護側の席につく。何が起きているにせよ、公選弁護人は立ちあがって咳払いし、通りすがりに哀れむような笑みを向けてきた。事情を知っているようだ。

廷吏が声をかける。「全員、起立」ロスコームが入廷してきた。わたしのほうを一瞥すると口を開く。「弁護人、依頼人はどうしました」

わたしは立ちあがる。「判事、ミスター・ソーンは学校の授業があるため、出廷の免除をお願いしたいと思います。本日は被告人の在席が必須ではありませんので」

「検察側のご意見は？」

「異議ありません」ダブルDはこちらを見ずに言う。

「では出廷を免除します」ロスコームはそう言い、眼鏡をかけてファイルを開いた。「弁護側の申立書と検察側の意見を検討しましたが、本件は予備審問における判断と変わらず、公判に移行すべきものと考えます。最高裁の判例に照らし合わせてみても、予備審問における証拠は起訴を前提とした視点で見るべきものとされており、本件はどの証拠を取ってみても訴因を充分に満たし、犯罪が行なわれたことも、被告人がそれに及んだことも示されていると考えます。複数の証人が被告人による麻薬の密売を証言しており、それぞれの証言の信憑性は、より広い視野のもとで今後の審理において検討すべき事項ではありますが、現段階ではある程度の信憑性があるものと判断します。ゆえに、弁護側による無効申立ては棄却します」

「ありがとうございます、判事。本件について、もう一点お伝えしたいと思います」ダブルDは立ちあがり、咳払いをし、しばらく間を置いてから言う。「被告人は地域の脅威となりうるため、予備審問も終結しましたので、あらためて身柄の拘束を求めたいと思います」

「なんですって？　判事、わたしの依頼人はまったく脅威ではありません。わたしの自宅に泊まっているんです。どこへ逃亡するというんですか。裏庭にでも？　また保釈請求をする必要はありません」

ダブルＤは視線を落とし、テーブルの端を指でなぞっている。そして視線を上げずに言う。「保釈請求なしの勾留とする令状を求めます」

「頭おかしいんじゃないの？」叫び声に近かった。ロスコームに目をやると、広げたファイルに何かを書きこんでいて、まったく聞いていないように見えたが、やがてファイルを閉じて眼鏡を外しながらこちらを見た。

「判事、説明するにも及ばないと思いますが。依頼人に勾留は必要ありません」わたしは言った。

「検察側の提案に基づき、被告人を保釈請求なしの勾留とする令状を発行します。フーヴァー郡保安官事務所がただちに実行に移すでしょう」

わたしは判事とのあいだにさえぎるものがないよう、テーブルの前にまわりこんだ。

「こんなのは馬鹿げています。訴追内容が事実だとしても、彼は当時まだ少年だったんです。勾留する必要はありません」

「それには同意しかねます。さて、ほかには何かありますか」

ダブルDが言う。「予備審問後の罪状認否手続きの期日をご指定ください」

「待って」わたしは口をはさんだ。「こんなのがいい提案だとは思えません。依頼人は勾留されるべきではありません。逃亡の恐れが本当にあると思うなら、GPSアンクレットをつければいいでしょう。勾留するほどの理由はないはずです」ダブルDは何も答えず、相変わらずわたしから視線をそらしている。「サンディの仕業ね」わたしは言った。「こちらが争う姿勢を見せているから、サンディがあなたに手を汚させたってわけ」

「弁護人」ロスコームが声を荒らげる。「わたしの法廷でそのような発言は控えなさい。必要な判断は下しましたから、余計なことを言わないように。身柄の拘束を避けたいのであれば、本人から拘置所に申立ててもらうことです。いずれにせよ勾留は行ないます」ロスコームは身を乗りだし、わたしの瞳孔をのぞきこむようにして言った。「わたしが被告人を勾留すると言ったらするのです。あなたにできることは何もない」それから椅子の背にもたれ、コンピューターの画面に目をやる。「罪状認否手続きは明日の午前九時に行ないます。被告人を出廷させるように――勾留されていなければですが」

「判事、こちらとしては中間上訴と、公判の中断申立ても行なうつもりです」

「次回の期日は金曜日の朝八時です。弁護側は――」

「いいかげんにして！」裁判官席に駆けつけて飛びついてやろうかと思った。が、それを予期したのか、廷吏が判事とのあいだに立ちはだかった。

「ミズ・ローリンズ」ロスコームが含み笑いとともに言う。「もう一度わたしの法廷で悪態をついたら、監置場に放りこんで鍵を捨てますからね。わかりましたか」

「わたしの発言を聞いてないんですか。中断申立てを行ないます」

「ご自由に。公判は三日後に行なわれます。上訴裁判所がそれまでに書面を確認できるとは思えませんね。だから本件の準備をしたほうがいいですよ」

「しません。公判に進むことはありえません。すべてが憲法修正第五条と第六条に著しく反していますし、過去二百年に及ぶ判例も出ているんです。公判の準備は行ないませんん」

「なるほど、でしたらあなたには被告人の弁護を降りていただき、こちらで公選弁護人を選任することにしましょう。それでいかがですか」

ほんの一瞬、ためらう気持ちが生まれた。ウィルの声が頭のなかに響いたのだ。〝手を引くべきだ〟本当に降りるのなら、いましかないだろう。だが、公選弁護人がどんな方針を取るかは明らかだ。公判には進まず、すぐにテディに有罪答弁をさせるにちがいない。サンディから圧力を受けて、検察の意のままに動かされる。

「いいえ」わたしは力なく言った。「降りません」

「よろしい。では、明日九時に罪状認否手続きを行ない、金曜日朝八時に公判を行ないます。以上です」

　わたしはダブルDに続いて法廷をあとにした。身体のなかに大きなしこりができたような気がする。廊下に出るやいなや、ダブルDの腕を力いっぱいつかんだ。

「どういうことなの、ジャスパー。いったいあれは何？」

　肩がすくめられる。「もうこの件はわたしの手には及ばない。サンディが個人的に担当すると言っている。わたしは指示に従っているだけだ」

「その言い訳って、歴史のなかでも使われてきた気がするけど。なんだっけ。どこで聞いたんだろう。ああ、そうだ。ニュルンベルク裁判」

「わたしは職務をまっとうしているだけだ、ダニエル。問題があると思うなら、上に言えばいい」

　背を向けようとするので、わたしはまた腕をつかんだ。「ジャスパー、お願いだから、詳しいことを話して。あなたたちは正気を失ったとしか思えない」

　ため息が漏れる。「サンディと話してくれ」

　ダブルDはエレベーターに乗りこみ、わたしは廊下にひとりで取り残された。

　すぐにフーヴァー郡地方検察局へ出向き、サンディのオフィスに直行する。秘書は約束がどうのと声をかけてきたが、椅子から立ちあがる隙も与えずにわたしは駆けこんでいく。

サンディはデスクで電話中だった。

「今日のあれはいったいなんなの？」

秘書が駆けつけてきて言う。「すみません、サンディ」

「あとでかけ直すわね」サンディは電話を切る。「いいのよ、ウェンディ。話をするから」

ウェンディがドアを閉め、わたしはサンディのデスクの前に立っていた。「勾留する必要なんてないでしょう」

「あるわ。何をするかわからないんだもの」

「馬鹿じゃないの。いったいどういうこと？　なぜこんなことをするの」

「こんなことなんて言われる筋合いはないわ」

「ねえ、ロスコームがあなたを味方につけて体面を保つのはわかる。でも、あなたがなんとしても公判に進ませようとする理由がわからないの」

サンディは窓の外を眺めた。「わたしの両親がウィスコンシンからここへ引っ越してきたとき、犯罪率はどれくらいだったと思う？　一桁台だったのよ。犯罪なんてなきに等しかった。それが四十年後のいま、この郡はアメリカ西部でもっとも犯罪率の高い地域のひとつとなっている。いろいろな要素が積み重なったとは思うけど、黒人とヒスパニックの人口が犯罪率と並行して上がっているのは興味深いわね」

「だから何？　それはテディ・ソーンのせいじゃない」

「たしかに彼のせいではないわ。厳密に言うとね」

サンディがこちらを見据える。何も言わなくても、その意図が伝わってくる。

「あなたはテディが黒人だから有罪になると見込んでいる。そして有罪を必要としているのは、誰かに上訴してもらうため。上訴裁判所には、あなたと軌を一にする誰かが待っているというわけね。ロスコームもしかり」

「そんなことは一言も言ってないわ、ミズ・ローリンズ」

「理解できない。少年を成人として起訴することにこだわるのはなぜ？　あなたにどんな利益があるの。手間がかかるだけにしか思えないのに」

サンディは身を乗りだした。「悪いけど忙しいの。もう帰ってちょうだい。金曜日の公判で会いましょう」

「テディを勾留するのはやめて。令状を取り下げさせて」

「無理よ」

「あの子は障害者なのよ。誰にも世話されずに拘置所で暮らすなんてできない」プライドをぐっと飲みこみ、焼けつくような毒が喉を下りていくのを感じる。「お願い。わたしを助けると思って聞いてちょうだい。どうかテディを勾留しないでほしいの」

「さよなら、ミズ・ローリンズ。出口はわかるわね」

デスクの前にそのまま立ち尽くしていると、サンディは電話をかけ始めた。

踵をかえし、朦朧とした頭でオフィスを出る。いったいどうすればいいのか。テディの身をどこかに隠すという手もあるが、そんなことをしても事態は悪くなる一方だ。見つかった暁（あかつき）には、公判は三日後どころかずっと先に延期され、勾留期間もそれだけ長くなる。危機的な状況を思えばそうしたいのは山々だったが、断念せざるを得ない。そして、よく当たるわたしの勘によれば、この件は時間をかけて練られた計画の一環で、サンディはすでに上訴裁判所の判事一、二名の協力を取りつけている。ということは、中断の申立ても認められそうにない。

とつぜん、自分が罠にかかったネズミになった気がした。ずっと昔から置かれていた、とてつもなく精巧な罠に。

37

ソルトレイク・シティに戻り、ケリーに今日の予定をすべてキャンセルするよう伝える。何も考えられない。頭にはどろどろのオートミールが詰まっているみたいで、これを治すには浴びるほど酒を飲むしかない。ウィルに電話する。

「どうしたんだい、雪のような肌のきみ」

「サンディ・タイルズはテディ・ソーンの事件について、上訴裁判所にも、おそらくは最高裁にも話を通しているの。判事の誰が通じているのか知りたい」

「おやおや、これはまた。大がかりな糾弾(きゅうだん)ときたものだ。証拠はあるのかい」

「ない」

「ふむ。そう来たか」ため息が聞こえる。「よし、調べてみようじゃないか。ところで、なぜそんな考えに至ったんだい」

「あまりにも自信満々だったから。だって、上級審で棄却されるとわかっていたら絶対にやらないでしょ。彼らは以前から計画していたわけで、わたしはそれに巻きこまれたの」

「なるほど。とにかく調査してみる。また電話するよ」

そのあとすぐ、わたしはウィルのアパートメントに押しかけていった。

戸口に出てきたウィルは、午後だというのにガウン姿だった。どうやら裕福だと、いつでも好きなときにガウンを着られるようだ。

「どうしたんだい」

「ごめん。なんだか……ひどい気分になっちゃって、どこにも行く場所がなかったから」

少しためらってから、ウィルはドアを開けてわたしを招きいれた。

ソファにすわらされ、飲み物を渡される。丸いクッションは柔らかくて、温かい砂に沈んでいくみたいだった。「ねえ、あなたの調査事務所っていったいどれだけ儲かっているの？」

「かなりだよ」キッチンで二本のビールを手に取りながらウィルが言う。「貧しい生い立ちだと、稼ぐことに必死になるのさ」

ウィルが向かいのソファにすわり、わたしは法廷での一部始終を話して聞かせる。

「信じられないな」検察と判事の卑劣な行為を聞いたウィルが言う。「保釈も何もなしに勾留ってことかい」

わたしはうなずく。「テディにとってはつらい経験になる。フーヴァー郡拘置所はほかとはちがうの。この郡には荒くれ者がひときわ多いから」

「だったら決断のときだ。この事件の弁護を続けるなら、なんらかの手を打つ。もう手に負えないと思うなら、後任の弁護士を今日にでも探そう。腕のいい弁護士をね。いずれにせよ、動かないと」

「動いてるよ、飲んでるでしょ」

「真面目に言っているんだ」

「ねえ、いい案はない？　アイデア大歓迎よ。それにしても解せないな。どうして少年を少年拘置所ではなく成人の施設に入れたいのか」

ウィルはしばらく黙りこんでから言った。「サンディは黒人とヒスパニックについて話していたそうだね」

「ええ、以前から人種差別主義者だとは思ってたけど。驚きはしなかった。ギャンブラーの陪審を望んだのは、有罪の評決を得るためであり、上級審に移行するためでしょ」

「なんだか、もっと裏がありそうな気がする。考えてみてくれ。重犯罪少年法が覆された場合、未成年のうちに犯罪者を長期間拘束できるってことだろ。少年拘置所は十八歳で出られるけれど、成人向けはそうはいかない」

わたしはウィルを見据える。なんてことだ。

テディは障害につけこまれたのかと最初は思っていた。その次は人種のせいだと思っていたが、どちらでもないのだ。これは壮大な計画だ。サンディはそれを語って聞かせていたのに、わたしは頭に血がのぼって理解できていなかった。

「この事件がどうこうって話じゃなかった」アドレナリンが噴きでてきて、抑えられそうにない。「社会を操作しようとしてるのね。サンディは判事たちの協力を得て、問題のある子どもたちが年齢を重ねるまで拘束しようとしてる。社会から隔離するために」

ウィルがわたしを見据える。「恐ろしい話だ」

この国では八十パーセントの黒人が、同じ犯罪に及んでもほかの人種より厳しい量刑を受けているというのに、それだけでは飽き足りないのか。サンディは子どもまでもコントロールしたいのだ。ストリートで群れをなしている子どもたちを二十代になるまで閉じこめておき、社会から切り離す。その子たちはいずれ、犯罪者としての人生を歩むことになり、重罪に及んで刑務所への出入りを繰りかえす。市民のなかでも完全な弱者である子どもたちが、人生に挫折するよう仕向けられ、社会から除外されていく。服役させておけば郡の犯罪率は下がるだろうし、拘置所や刑務所から出所できたとしても行き場はスラム街しかない。一箇所にまとめておけばコントロールも監視も容易になり、隔離が完全なものとなる。

「もっとお酒が必要だわ」

38

テディを学校に迎えに行ったあと、フーヴァー郡拘置所へ自分で連れていく気にはとてもなれなかった。明日の罪状認否手続きのあと、勾留されるに任せるつもりだ。もしかしたら、冷酷なロスコームにも情けが多少はあるかもしれない。廷吏に手錠をかけられるテディの目を見れば、さすがに良心が咎めて勾留をためらうのではないか。

ウィルとわたしはジープのなかにすわったまま、リュックを背負ったテディが外に出てきて教師と抱きあうのを見ていた。それからテディはこちらに手を振り、駆け寄ってきた。

後部座席に乗りこんで、ウィルに向かって言う。「やあ！」

「やあ、テディ」

「学校はどうだった？」わたしは訊く。

「うん、まあまあ。ヨキンザンダカの見方をおそわったんだ」

「預金残高の？　とっても面白そうね」

「いや。そうでもないけど」さらりとテディが言う。

車でわたしの好きなブリトーの店に行き、ボックス席で食事をした。ウィルがジョークを交えて話したり、テディに携帯電話のさまざまなアプリを見せたりする。わたしは何もできなかった。何もせず、ただすわってテディを見つめていた。知らぬ間に標的とされていたテディを。

食事を終えると、ウィルを自宅まで送っていき、車を寄せてとめる。ウィルはアパートメントをしばらく見つめてから言った。「きみの力で制度はコントロールできない。いまできることに全力を尽くすしかない」

「そう言われても励ましにはならないよ」

「なあ」ウィルはわたしの腕を軽く叩く。前を向いていかないと」

ウィルが歩き去っていくと、テディが窓越しに言った。「バイバイ、ウィル！」振りかえり、ウィルは手を振って小さく微笑んだ。

その夜はふたりで映画を観て過ごした。次から次へと、少しも飽きることなく熱心に映画を観るテディに感心してしまう。わたしも子どものころはそうだったのだろうし、それは映画に限ったことではなかったはずだ。地面を這いまわる虫だろうと、空に浮かぶ雲だろうと、街で会話する人々だろうと、いくらでも見ていることができた。すべてがまるで……魔法みたいだった。そして大人になる道すがら、魔法を感じる力をどこかになくしてしまったのだ。

寝るまえの決まりごとをすませると、わたしはテディに話をするため、ベッドのかたわらの椅子にすわった。

「テディ、明日あることが起きて、しばらくは楽しくない暮らしになるの。少しのあいだ、あなたはある場所に行かないといけない」

「どこへ行くの？」

「裁判所が行けと言う場所。裁判官がそこへ行くように命令しているの。明日には連れていかれてしまう。行ったことがある場所よ。拘置所なの」

「でも、ぼくはここにいたい」

うなずき、カーペットを見つめる。「そうよね。ほんの少しだけだから。できるだけ早く出られるようにしてあげる。そこには優しいひともいるだろうけど、意地悪なひともいて、見分けるのはむずかしいかも。意地悪なひとたちも、最初は優しくしてきたりするの。だからわたしと約束して。ずっとひとりでいてほしいの。どうすればいいかわかる?」

「だれとも話さないってことだね」

「そう、誰とも話さないの。誰かと一緒に過ごしたり、何かをやったりもしないこと。とにかくひとりで過ごして、すぐに出られるって言葉を信じていて。ひとりでいるんだよ。わたしのお願い、聞いてくれる?」

「わかったよ、ダニエル」

テディの目を見据えたまま、わたしは立ちあがる。「じゃあ、おやすみなさい」

「ダニエル」

「なあに?」

「本を読んでくれる?」

「うん、いいよ。ハック・フィンかな」

「そう」

わたしは腰をおろし、本を手に取った。それはテディの唯一の持ち物だ。適当な場所を開いて読みはじめる。

「〝しゃべりだしたら、ミス・ワトソンは天国についてありとあらゆることを教えてくれた。そこでは一日じゅう、ハープを弾いたり歌ったりして、いつまでもすごせるんだそうだ。おれはあんまり興味がなかった。まあ、口には出さなかったけれど。トム・ソーヤーは天国に行けるんだろうかと訊いたら、絶対に無理だと言われた。嬉しかったなあ。トムとはずっと一緒にいたかったから……〟」

テディが眠りに落ちるまで読みつづけた。それから本を閉じ、ナイトテーブルに置く。テディの寝顔は幼子(おさなご)のように安らかで、心配事も後悔も悪意もそこにはない。こんな素晴らしい子なのに、宝物のような存在なのに、この子を利用しようとする人間が世の中にいることが信じられない。しかも正義の名のもとにそれを行なおうとしているなんて。

立ちあがり、寝室を出てドアを閉め、居間のソファで酒を飲んだ。疲れはて、酔いがまわり、眠りに落ちるしかなくなるまで。

39

翌朝、わたしはテディに身支度をさせて車に乗せ、シートベルトを締めた。それからテディの両親の家に電話をかける。応答はないので、留守電にメッセージを残す。

「ダニエル・ローリンズです。もう関係ないと思ってらっしゃるかもしれませんが、テディは今日勾留されることになりました。どれくらいの期間かは未定ですが、できれば面会に行ってあげるか……何かしてもらえたらと。すぐ近くですから、少しでも寄ってもらえたら……」

電話を切る。それ以上言葉が出なかった。

わたしたちはずっと黙っていた。吐き気がする。テディはラジオのクラシック音楽専門局を選んで聴いていた。「ママがよく、こういう音楽をかけてくれたんだ」リチャードソンに着くまでのあいだ、テディが話したのはそれだけだった。何か悪いことが起きているのは悟っているようで、テディはわたしの手に自分の手を重ねてきた。いったいこの世の中はどうなっているのだろう。テディがわたしを慰めようとしているなんて。

車をとめ、法廷まで上がっていく。

すでに室内はごった返しており、弁護士たちはテーブルの奥にずらりと並び、検察官と話す順番を待っていた。テディを前のほうにすわらせ、わたしも席につく。

事件ごとに弁護士が呼ばれるなか、わたしは法廷の予定表に目を通した。いったん外出してもよさそうだったが、そんな気分ではない。もしかすると、人目のある法廷ではロスコームが多少の慈悲を見せるかもしれない。あるいはこの機会に、自らの決定が絶対だと周囲に知らしめるのかもしれない。いずれにせよ、何も打つ手は思い浮かばず、わたしはただすわって弁護士たちの順番が進むのを待った。

いつもなら、押し寄せる弁護士が誰もいなくなると、代理人のついていない被疑者がアルファベット順に呼ばれていくのだが、今日はちがった。ロスコームはわたしを呼びつけた。

「州対セオドア・ソーン」

わたしは立ちあがり、テディを手招きした。テディも立ちあがり、歩み寄ってきてわたしの隣に立った。ロスコームと目が合い、互いに微動だにせずに見つめあう。

「ミスター・ソーン」ロスコームが言う。「あなたは一件の規制薬物取引で第一級重罪として起訴されており、ユタ州立刑務所における懲役五年以上終身刑の処罰を受ける可能性があります。答弁をお聞きしましょう」

「無罪を主張します」わたしは言った。〝判事〟とはどうしても言えなかった。

「よろしい。保釈については昨日も話しましたが、なしということで令状が出ています、ミスター・ソーン。公判が終結するまで、あなたを勾留することとします。係官、こちらへ」

ひとりの係官がやって来て、テディの腕をつかむ。テディは逃れようと腕を引いて叫ぶ。

「やめて！」

テディの身体が証言台に押しつけられる。

「その手を放しなさい」わたしは係官の身体を押す。もうひとりの係官が駆けつけてくる。わたしが押したほうの係官がテディの腕を後ろにまわし、プレッツェルのようにねじり上げ、テディの悲鳴があがる。わたしはとっさに殴りかかっていた。これほど力をこめたのは人生初というくらい全力で、拳を係官の顎に叩きこむ。滑稽なほどストレートに。係官はよろめき、弁護側のテーブルに倒れこみ、すわっていた三人の弁護士が唖然としてそれを見つめる。どうやら係官は完全に油断していたようだ。もうひとりの係官がテーザー銃を取りだし、いきなり撃ってきた。

肩と上腕に針が刺さり、わたしが検察側のテーブルに倒れると、ダブルDが飛びのく。法廷にはさらに三人の係官が駆けこんでくる。ふたりがテディに体当たりする。

「その子から手を放して」床に倒れて痙攣しながら、やっとのことでわたしは言う。

でっぷりとした体格の係官がわたしの上に乗り、背中を膝で押さえつける。テディの叫び声が聞こえる。「さわらないで！　さわらないで！　ダニエル、ダニエル！」

顔を手で押さえられ、手首に手錠がかけられ、わたしの身体が持ちあげられた。

40

判事の執務室にいちばん近い監置場のベッドに、わたしは横たわっている。もはや裁判所内の自室と言っていい。テディもここに入れられるはずだったが、べつの部屋に連れていかれたようだ。

二の腕はナスみたいな色になっていて、肩の痛みのせいで左腕を動かすことができない。巨人の膝で押さえつけられた背中も痛むし、顔の片側は裁判所の床に強くこすりつけられたせいで焼けるように痛かった。いちばんひどいのは右手の痛みだ。係官の顎を殴ったときに骨折したのかもしれない。

廊下から足音が近づいてくる。頭を起こして見てみると、トミーという、いつもジョークを飛ばしあっている顔なじみの係官がいた。鉄格子に近づき、首を振ってわたしを見る。

「殴るのはまずかったですね、ミズ・ローリンズ。やりすぎです」

「わたしも想定外だった。彼はだいじょうぶ?」

「たいしたことはないです。恥をかいただけですよ。まあ、あなたのケツを蹴とばしたいみたいですけど」

「じゃあ、番号札を引いて待っててもらって」身体を起こすと、電流が走るような肩の痛みにうめき声が漏れる。「テディがどこにいるか知ってる?」

「もう拘置所に移送されました」そこで言葉を切り、室内を見まわす。「何か要るものはありますか、ミズ・ローリンズ?」

「氷と鎮痛剤をもらえたらすごく助かる」

うなずき、係官は踵をかえす。「トミー?」声をかけ、振りむかせる。「人間らしく扱ってくれて感謝してる」

「あなたはぼくのお気に入りですからね。これくらいどうってことないです」

どれだけ長いあいだ、監置場にすわっていたのだろう。食事は出なかった。ただ、少なくともスチール製の便器はある。

ようやく、ふたりの係官がやって来た。扉を開けるまえにしばらくわたしを見つめていたのは、ここから出すまえに数発殴っておくかどうか思案をめぐらせていたのだろう。わたしはふたりに背を向け、両手を後ろにまわした。彼らは力を使える立場にあり、銃も持っているので、抗っても無駄というものだ。どうせ殴られるとしても、顔を殴らせるつもりはない。

ところが拳は飛んでこず、ただ腕をつかまれ、法廷に戻らされただけだった。もう夜になっていたので、法廷にはロスコームとダブルDしか残っていなかった。係官はわたしを証言台の前に立たせ、手錠は外さなかった。

「ミズ・ローリンズ、先ほどの騒ぎについては、あなたの暴力行為に関する出頭命令が出るでしょう」

「もちろん承知しています、判事」

ロスコームはうなずく。「まだこちらの提案は生きていますよ。いますぐに本件の弁護を降り、ミスター・ソーンに公選弁護人をつけるのです。この事件を手放しなさい。そこまでこだわる必要もないでしょう。あなたは少々……気性が激しい。感情移入しすぎです。これだから女性は困るんです。いますぐ降りれば、ミスター・ダイアモンドは暴力の件については不問にしてくれるでしょう。もちろん、あなたが殴った係官が承諾すればですが」

判事がこんな言葉を吐くとは信じられない。ダブルDに目をやると、こちらを見ようとさえしなかった。判事に向きなおる。「降りません。それと、判事のお母さまも女性でしょう。敬意を払うべきではありませんか。お母さまがいればの話ですが」

ロスコームは首を振り、腕組みをして言った。「なかなかしぶとい方ですな」

「〈HALO〉をプレーしていて、手榴弾で攻撃してきた相手を見つけるのに十時間かけたこともあるんです。向こうが気を抜いた隙に倒してやりました。あれは本当に爽快な気分でしたよ」

椅子にもたれかかり、ロスコームが言う。「公判を進めるために釈放します。結審した際に、あなたの勾留についてはあらためてお話ししましょう」

手錠が外される。ダブルDを見ると、相変わらず床を見つめているので、わたしは法廷から出ていった。ドアを出てすぐのところにわたしが殴った係官がいて、腫れた顎に氷嚢を押しあてていた。

「悪かったわね。あんまり恨まないで」

「失せろ」

「もちろん。じゃ、お大事に」

駐車場へと出ていったが、車に乗りこむことができない。あらゆる筋肉が悲鳴をあげていて、ソルトレイク・シティまで運転していくことなどできそうにない。ボンネットに両腕をつき、頭を垂れる。

「ダニエル？」

振りかえると、ダブルDが向かってきた。あと数フィートのところで立ちどまり、上唇を舐めながら思案をめぐらせている。考えていることは手に取るようにわかる。法廷で起きたことに罪悪感を抱いているのは明らかだ。判事はテディを勾留することに一切のためらいを見せなかったが、そうではない者もいたのだ。

「悪かったと思ってる。公判での幸運を祈るよ」ダブルDは言った。

「あのひとたちは間違ってる、ジャスパー。こんなことをするために検察官になったんじゃないでしょ」

「たしかにそうだが、自分の力ではどうにもできない」

「本気になれば、とめることはできるはず」

首が振られる。「できないんだ」そう言ったあと、少しのあいだ逡巡する。「ともか

く お大事に」

ダブルDが去ったあと、わたしは裁判所を見あげた。建物が放つ禍々(まがまが)しい雰囲気は、独裁者の持つ戦争兵器を思わせる。男女合わせて八名の陪審員が裁判の行方を決めることになるが、わたしは彼らを前にして何を言えばいいのだろう。心身耗弱(こうじゃく)による責任能力の不充分さを主張するにしても、過去の診断書やIQテストの結果をロスコームが受けいれるとは思えない。その主張をするならテディはあらためて検察側と弁護側双方の依頼した専門家による診断を受け、それぞれが申立書を提出し、審理も開かれねばならない。そのあいだずっと、テディは拘置所にとどまりつづけ、命の危険にさらされる。勝てるかどうかはわからなくても、もっと強力な主張をなんとかひねり出すべきか、それともこのまま進めて、こちらの望む評決が出るのを願うべきか。

ため息をつき、わたしはジープに乗りこんだ。

41

家に帰り、冷凍豆の袋を手に当ててソファに横になった。鎮痛剤が欲しい。しばらく寝ようと思ったとき、ドアベルが鳴った。

「鍵は開いてる」

ウィルが入ってきてドアを閉める。それからわたしの前に立って言う。「いったい何があったんだ。ケリーから、きみが乱闘騒ぎを起こしたと聞いた」

「リチャードソンの豚野郎にテーザー銃で撃たれたの」

「嘘だろ。どうしてだい」

「そのことはもういい。公判は二日後よ。何か新たな情報を見つけたりしてないの」

ウィルは腰をおろし、わたしの目をのぞきこんできた。「じつは見つけた。聞いてくれ。サンディ・タイルズの夫はリチャード・タイルズで、ランディ・タイルズの弟だった」

「なるほど。で、それが事件にどう関係するの」

「ランディ・タイルズは州議員だ。いいかい、ぼくはそいつの選挙の記録と、提出した法案を調べてみた。何かありそうな気がしてね。すると、二年前に提出した法案が目についた。法案番号はＨＢ一一〇五。どんなものか当ててみてくれ」

「ウィル、いつもなら乗るところなんだけど、今日は雷神のハンマーに右手がレイプされたみたいなの。だからすぐに教えて」

「ＨＢ一一〇五は重犯罪少年法の撤廃を求めていて、あらゆる犯罪について、検察は少年を成年者として起訴できる裁量を持つというものだった」

「うわあ」

「これで終わりじゃない。さて、誰が……おっと失礼。この法案を支持して議会で証言したのは、ぼくらのよく知る人物だ。パトリック・ハウエルさ。ユタ州最高裁首席判事のパトリック・ハウエル」

「まさか。冗談でしょ」

「冗談じゃない」ウィルはわたしの太腿（ふともも）をつねった。「ウサギの巣穴の深さを知りたかったんだろう。これでわかった。かなりの時間をかけて練られた計画だよ。可哀想なテディは、最悪のタイミングで捕まって巻きこまれたというわけさ」

わたしは顔を腕で覆い、うめき声をあげた。

「それで、ぼくはこれから四日ほど不在にする。何かいまやっておくことはあるかい」

「これから？　ウィル、あなたが必要なのに」

「もう部屋を借りてあるんだ。フィジーのコンドミニアムさ。ぼくにできることは何もなさそうだから。きみがどうしても残ってほしいと言うならべつだけど」

ウィルの目を見ると、引きとめてほしいみたいだった。ただ、いまは考えるだけの気力がない。ウィルのようなひとと歩む人生がどんなものか、想像したことがないと言えば嘘になる。自分を女王のように扱ってくれる相手との人生。でもいまは、肩と手の焼けつくような痛みのせいで何も考えられない。

「もう弁護士はやめるよ、ウィル。これが終わったら、絶対にやめる」

「本気かい」

「うん、もう決めた。壁に頭を打ちつける日々はもう終わり。あの独裁者たちの計画が実行に移されたら、ご近所同士が秘密警察みたいに監視しあう世の中になるわけでしょ」

「でも、だからこそ法曹界に残るべきじゃないのかい。誰かが闘わないと」

「その誰かはわたしじゃない」

腕を組み、ウィルはわたしを見つめる。「ぼくはたくさんの弁護士を見てきた、ダニ。本当にたくさんの。ほとんどの依頼は断るし、請けるにしても、たいていはきみからもらっている額の五倍の時間給をもらう。ぼくがなぜきみの仕事を続けているかわかるかい」

「海のように青い瞳のため？」

「それもあるけど。きみには本物の思いやりがある。たいていの弁護士は依頼人の尻に火がついていたって、わざわざ通りを渡って水をかけてやったりはしない。それなのにきみはいつだって真摯に向きあい、一匹狼として、不遇にある人々を思いやりつづけている」

ため息をつき、ウィルを見あげる。「その結果がこれよ。わたしはいつも孤独。そして毎日のように判事に怒鳴りつけられ、検察官には見下されている。せっかく不起訴になっても、なんでもっと早くやらないんだと依頼人から罵声を浴びせられ、感謝すらされない。世間からは犯罪者の味方をするろくでなしと思われている……この仕事っていったいなんなの？」

「きみは魂を失っていない、レディ。多くの人々が失っている魂を持ちつづけてるんだ」ウィルはわたしの脚を叩いた。「さあ、元気を出して。明日は今日よりいい一日さ。いつだってそうだ」

眠ろうとしたが、公判のことがずっと頭から離れなかった。陪審が有罪の評決を読みあげるときのテディの顔を想像してしまう。何を言われているのかも理解できないだろう。刑務所に入れられる理由もわからないまま、テディは生涯をそこで終えるかもしれないのだ。

携帯電話が鳴った。ソルトレイク・トリビューン紙からだ。

「ダニエルです」

「ミズ・ローリンズ？」

「はい」

「トリビューン紙のクレイです。お元気ですか」

「それが、ちょっといまは調子が悪くて。あとでかけ直してもいいかしら」

「少しだけお話を聞かせてもらいたいんですが。テディ・ソーン事件に関することで」

「テディの？　いつからリチャードソンの事件を扱うようになったの」

「手がける範囲を広げるようになりましてね。刑事事件の訴訟記録を見ていたんですが、気になる点があったんです。これは本来なら少年事件として扱うべきではないんですか」

「そのとおり。検察側はこの事件を利用して、重犯罪少年法を無力化させたいの。それだけじゃなく、ひどいことが起きてる」

「どのような？」

「どうやら年月をかけて練られた計画のようなのよ。地方裁判所だけでなく、最高裁の判事も、警察も……全員が結託して、利用できる事件を探していたってわけ」

「ほほう。公判のあとにぜひインタビューさせてもらいたいですね」

「初回の期日は明後日なの。傍聴したらどう？」

「ええ、もう予定してます。終わったらすぐにインタビューでいいですか」

「いいわ」

「それじゃ、当日に」

　電話を切る。刑事事件担当の新聞記者は、絶滅危惧種になりつつある。いまはなんでもブログで発信できる時代だからだ。きちんと給料をもらって現場に足を運び、記事になりそうなネタを探す記者は地方にはほとんどおらず、いるとしても大都市の大手新聞社に限られている。それでもこうした記者たちは、一般市民の権利を守るためにきわめて重要な存在なのだ。腐敗した権力者は事実を暴かれることを嫌う。記者が絶滅した暁には、司法制度はどうなってしまうのだろう。

どこかの時点でメディアを使おうと考えてはいたが、公判が終わるまで待つほうが賢明だと思っていた。この事件がおおやけになれば、ロスコームが手を緩める可能性もあるが、ますます強硬にならないとも限らないのだ。期日を二カ月先に延ばし、世間の注目度が下がるのを待ちながら、テディを勾留しつづけることも考えられる。

それでも、クレイに傍聴してもらうのは悪くないアイデアだ。事件への注目を集めることができれば、上級審の判事らが大衆の義憤を恐れ、一審の判決を支持しないことも考えられる。

立ちあがり、よろめきながら家じゅうを漁って、ボトルに半分残ったジャック・ダニエルを見つけた。それを飲みながら、デペッシュ・モードの曲を聴き、ソファで眠りに落ちた。

42

翌日、わたしはできる限りの準備をした。報告書を数回読みなおし、押さえておきたい要点をまとめておいた。公判で証人が何を言いだすかは予測できないので、腕のいい弁護士にもっとも必要なスキルは即興力だ。知性も、経験も、学識も、ロースクールの成績も、判例の知識も関係ない。即興力と、依頼人の身を案じているかどうかが鍵となる。弁護士が依頼人のことをどうでもいいと思っていると、どういうわけか、それはかならず陪審に伝わる。

こちらにとって大きな痛手なのは、有利な証人がひとりもいないことで、それは被告人本人についても言えることだった。いまでもテディは事件当日の夜のことを何も覚えていないと言うし、公判で何を言いだすかもわからない。望みがあるとすればフレディだが、聴取の録画を午前二時にあらためて観てみたものの、なんとも微妙な印象だった。警察は明らかに、未成年者に聴取する際の正しい手順を踏んでいないのだが、それを巧妙に行なっているため、陪審には気づかれないだろう。そしてウィルの言ったとおり、フレディが向こうに寝返り、警察の誘導などなかったと証言するのであれば、こちらには州側の主張に対抗できるような証人は一切いないことになってしまう。

数時間かけて公判の準備を終え、わたしはフーヴァー郡拘置所にテディを訪ねていった。暗い雲が太陽の前を横ぎり、昼が夜へと切り替わる早送りの映像を観ているような気分になった。拘置所の看守らは、わたしの身体検査をする際にひときわ乱暴に身体じゅうをまさぐった。彼らの仲間である係官を殴った仕返しなのだろう。でも、テーザー銃や拳銃で撃たれなければよしとしよう。

弁護士との接見室で椅子にすわり、テディが連れてこられるのを待つ。ようやくあらわれたテディを見て、思わず目をそむけたくなった。サイズの合わない黒と白のストライプの囚人服を着たテディは、手錠の鎖をがちゃがちゃと鳴らしながら椅子に腰をおろす。看守はわたしに一瞥をくれたあと、去っていった。

「だいじょうぶ？」わたしは優しく言う。

「ここはすきじゃない、ダニエル。でも、言われたことはまもってるよ。だれとも話してない」

「そう、すごいじゃない。その調子でいてくれたら、そのうち出られるからね」

テディがうなずく。「わかった。ウィルはどこ？　ぼく、ウィルがすきなんだ。とってもたのしいから」

「今日は来られなかったの。明日は来てくれるかも」わたしは言葉を切り、ドアのほうに目をやる。ドアについた窓から、看守がこちらを監視している。「テディ、あの夜のことを話してもらうのは、とっても大事なことなの。警察の車に乗った日のことね。あのバッグはどこで手に入れて、サルバドール・ザモーラとはどうやって知りあったの？」

肩がすくめられる。

「テディ、わたしを見て……もし明日の公判で負けてしまったら、あなたはこの場所に何年も何年もいなくちゃならないの。とっても長い期間。だから、あのバッグを手に入れた先を教えてちょうだい」

「ケヴィンは友だちだよ」

「友達なのは知ってる。でも、あのバッグをくれたのがケヴィンなのかどうか教えてほしいの。ケヴィンがザモーラにバッグを持っていけと言ったの？　そうだったの？」

答えはかえってこない。わたしは手をのばし、テディの手を取った。「テディ、この場所にずっと住んでいたい？」

首が振られる。

「だったら、本当のことを話してくれないと。ケヴィンがバッグをくれたの？」

首が振られる。

「お願い、話してほしいの」

テディは身体を前後に揺すりはじめた。「ケヴィンは友だちだよ……それで、いっしょにゲームをやろうと言ってくれた」

「バッグはあなたのものなの？　それだけでも教えてくれない？」

ためらったあと、テディは首を振った。「ちがう」

「じゃあ、よく聞いて。明日、あなたは法廷で人々の前に立たされる。そこで、いま話してくれたことをそのまま言ってほしいの。知らないひとたちがいるけど、怖がらないでね。そのひとたちは、あなたの話を聞きたがってる。だから本当のことを話すのよ」

「わかったよ、ダニエル」

「サンディっていう女のひとが、わたしのあとに質問してくる。だから正直に答えてね。ありのままに、起きたことを話すのよ。〝はい〟か〝いいえ〟だけでいいから。簡単でしょ。きっとだいじょうぶ。怖がらずにできるよね？」

「うん。こわがらないよ」

じつを言うと、テディの証言にはさほど期待していない。重要なのは証言ではないのだ。陪審には、テディに知的障害があることを実感してもらう必要がある。そのためにはテディに法廷に立ってもらい、陪審の目で見てもらうしかない。

テディからは何も言わないので、父親も母親も面会には来なかったのだろう。

「それじゃ明日会いましょう、テディ。誰とも話さないでね」

「うん」

拘置所を出るとき、もっと時間をかけて証言の練習をさせ、事態を理解させるべきだったかと思った。そうしておけば不安を取りのぞけたかもしれないが、その一方で、たくさん練習したとか、わたしが答えを指示したなどと陪審に言ってしまうリスクも出てくる。そうなったらテディの話の信憑性は一気に失われる。それは避けたほうがいい。ありのまま、事態を把握しきれない姿を見てもらい、それがテディの理解力の限度だと知らしめるべきだ。

ソルトレイク・シティに戻る道すがら、〈リザード〉に立ち寄ってみた。昼時はとうに過ぎていたが、店はまだ混みあっていた。テーブル席は建設作業員や政治家、トラック運転手や警察官などで埋まっている。わたしはほかの客から離れたカウンターの隅にすわり、サンドイッチとビールを注文した。奥の部屋からミシェルが数人の客と出てきて、別れの挨拶を交わしている。柄の悪そうな男たちだったが、たいしたワルでなくともアル・カポネ気取りの男は多いので、見た目ではわからない。わたしに目をとめると、ミシェルは近づいてきた。陰鬱な顔つきで、うめきながら椅子に腰をおろす。

「ビジネス絡みの揉めごと?」わたしは訊いた。

「昔の仕事仲間よ。あそこにいる背の高い男なんだけど、娘が失踪したの」ミシェルは首を振る。「まだ二十歳よ。ヒモと駆け落ちしちゃったんだって。ここに来なかったかと訊かれたの。ろくでもない男たちが、若い女の子をインターネットでおびきだして、失踪させてしまうのよ」

何も答えられない。いまは他人の悲劇に同情する余裕はないので、ただ目の前のビールを見つめる。

「どうかしたの、いつも元気なあなたが」

「事件のことでね。話したでしょ。無理やり公判に持ちこまれることになった」

「無理やり?」

わたしはうなずく。「依頼人を勾留されたの。審理に時間がかかれば、彼は拘置所でひどい目に遭うかも。自分の身を守ることもできないんだから。それに、陪審がどう判断するかと思うと恐ろしいの」

「陪審は予測不能だと言っていたわね」

「そう。だから恐ろしい。正しい判断を下すとは限らないもの」

ミシェルの手がわたしの肩に置かれる。「あなたが本気で勝とうと思って、負けたことは一度もないのよ。望んだ結果は絶対に手に入る。あっ、そうだ。言おうと思ってたんだけど、ザモーラって情報屋について訊いてきたでしょ。新しいことがわかったの」

「どんな？」

「そいつは単なる情報屋じゃない。終身密告者(ライフ・スニッチ)なんだって」

「どういうこと？」

「ソルトレイク・シティ警察に知りあいがいるんだけど、ザモーラはフーヴァー郡麻薬捜査班に四年前から協力してるんだって。逮捕のために取引をセッティングもする。終身密告者って呼ばれてるのは、あまりにも多くのタレコミをしているから、一生そこから抜けだせないせいよ」

「四年も？　じゃあどうして……」

「どうかした？　気づいたことでも？」

わたしはカウンターに二十ドル札を放り投げ、何も言わずに店を飛びだした。

43

リチャードソンまで車を駆る。ダブルD――ジャスパー・ダイアモンドの自宅の住所は、ウィルに頼んで調べてあった。検察官は判事とちがって、たいていは個人情報を秘匿するひとく手続きを踏んでいない。ダブルDの自宅は裁判所からさほど遠くなかった。

公務員にしてはかなりいい家に住んでいたが、驚くことではない。リチャードソンは州内でも住宅の価格がもっとも安い。家は大きく、芝生に覆われた前庭は広々としていて、車三台分のガレージがついている。私道に車をとめ、少し車のなかで迷ったが、降りて玄関に向かった。室内の音に耳をすましてみても、何も聞こえない。ドアベルを押す。

戸口に出てきたダブルDは、ガウン姿でパイプをくわえていた。

「なんなの、それ。〈プレイボーイ〉の創刊者のマネ？」

「こんなところまで何しに来た」

「話があるの」

「後日にしてくれ」

「いまでないとだめなの。頼むから」

ため息が漏れ、ドアが大きく開かれる。室内はまるでカウボーイ記念館の様相を呈していた。壁には絵画が所狭しと掛けられていて、馬や熊や鹿、古いメキシコの町並みなどが描かれている。倒木で作られた切りっぱなしのテーブルが置かれ、暖炉の上には二挺の古いライフルがクロスして置かれている。

「ビリー・ザ・キッドの家でも買ったの、ジャスパー？」

ダブルDはすり切れた革の上に熊の毛皮をかけた椅子に腰をおろした。「さっさと用件を言ってくれ」

「ザモーラは麻薬捜査班の終身密告者だったのね。知ってたの？」

こちらをしばらく見据え、ダブルDは答える。「ああ」

「わたしに知らせようとは思わなかったわけ？」

「知らせないように指示されたんだ」

「誰から……サンディね？　それはブレイディ証拠開示の規定に違反してる。依頼人に不利な証人が州側に協力しているなら、わたしにはそれを知る権利がある。ジャスパー、あなたは過去にも汚い手を使ったことがあるけど、ここまでではなかった。何もかも言いなりにならなくたっていいのに」

椅子を指で叩き、ダブルDは言う。「わたしは……なんと言ったらいいのか。何かをやり始め、それが軌道に乗ると、とめられなくなる。少しずつあちこちで妥協していくうちに、気づいたら……こうなっていた」

「じゃあ、やめればいい」

首を振り、虚ろに空(くう)を見つめる。「あと五年で年金受給の資格が得られる。やめるわけにはいかない」

「障害のある無実の子どもを刑務所に入れて、それで年金生活を楽しめると思うの？」

「なぜ無実だと言いきれるんだ。ザモーラが密告者で取引自体を計画したとしても、きみの依頼人がすべてを自主的にやったことに変わりはない」

「ジャスパー、こんなことをすれば一生自分を許せないと思うよ」

ダブルDは視線をそらし、また椅子を指で叩く。「もう帰ってくれ、ダニエル」

「サンディと話をして。あなたの意見なら聞くでしょ。どうかあの子に公判を受けさせないで」

玄関までわたしを送ったあと、ジープに向かうあいだもダブルDはしばらくポーチに立っていた。運転席にすわり、わたしはダブルDに目を向ける。その姿からは苦悩が滲(にじ)み出ている。少しだけ気の毒に思いそうになったが、ほんの一瞬のことだった。

車を出し、新たな申立書を起案するためにわたしは事務所へ向かった。

44

翌朝になり、テディを法廷まで自分で連れていけないことがもどかしく思えた。一緒なら、車のなかで質問内容をおさらいしたり、反対尋問の練習をしたりできたのに。サンディはおそらく、実際よりもテディが賢く見えるように、なおかつ怒らせるように仕向けてくるだろう。

裁判所に着くと、陪審員候補や警察官、検察官などが法廷に入っていくのが見えた。公判の当日になると、いつも孤独な気持ちになる。自分を叩きつぶそうとしている機械に、ひとりで立ち向かうような気がするのだ。裁判とは闘いであり、昔は貴族同士が武器を持って実際に決闘を行なっていた。やがて貴族は殺しあいに嫌気が差し、代わりに闘ってくれる者を雇うようになった。現代の訴訟弁護士は、元をたどれば傭兵だったのだ。わたしは深く息を吸いこむと、法廷に入っていった。

サンディとダブルDが検察側のテーブルについていて、隣にスティード刑事の姿もあった。検察は捜査の指揮を執(と)った刑事を終始公判に同席させることができる。審理の経過を目(ま)の当たりにすることで、証言に揺らぎが出る可能性もあるというのに。こちらにはそのような味方もいなければ、証人もいない。なんとか頭をすっきりさせ、落ちつこうとする。公判など、これまでいくらでもこなしてきたではないか。颯爽(さっそう)と入廷し、その場の即興で弁論を繰りひろげ、汗ひとつかかずに乗りきってきた。けれどもいま、わたしの掌はじっとりと湿り、心臓は肋骨を折らんばかりに暴れている。

検察側のテーブルにいるサンディの様子をうかがってみたが、平然と前を向いて、誰とも言葉を交わさずにいる。もしかするとロボットなのかもしれない。

「全員、起立」廷吏が声をかける。「第二地方裁判所はこれより開廷いたします。ミア・ロスコーム裁判長の入廷です」

全員が立ちあがる。ロスコームが席につき、コンピューターの電源を入れながら小さくゲップした。わたしに一瞥をくれたあと、検察側を見やってから言う。「双方とも準備は整っていますか」

「整っています、裁判長」すわったままサンディが言う。

「はい」わたしも言う。

「では、被告人を入廷させてください」

「お見せしたいものがあります。近づいてもよろしいですか」わたしは言った。

「どうぞ」

サンディとともに法壇に近づいていく。わたしがブレイディ証拠開示に関する申立書を取りだして置くと、ロスコームは手に取って目を通した。それは一ページ半の書面で、公判を進めるためには証拠審理が必要だと主張するものだ。

もう一部をサンディに手渡すと、じっくりと読みはじめた。

「裁判長」サンディが中立書から目を離さずに言う。「この中立書は重要なものだと思われますが、そうであれば規則は守るべきです。期日の七日前に提出すべきものでしょう。今日は当方も反論の準備ができていません」

「例外もあるはずです」わたしは言う。「実務的に可能な場合は期日の七日前に提出せよということです。が、この事実が判明したのは昨日でした。準備の時間がなかったのはこちらも同じです。ですから、証拠審理をいま行なってしまえばいいと思います。こちらが反対尋問を行ないたいのはスティード刑事とミスター・ザモーラで、ふたりとも出廷していますから。あるいは、公判を進めて証拠審理はべつの期日にしていただく。その場合、被告人の釈放を条件としてください。勾留を続けさせるわけにはいきません」

「いずれも異議ありです」サンディが言う。「中立書は提出が遅いため、検討の余地はありません。ミスター・ソーンは弁護人の能力不足を理由に、後任の弁護人に上訴を行なってもらうべきでしょうね。ミズ・ローリンズは適正な調査を行なわず、この事実を昨日まで突きとめることができなかったのですから」

「そちらがザモーラに取引を持ちかけたせいで、何も話してもらえなかったんです。それなのに、終身密告者であることを見抜くのは無理です」

ロスコームはわたしを値踏みするように見据えた。証拠審理を行なうか、あるいはテディを釈放してくれる可能性はあるのだろうか。ロスコームの表情を見ていると、踏みつぶされることも知らずに自分の足にのぼってくる蟻を、嬉々として見つめる子どもを思わせた。

「検察の意見に同意します。中立書は提出が遅すぎ、受理できません。記録には綴じておきましょう」

「証拠が隠蔽されていたんですよ、裁判長。提出が遅かったのは、検察が証拠開示の規定を破り、それを一切知らせなかったせいです。こちらの落ち度ではなく、検察側の過失であるはずです。ですから被告人を釈放し、双方に審理の準備をする猶予を与えていただきたいのです」

「同意しかねます」

わたしは笑いだした。「そりゃ、同意しかねますよね」

しまった、口が滑った。

「どうやら」ロスコームは静かに言う。「監置場がよほど気に入ったと見えますね」それからサンディに目をやり、またこちらを見やる。「被告人と陪審員候補を入廷させますので、双方とも下がってください。中立ては提出の遅れにより、棄却します」

弁護側のテーブルに戻る。引き戸が開いて、係官の前に立つテディが見えた。手を振ってきたので、わたしは微笑んだ。接見のときに持っていったスラックスとシャツ、ネクタイを身に着けている。わたしの隣にすわらされたが、手錠はそのままだった。「手錠を外して」わたしは言う。

係官は少しためらったあと、テディの手錠を外した。するとテディは苦しかったのか、すぐにネクタイを引っぱりだした。

「わたしにやらせて」

ネクタイを緩め、首を締めつけないようにすると、テディは落ちついた。

「やあ、ダニエル」

こんな場所でこんな状況にありながら、テディの顔を見ると微笑まずにいられない。

「テディ、元気にしてた？」

「きのうの夜はテレビをみたんだ。えっと、スパイダーマンだよ。スパイダーマンをみせてくれたんだ。みたことある？　スパイダーマン」

「ないの。面白かった？」

「すっごくおもしろかった。とっても高くジャンプできるんだよ。高くジャンプしたり、とんだりできるんだ」

廷吏が言った。「陪審が入廷します。全員、起立」

わたしは立ちあがり、テディに手を貸す。三十人近い陪審員候補が入ってきた。それぞれの顔を見て、わずかな時間のなかで人柄をどうにかつかめないかと考える。弁護士も検察官も、初めて陪審が入ってくるときにはそうするものだ。当然ながら、何もつかめない。陪審コンサルタント会社を使った場合、一時間千ドルもの費用を支払い、膨大な統計データや綿密なアルゴリズムを使ってひとりひとりの陪審員が下す判断を予測するのだが、五〇パーセント以上の確率で外れる。無作為に陪審員を選んだ場合よりもわずかに悪いというのが実情だ。それだけ人間とは複雑なものであり、法廷で何をどう感じるかは予測できないものなのだ。

「ご着席ください」ロスコームが言う。

先ほどとは打って変わった表情だ。皺だらけの彫刻みたいなロスコームの顔が和らいでいる。笑顔すら浮かべているのか、あるいは浮かべようとしながら、ロスコームは陪審員候補に長々と説示や説明を行なっている。陪審員選任のプロセスは、ロスコームが担当だと時間はかからない。検察側と弁護側それぞれに、陪審員候補に質問する時間が十五分間与えられ、一分たりとも延長は許されないのだ。

「検察と弁護人は自己紹介してください」一度も聞いたことのない穏やかな声でロスコームが言った。

サンディが立ちあがる。「わたしはサンディ・タイルズ、こちらはジャスパー・ダイアモンドです。本件において、ユタ州検察局を代表しています。われわれの証人として、ボー・スティード刑事、サルバドール・ザモーラ、ケヴィン・シモンズ、クリント・アンドリューズ、フレデリック・ウィルモア、それとユタ州立犯罪研究所からドクター・ハロルド・コルトレーンを迎えています」ロスコームはあとで、証人と面識のある陪審員がいるかどうか訊いてくるので、証人もすべてここで紹介され、出席の有無も報告される。

わたしは立ちあがり、陪審員候補と向きあった。二、三人がテディに目をやる。考えていることはわかる。テディがこの席にすわっているというだけで、頭の片隅で有罪だと思いこんでいるのだ。もちろん、その思いこみにはできる限り抗おうとしているだろう。自分が公平な目を持っていないと認めるのは、誰だって嫌なものだ。けれども、彼らが弁護側の席にいる被告人を見た瞬間に、潜在意識に有罪という印象が植えつけられてしまうものなのだ。

「わたしはダニエル・ローリンズです。こちらはテディ・ソーン」

テディが手を振ったので、数人が困惑顔になった。そいつらの襟をつかんで怒鳴りつけてやりたかった。〝この子は無実なのよ。権力者どもに人権を踏みにじられていることも知らないくせに！〟だが、そうするわけにはいかない。だからわたしはただ言った。「今日はテディを手助けしに来ました」

陪審員候補の誰も、検察官及び弁護人、それに証人と面識のある者はいなかった。そのあとは形式に沿って説明がなされる。陪審は休憩に入った際も評議室の外では事件について話してはならないことや、それ以外にも気が遠くなるほど数々の規則が述べられていく。

こうしておけば、裁判所側は陪審員の誰もがまともに頭を働かせられると思っているらしい。

サンディが前に進みでて、五ページの質問状をぱらぱらとめくったあと、最初の質問を始めた。違法薬物の所持で逮捕されたことのある方は？　犯罪歴があるか、犯罪歴のある家族がいる方は？　違法薬物を使ったことがある方は……などなど。わたしの経験上、多くの他人がいる前で正直に薬物使用について答える者などひとりもいない。

サンディは十五分間たっぷりと陪審員候補を炙り、こちらに注視しているか確認するためにロスコームのほうを振りむいたあと、こう言った。「たとえ被告人に同情したとしても、法を守る誓いを破らず、有罪の評決を下せますか？」なんとも狡猾だ。

わたしの番が来た。持ってきたｉＰａｄをテディに渡す。それから証言台の前には立たず、陪審員候補に近づいていった。そして全員を見つめる。候補者たちも見つめかえしてくる。気づまりな沈黙が流れたあと、わたしは最初の質問をした。「あなたやご家族は、知的障害者に反感を持っていますか？」

質問の内容はさほど重要ではない。障害者を嫌う人々が、正直にそれを認めることはないからだ。わたしはとにかく、テディを健常者と同じ物差しで測ることはできないという意識を植えつけたかったのだ。

「わたしの依頼人が知的障害者だと知りながら、公平な目を持つことができますか？　知的障害者に対してなんらかの感情があるせいで、わたしの依頼人を無罪と判断するのに差しつかえがありますか？　家族のなかに知的障害を抱え、一般的な人々と同じだけの思考力を持っていない方がいますか？」

あらゆる質問に〝知的障害〟という言葉を入れて、十五分間話しつづける。〝はい〟と答える者は誰もいなかったので、答えた者にさらなる質問を浴びせる必要はなかった。

すべての質問を終え、陪審員候補に礼を言う。多少の情報は得られたが、それはさほど重要ではない。一年かけて質問を続けたところで、彼らの思考を読みとることはできない。とにかくいまは、テディを健常者とは異なる物差しで見るべきだという意識が広まったことを願うばかりだ。

双方の質問が終わると、判事はさらに三十分かけて陪審員候補に説明を行ない、そのあと休廷となった。テディを見るとｉＰａｄに笑みを向けていたが、廷吏が近づいてきて言った。

「それはしまってください」

「静かにさせておきたかったら、あったほうがいいの」

「われわれが静かにさせます」

わたしは廷吏をしばらく見据え、それから手を伸ばしてｉＰａｄを下げさせた。「これからは話を聞かなくちゃいけないの、テディ。ｉＰａｄは使ってはいけないそうよ」

「でも、ゲームやりたいよ、ダニ」

「そうよね。公判のあいだだけがまんしてね。終わったら、あなただけのｉＰａｄを持たせてあげるから、好きなだけゲームをするといいわ」もう一度廷吏に目をやると、気味の悪い笑みを浮かべていた。「ちょっとトイレに行ってくるね、テディ。あなたも行く？」

「えっと……だいじょうぶだよ」

「わかった。行きたくなったら言ってね」

トイレに行き、わたしは便器のなかに嘔吐した。

45

十分間の休廷をはさんだあと、ロスコームはまたしても裁判の流れや規則について延々と語った。時には検察と弁護人が陪審に聞こえないよう議論することもあるが、疑念を抱く必要はないとも話した。それがなんであれ、じつは隠される話こそが陪審のもっとも知るべき情報だったりするのだが。

重罪事件の公判における陪審員の選任は、双方四人までの専断的忌避が認められている。つまり、弁護側も検察側も、それぞれ四人までの候補者を理由なく拒否できるのだ。こだわるべき点はなかったので、わたしはテディを不快そうに見ていた人々を落としていった。検察側は、証拠に対する判断力が怪しそうな者や、冷静な判断ができないと思われる者を落としていく。

残った陪審員に黒人はおらず、リベラルらしき者も、幅広いジャンルの書籍や新聞を読んでいそうな者もいない。

選任作業が終わると、残ったのは八人だった。女性が三人、男性が五人、全員が白人のブルーカラー層だ。狭い世界で暮らし、黒人はテレビでしか観たことがないような人々。ひとりは銃の照準線の向こうに鹿が描かれているスウェットシャツを着ている。

法廷の奥に立っている廷吏の横には小さなポスターが貼られていて、犬が証人席にすわり、猫の陪審が評決を下そうとしている。〝これは対等な立場の陪審でしょうか？　公平な目を持ちましょう〟という標語とともに。

思わず噴きだしそうになる。

「それでは冒頭陳述を行なってください」ロスコームが言う。「検察も弁護人も、それぞれが陪審に話しかける機会があります。双方の発言は証言ではなく、陪審に対して各自の推論を述べているに過ぎませんので、それを忘れないでください。ミセス・タイルズ？」

サンディは立ちあがり、手足を身体にぴったりとつけて機械のように前へ進んだ。そして証言台の前に立ち、準備しておいた原稿を読みあげる。

「本件の実情は誰の目にも明らかです。ミスター・ソーンはトラブルを抱えた若者で、お金を稼ぐにはコカインを売るのがいいと自ら判断したのです」

ダブルDがスポーツバッグを取りだし、テーブルにコカインの包みを並べて陪審に見せる。

サンディが続ける。「ミスター・ソーンは隣に住むケヴィン・シモンズから声をかけられ、これから証言をするクリント・アンドリューズ、フレデリック・ウィルモアとともにテレビゲームをやろうと誘われました。三人はミスター・ソーンに、これから友達の家に遊びに行くので、一緒に行かないかと声をかけました。ミスター・ソーンは、行きたいけれどその前に、リチャードソンに行く用事があると答えました。ミスター・シモンズは不思議に思いましたが、親愛の情により、連れていくことに決めたそうです」

〝親愛の情〟？　そんな言葉に親しんでいる陪審員は半分もいないだろう。サンディは陳述の文言をグーグルで検索して貼りつけたのだろうか。

「ミスター・ソーンは青いスポーツバッグを持ってきました。テーブルの上にある、このスポーツバッグです。そしてリチャードソンに行く理由は少年たちに伝えず、着いてから明かしたのです。ミスター・ソーンは目的地までの道案内をし、サルバドール・ザモーラという、麻薬捜査班に極秘の情報屋として協力している男の自宅にたどり着きました。そしてミスター・シモンズは、後に本人からも話すと思いますが、ミスター・ソーンをひとりで行かせるのが心配になり、ポーチまでついていくことにしたのです。ミスター・ザモーラが戸口に出てきてスポーツバッグを受けとり、三万ドルの現金が入ったビニール袋を渡しました。これは実際にバッグに入っていたコカインの価値の六分の一にすぎません。少年たちは何も知りませんでしたが、この取引はフーヴァー郡麻薬捜査班がセッティングしたものだったのです。ミスター・ザモーラはワサッチ・フロント地区の麻薬供給元をたどる捜査に協力しており、ミスター・ソーンは餌に食らいついたというわけです」

これは興味深い。通常、情報屋の身元を法廷で明かすことはない。たいていは弁護側にだけ明かされ、それも秘密保持命令つきなので、こちらもその名前を公表することはできないのだ。法廷で名前を記録に残すのであれば、今後は情報屋としては使わないということだ。今回の仕事を最後に、ザモーラは自由の身になるのだろう。

「ミスター・ソーンはコカインの密売による麻薬取引で起訴されています。重要なのは、誰も彼にこの犯罪を強要していないという点です。銃を頭に突きつけて脅したわけではないですし、計画自体に警察はほとんどかかわっていません。ミスター・ソーン自身がコカインを売るという選択をしたのであり、その結果は本人が受けとめねばなりません」

サンディは席についた。知的障害については一言も触れていない。こんな茶番に最後まで耐えられるだろうか。公正に審理を進めることすらできず、わたしは巧妙な手口で追いこまれ、依頼人の運命を陪審の手に委ねざるを得なくなっている。その陪審は、テディの障害についてはわたしからしか説明を受けず、それ以外は席についているテディの印象でしか判断を下せないのだ。

ロスコームに目を向けると、わたしのことをじっと待っていた。ゆっくりと立ちあがり、わたしは陪審の前に立つ。ひとりひとりの顔を見つめる。何も言葉が出てきそうにない。刑務所にいるテディの姿がどうしても頭に浮かぶ。ほかの囚人にいたぶられ、傷ついた孤独なテディ……灰色の重りがずしりとわたしの胃に沈み、取りのぞくことはできそうもない。

「テディ・ソーン……わたしは十二歳のとき、里親の家庭で暮らしていましたが、毎月入ってくる補助金を目当てに引きとられたのです。実の子どもが三人もいたので、里親にはわたしの面倒を見る時間も根気もありませんでした。子どものひとりは同い年の女の子で、新入りのわたしが気に食わないようでした。何かにつけて、その子は自分の悪さをわたしのせいにしてきました。何かを壊したり、父親がとっておいたものを食べたり、犬を放して逃げられてしまったり……すべてをわたしのせいにしました。そして里親は、毎回娘の言葉を鵜呑みにしていたのです。どんなに反論しても決して耳を貸してくれず、わたしを信用できない子どもだと頭から決めつけていました。

テディがここにいるのは、州政府が彼を信用できないと頭から決めつけたせいなのです。テディの言葉を聞けば、かならず、かならずわかるはずです。彼がこの犯罪に及ぶわけがないと。ケヴィン・シモンズがあの町でドラッグを金に換えたのであり、彼とふたりの友人は最初から同じ証言を繰りかえし、自分たちの身を守ろうとしています。売人のザモーラも自分の身を守り、情報屋の仕事から抜けだすため、テディに罪を着せようとしていることは明らかです。罪を逃れたいと思っている者が警察に情報を売るのであれば、すでに出ている三人の証言に反することを言うのは賢明ではないからです。ですからザモーラはほかの証人に合わせ、こう証言しているのです。テディが取引のすべてを仕切っていたのだと。

テディは特別な状態にあるために選ばれ、犠牲にされつつあります。あなた方にお願いしたいのは、とにかくテディの言葉を聞いてほしいということです。そしてどうか、何も聞かないうちから彼が信用できないと決めつけないでください」

わたしは席についた。これ以上言うべきことは見つからなかった。専門家による説明があるわけでもないのに、テディの知的障害についてロスコームがどれだけわたしの発言を許すのか、定かではなかったからだ。

後ろを振りむくと、傍聴席の奥にソルトレイク・トリビューン紙のクレイの姿があった。わたしの心の奥には、クレイのところに駆けつけて洗いざらい話してしまいたいという思いがあるのだが、それが報道されてしまったらロスコームは審理無効にしかねない。わたしがメディアを利用して、陪審に偏(かたよ)った知識を植えつけたとされるのだろう。そうなればテディの勾留はますます長引いてしまう。そんなリスクは負えない。陪審が無罪の評決を下してくれることだけに望みを託すしかない。

「ミセス・タイルズ、最初の証人を呼んでください」ロスコームが言った。

46

サンディが前に進みでて、クリント・アンドリューズは証人席についた。クリントはボタンダウンのシャツを着て、髪を後ろに撫でつけている。法廷で何度か見かけた年配の男が見守っているが、弁護士に間違いないだろう。奥の壁際に立ってポケットに手を入れ、時おり携帯電話でメールやメッセージをチェックしている。

クリントは緊張していた。咳払いをし、陪審からは目をそらしている。サンディが名前と住所、事件へのかかわりなどを訊くと、ときどき口ごもりながら答えた。

「本件の被告人である、セオドア・ソーンを知っていますか」

「少しだけ。ケヴィンの家の隣に住んでるから、何度か会ったことはあります」

「ミスター・アンドリューズ、事件当日の夜について覚えていることを話してください。今年の四月二日です」

唾を飲みこみ、クリントが話しだす。「あっという間の出来事でした。ゲームしてたら、テディがケヴィンの家に来たんです。で、ぼくの友達のエリックって奴がロイ・シティに住んでるから、遊びに行こうってことになって。そしたらテディも来たいって言いだして。ぼくは嫌だったんだけど、ケヴィンがあいつには優しくしてやれって。あいつ、おつむが弱いからって。だから連れてったんです」

「では、連れていくことにしたあと、何が起きましたか」

「出発することになって、テディはそのバッグを持ってきました。スポーツバッグです」

「ここにあるバッグですか」サンディはテーブルからスポーツバッグを持ちあげて見せた。

「はい、そうだと思います。テディはどこかに寄りたいって言うんで、ケヴィンが場所を訊きました。そしたら、リチャードソンだとしか言えないって」

「詳しい場所を教えないのは、変だと思いませんでしたか」

「はい、まあ、変だと思いました。でも、おつむが弱いから言えないのかなって」

サンディが片手を挙げる。「被告人の状態については、いったん脇に置きましょう。当日に起きたことだけ話してください、ミスター・アンドリューズ。あなたが運転をして、被告人の行きたい場所へ連れていったのですか」

「はい、どうしても行かなくちゃって言ってるし、なんか暴れだしそうな感じだったんで。だから乗せていったら、テディが道案内してくれたっていうか。以前にも来たことがある感じでした」

「それからどうなりましたか」

「着いてみたら、すっげえ汚い——あ、すみません。ちょっと、ボロっちい地域で、テディは家に行くのが怖いって言いだしたんです。行きたくないって。だからケヴィンが一緒に行くことになって、ふたりでポーチに上がっていきました」

「そのあいだ、あなたはどうしていたんですか」

「フレディと車で待ってました」

「被告人とミスター・シモンズの姿は見えましたか」

「はい、そんな遠くなかったんで」

「なるほど。車で待っていたら、何が起きましたか」

「テディは出てきた相手と話をしてから、バッグを渡しました。そのあとは、もうワケわかんなくて。いきなり警官がなだれこんできたっていうか。ぼくは銃を突きつけられて、車から引きずりだされて、皆逮捕されました」

「ミスター・アンドリューズ、バッグのなかにあるのがコカインだと知っていましたか」

「いいえ。ってか、どうなんだろ。テディが中身のことは言ったんですけど、皆信じなかったんですよね。バッグのなかまで見なかったし。おちょくってんのかと思ってました。本当だとしたら、絶対に連れていかなかったです」

「そのバッグはミスター・ソーンのもので間違いないんですね」

「はい、出かけるまえに家に戻って、持ってくるのを見ましたから。リチャードソンにいた男に渡したのと同じバッグでした」

「ありがとうございました、ミスター・アンドリューズ。質問は以上です」

わたしは立ちあがり、クリントを見据えた。水差しから紙コップに水を注ぎ、それを飲んでいる。わたしは言った。「あなたも麻薬取引で起訴されているんですよね、ミスター・アンドリューズ？」

「はい」

「わたしの依頼人に不利な証言をすることで、どんな取引を持ちかけられましたか」

「起訴を取り下げると言われました」

「起訴を取り下げる。完全に？」

「はい。だってぼくは何もしてないですし」

「なるほど。ケヴィンとフレディとはいつから友人なんですか」

「ずっと昔からです」

「二年前からですか、それとも五年前から？」

「十年前くらいからです。小学校で仲よくなって、それ以来の付きあいです」

「大事な仲間ってわけですね」

「はい」

一歩近づく。「ふたりにとっても、あなたは大事な仲間ですね」

「はい」

「親友と呼べますか」

クリントはうなずく。「はい、そうですね」

「親友として、あなたたちは互いのことを気にかけているのでしょう？」

「だと思います」

「だと思うだけですか、それとも実際に気にかけているんですか」

「実際に気にかけてます」

「では、親友のひとりがトラブルに巻きこまれ、それも深刻なトラブルだったら、あなたのようにいい友達は、力になってあげたいと思いますよね」

肩がすくめられる。「ええ。だと思います」

「友達を守るためなら、なんでも言うのでは？」

「なんでもってわけじゃないです」

もう一歩近づく。距離を詰めれば詰めるほど、クリントの緊張が高まるのがわかる。

「たったいま、あなたたちは親友だと言いましたよね」

「言いました」

「ということは、トラブルに巻きこまれたら守ってあげるってことでしょう」

「そうです」

「じゃあ、親友のひとりが刑務所に入るかもしれないとなったら、そうならないよう守ってあげたいと思うのでは？　そう思わないのであれば、親友と呼べるほどの仲じゃないってことでしょう」

「えっと……まあ、守ってあげたいとは思います」

「さて、わたしの依頼人は、あなたの言葉を借りれば〝おつむが弱い〟のですね？」

「はい」

「どういう意味でそう言ったのですか」

サンディが立ちあがった。「異議あり。裁判長、ミスター・アンドリューズは精神状態に関する専門家ではありません」

「そう、専門家ではありません」わたしは言った。「専門家を呼び寄せれば、それだけ依頼人の勾留が長引きますから、断念したのです。ですから彼に訊くしかないわけです」

ロスコームが言う。「検察と弁護人はこちらへ」

わたしが歩み寄ると、ロスコームはテーブル上のボタンを押してスピーカーをとめ、話し声が法廷内に響かないようにした。

サンディが小声で言う。「弁護人は被告人の状態について専門家の証言を取りつけていません。ですからその点を持ちだすのは禁じるべきです」

「こちらは準備期間を三日しかもらっていません。両腕を切りおとしておいて、素手で闘えと言うようなものです、裁判長。それなのに、依頼人のあれほど明らかな障害について、陪審に何も話すなと言うのですか。そんなことをしたって、検察側の証人が〝おつむが弱い〟と言っているようでは、無駄というものですけどね」

ロスコームが口を開く。「ミズ・ローリンズ、あなたに必要なのは本件の事実を追うことであり、専門家の検証も経ていない推論を述べることではありません」

このふたりを無視して席に戻りたかったが、それはできない。気づいたら言葉が口をついて出ていた。「この場に必要なのは、真実を見据えられるまともな頭の裁判長じゃないんですか」

ロスコームは陰湿な顔つきになり、サンディを一目見てからわたしに向かって言った。

「どうやらもう少し監置場で過ごしたほうがいいようですな、ミズ・ローリンズ」

法壇から離れ、わたしは証言台の前に戻った。「あの夜以前には、一度もテディと話したことはなかったのでしょう、クリント？」

「はい」

「ふたりで過ごしたこともないのでは？」

「ありません」

「では、テディの知性や理解力がどの程度であるかは、あなたには言えないのでは？」

「えっと、まあ。そうかもしれないです」

「それではあなたには、テディに自分の行為を理解するだけの知性があるとも言えないのではないですか」

「異議あり！」サンディが声を張りあげる。

「ミズ・ローリンズ」ロスコームは陪審の前なので声のトーンを抑えて言う。「その点は話しあったはずですし、わたしの意見は先ほどと変わりません。続けてください」

判事が何を言おうと構わなかった。テディが障害者である事実を陪審の頭に叩きこもうとしつづければ、彼らが評議に入った際にそのことを思い浮かべる可能性はあるし、話題に出そうとするたびに否定された理由も考えてくれるだろう。

「先ほどのあなたの話では、リチャードソンに行くと言ったのはテディだということですね。数日前に、わたしと学校で話したのを覚えてますか」

「はい」

「そのときあなたは、テディの口からリチャードソンについて話すのは聞いていないと言いました。ちがいますか」

「えっと……覚えてません。わかりません」

「こんな重要なことを、簡単に忘れてしまうんですか。リチャードソンに行くと言ったのはテディなのか、ケヴィンなのか」

「テディが言ったのを聞いたかどうか、覚えてないんです」

「覚えていないんですね。ありがとうございました」

席につくと、サンディが鋭い視線をこちらに投げたあと、口を開いた。「フレデリック・ウィルモアを召喚します、裁判長」

クリントが下がり、フレディが歩み寄ってきた。スーツ姿で、弁護側には一切目を向けない。証人席に立って宣誓すると、フレディは質問状を見ているサンディに視線を据えた。

「記録のため、お名前をおっしゃってください」

「フレデリック・テイラー・ウィルモアです」

「お住まいはどちらですか」

「ソルトレイク郡です」

「本件の被告人である、セオドア・ソーンを知っていますか」

「はい」

「法廷内のどこにいるか教えてください」

「あそこの席にすわっています」フレディは弁護側席をちらりと見て言った。「シャツとネクタイを身に着けています」

「最後に被告人と会ったのはいつですか、ミスター・ウィルモア？」

「たしか四月です」

「四月二日ですか」

「そうだと思います」

「会ったときのことを詳しく聞かせてください」

フレディは深く息を吸った。そしてしばらく間を置く。言葉がすぐに出ないところを見ると、気が進まないのだろう。こちらが強く押せば、もしかするとサンディが言われたくないような発言を引きだせるかもしれない。

「友達のケヴィンの家にいたんですが――」

「ケヴィン・シモンズですか」

「はい。彼の家にいました。ぼくとケヴィンとクリントで。テレビゲームをやったりして、一緒に過ごしていました。それからテディが来たんです。ケヴィンが家に入れてやって、すわらせてあげました。ぼくがすわっていた椅子を譲ったんです」

「なぜ、そんな話を？」

「ケヴィンはテディにとても優しくしているんです。椅子を空けて、テディをすわらせてやれと言われました」

フレディが証言しているあいだ、隣で動きがあることに気づいた。テディが身体を前後に揺すりはじめたのだ。証人席のほうを見ているわけではなく、自分の手を見つめ、指をこすり合わせている。ゆっくりとした動きで、激しく動揺したときのように速くはない。けれども証言が続くうちに、ペースは徐々に上がってきていた。

「テディはぼくたちと一緒にゲームを少しやりました。そうしたら、車で連れていってほしい場所があると言いだして、ケヴィンがいいよと答えました。そのあとしばらく、その話題は出ませんでした。それからクリントに電話がかかってきて、エリックの家に女の子が来るから、遊びに来ないかと誘われました。すると、テディは先にあるところまで自分を乗せていってほしいと言ってきたんです」

サンディは証言台に肘をついた。気さくな雰囲気を出そうとしたのだろうが、木の人形が硬い関節を無理やり伸ばそうとしているようにしか見えない。

「いったん中断させてください、ミスター・ウィルモア。被告人が車に乗せてほしいと最初に言ってきたということですか？　あなた方がどこへ出かけるかを知るまえに？」

「はい」

「たしかだと言えますか？」

「たしかです。行き先をケヴィンが訊かないのは変だと思ったので、覚えているんです。乗せてやると答えただけでした。たぶん、ケヴィンはテディに同情していたんだと思います。おつむが弱いから」

サンディは口を開いたが、何も言わずに閉じた。わたしは噴きだしそうになる。サンディは自分の証人に異議を申立てそうになったのだ。地方検事の地位についてから、サンディは局で指示を出す仕事に徹し、公判の場に立つことはなくなってしまったのだ。公判審理で闘う技術は日々の積み重ねで磨かれるもので、現場を離れるとすぐに鈍ってしまう。しまいには技術はすっかり錆びつき、学んだことをすべて忘れて新人のようになってしまうから、法廷での居心地が悪くなるにちがいない。

ダブルDに目をやると、サンディを苦々しい顔つきで見ていた。

「被告人が乗せてほしいと頼んできた。そのあと何があったんですか」サンディはそう続けた。テディを車に乗せた経緯について、二番目の証人と一番目の証人の証言が食い違っていることに陪審が気づかないよう願っているのだろう。

「ぼくたちが、というかケヴィンがロイに行くと話すと、テディはリチャードソンに行く用があると言ってきました。まあ、近いと言えば近いですけど、十分くらいはかかるので、そこまで行きたくないとぼくは言いました。でも、ケヴィンが行くって言ったんです」

なんと憎らしい小僧だろう。しれっと話を変えてきた。あの日、テディがリチャードソンについて話すのはまったく聞かなかったと言っていたのに。

「ミスター・ソーンは、なぜ乗せてもらう必要があるのか話しましたか」

「いいえ」

「では、そのあと何がありましたか」

「それからテディが走って家に戻り、あそこのテーブルにある青いスポーツバッグを持って戻ってきました」

サンディはテーブルにあるバッグを手に取って言った。「これですか？」

「はい」

バッグに目をやると、FHYというロゴが見え、それは警察が写真に撮っていなかったことに気づく。テディの父親はFHYという会社の社員だ。ということは、バッグはケヴィンのものではない。ただ、ケヴィンと仲間が自分たちのバッグを使わず、テディの家にあるものを取ってこさせたという可能性は充分に考えられる。

「このバッグで間違いないのですね」

「はい。横にロゴが入ってますから」

「バッグに何が入っているのか訊きましたか」

「いいえ」

「被告人は何か言わなかったのですか」

首が振られる。「言いませんでした。ケヴィンも車に乗るまで、何も訊かなかったんです」

「では、全員で車に乗ってリチャードソンに向かったんですね。そのあと何が起きたか話してください」

「車を走らせて、音楽を聴きました。何を聴いたかは覚えていません。ケヴィンがバッグの中身はなんなのかと二回くらい訊いたんですけど、テディは答えませんでした。ぼくは中身がとても気になっていたんです。きっと、テディはおつむが弱いから――」

「ミスター・ウィルモア」サンディが割って入る。「その言いまわしを使うのは控えましょう。あなたは精神科医ではなく、ミスター・ソーンの状態について語れるわけではないでしょう」

肩がすくめられる。「わかりました」

「それで、車を走らせたんですね。バッグに何が入っているかは、結局わかったんですか?」

「着くまではわかりませんでした。家に着いて車のなかにいると、テディは身体を前後に揺すって、〝ぼくはやりたくない、ぼくはやりたくない〟と言いだしたんです」

フレディはテディに一瞬目を向けたが、すぐにサンディのほうに向きなおった。

「ミスター・ソーンがそうしているあいだ、あなたは何をしていたんですか」

「ケヴィンが説得するのを見ていました。ぼくたちを信用していいから、中身がなんなのか教えてくれと。すると、ようやくテディが言ったんです。中身はドラッグだと」

「ドラッグですか、それともコカインと言ったんですか」

「ドラッグとだけ言いました」

「間違いありませんか」

「間違いないです」

卑劣な小僧だ。タマにパンチしてやりたい。

「被告人がバッグに入ったドラッグを持っていると知り、あなたはどうしましたか」

「信じなかったんです。ぼくたち全員。ケヴィンはなんとかバッグのなかをのぞこうとしていましたが、テディが絶対に見せなくて。ずっと〝やりたくない〟と言っているので、ケヴィンが〝何を？〟と訊いたら、テディは〝男のひとにバッグをわたさなくちゃ〟と答えたんです」

「男のひととは？」

「わかりません。テディは名前も知らないようでした。それで、ケヴィンが一緒に行くと言いだしたんです。だって、誰も本物のドラッグがあるなんて思っていなかったし、ケヴィンもテディに調子を合わせただけでした。ふたりがポーチに上がっていくと、男のひとがドアを開けました。少し話をして、テディが相手にバッグを渡し、べつのバッグと交換したんです。そうしたら警官が何人も駆けつけてきました」

サンディはうなずいた。「ありがとうございました、ミスター・ウィルモア」

判事から呼ばれるまえにわたしは立ちあがった。「あなたの学校で話をしたことを覚えていますか、フレディ？」

「はい」

「そのとき、リチャードソンに行くとテディが言うのは聞いていないとあなたは話しましたが、覚えていますか」

「ええと、それは覚えてません」

「テディがリチャードソンのことは言わなかったと話したこと〝だけ〟、忘れてしまったんですか」

フレディはうつむいた。明らかに何かを恐れているところを見ると、ケヴィンの家族の弁護士とサンディに相当絞られ、宣誓に背いて嘘をつかされているのだろう。「覚えてません」

「バッグにドラッグがあるとテディは言わなかった、という話は覚えていますか」

「覚えてません」

「覚えていないのですか、それとも話していないのですか」

「話した記憶はありません。さっき言ったことが事実です」

フレディはわたしの目を見ることすらできない。学校での会話を録音しておかなかったのはかなりの痛手だった。

「テディはおつむが弱いと言いましたね、フレディ。なぜそう言ったんですか」

サンディがため息とともに立ちあがる。「裁判長、その点について議論はすんでいます」

「わたしが訊いているのは、テディの知性に問題があるかないかではありません、裁判長。なぜフレディがそう言ったのかと訊いているだけです。テディのどんな行動を見て、その言葉を選んだのか。見たことを証言するくらい、問題ないはずですが」

ロスコームはしばらく思案をめぐらせてから言った。「認めます」

フレディに向きなおる。「なぜそう言ったんですか」

「だって、そうですから。ぼくは医者でもなんでもないですけど、テディは明らかにおつむが弱いんです。べつに、けなしているわけじゃありません。もっと正しい呼び方があるのかもしれませんが、テディが物事を簡単にこなせないのはたしかです」

「なぜそう思うんですか」

「すぐにわかりますよ。バッグを運びたくないと言いながら、その理由については言葉でうまく説明できなかったですし」

「テディは無理やりバッグを運ばされているという印象でしたか」

「はい」

いい流れだ。ただ、ケヴィンがテディにコカインを売らせたのだろうと単刀直入に訊いても、フレディは否定するだろう。だからその点は最終弁論まで言わず、最後に陪審に聞かせるつもりだった。

「テディはサルバドール・ザモーラの名前を口にしましたか」

「いいえ」

「その家に住む誰かの名前を口にしましたか」

「いいえ。誰の名前も知らないようでした」

「ではあなたから見ると、テディは何者かに強要されてバッグを運び、名前も知らない男に渡していたということですね」

「そうだと思います。彼はとても怯えていました。どういうわけか。テディには二、三回しか会ったことがないので、はっきりとは言えませんが、とにかくその場から逃げだしたいように見えました」

わたしが席につくと、サンディが立ちあがって言った。「再尋問させていただけますか、裁判長」

「どうぞ」

証言台の前に立ったサンディは背筋をぴんと伸ばし、なおかつ尻を強く引き締めているのがパンツのラインではっきりと見てとれた。

「その夜、コカインを取引したのは誰かべつの人物なのでしょうか？」

「ええと……ちがいます」

「誰かあなたの知る人物が名乗りでて、コカインは自分のものだと言ったのでしょうか」

「いいえ。誰も名乗りでていません」

「ミスター・ソーンは、コカインを売るのにかかわる人物がほかにいると話したのでしょうか」

「いいえ」

「ありがとうございました、ミスター・ウィルモア」

ロスコームがわたしに目で問いかけたので、首を振った。せっかくいい証言を引きだせたのに、これ以上フレディをつついて不利な証言が出るリスクを負いたくない。

「下がって結構です」ロスコームが言う。「ミセス・タイルズ、次の証人を」

次の証人は科学捜査担当のコルトレーンという技術者だった。小柄な白人で研究オタクといった風貌をしており、宣誓をしただけで失神しそうなほど弱々しい。かのジャズ・ミュージシャンと同名なのに、完全に名前負けしている。

テディが身を乗りだしてきた。「トイレに行きたいよ」

「もうちょっとだけ待てない？」

「ううん。いますぐトイレに行きたい」

立ちあがり、サンディの言葉をさえぎって言う。「裁判長、少しだけトイレ休憩を取らせていただけないでしょうか」

「ミズ・ローリンズ、そういったことは通常の休憩時間にすませてください」

「テディが行きたがっているんです、裁判長」陪審の前では、依頼人を決して〝被告人〟と呼んだり名字で呼んだりしない。かならずファーストネームで呼び、検察側のことは〝州政府〟と呼ぶようにしている。権力者を相手にしている図を陪審の頭に刷りこむための策だ。

ロスコームがため息をつく。「わかりました。ミセス・タイルズ、十分間だけ休廷しますから、そのあとドクター・コルトレーンへの尋問を続けてください」

係官がテディを連れていったので、わたしは裁判所の裏手に煙草を喫いに行った。大きなコンクリート製のプランターに腰かけ、煙草に火をつける。携帯電話を取りだしてジャックにかけてみたが、出なかった。ステファンにかけてみると出てくれた。

「元気？」わたしは言う。

「やあ」

落ちこんだような声だ。「どうかしたの」

「何が？」

「ステファン、わたしには隠せないって。何かあったんでしょ」

「誰もがきみに何もかもを話したがるわけじゃないって知ってたか？」

「まあまあ。さては朝食のシリアルにウンチ入れられたんでしょ」

ガタンと音がして、携帯電話が落とされたか放り投げられたようだ。やがてステファンの声がした。「ごめん。いまはまともに話せる状態じゃない」

「いったい何があったの」

「べつに」

間もなくローリンズ夫妻になるはずのふたりが危機にあるとか？

そうだ、名字を変えなくては。結婚前はダニエル・イヴリンだった。ローリンズという姓が好きだったのに。とても言いやすいのだ。

「ねえ、話してちょうだい」

「なんとか妥協点を見つけたんだ。ジャックが自立するまで、ぼくは博士号取得を先延ばしにする。そのあと大学に戻ることにした。お互いにこれが精一杯の譲歩なんだが、ぼくにとってはつらい」

「じゃあ、やめればいい。別れるべきよ」

「きみにはわからないだろうけど、結婚はそんなに簡単なものじゃない。妥協が大事なんだ。関係を保つのであれば、妥協は避けられない」ため息が聞こえる。「きみのほうはどうなんだ」

「散々よ、ステファン。胸が悪くなる。ひどい目つきでテディを見てる陪審もいる。テディのことは無実という前提で見るべきなのに、誰も見ていない」

「法制度は決して公平なものじゃない、ダニ。それをぼくたちは強制されているんだ」

煙草を一喫いし、煙を鼻から吐きだした。「あなたがここにいてくれたらよかったのに」

「どうして」

「うまく言えないけど」

しばらく気づまりな沈黙が流れる。互いに言いたいことがあるのだが、どちらも先に口を開きたくないのだ。

「もう切るよ」ステファンが言う。

「わかった。ジャックに電話をくれるよう言っておいて」

煙草を踏んで火を消し、窓に映った自分を見る。かろうじて人前に出られる姿なのを確かめると、わたしは法廷に戻った。

47

テディはすでに席についていた。テーブルに彫られた絵のようなものを指でなぞっている。きっと被告人の誰かがテーブルを削ったのだろう、ナイフで貫かれたハートの絵が描かれている。

「もう、おうちに帰れる？」わたしが席につくなりテディが言う。

「まだよ。あと少しだから。今日で終わるはず」

「そうしたら帰れるの？」

わたしはテディを見つめ、それから咳払いをして、リーガルパッドに書かれたメモに気を取られているふりをした。そして二言三言メモを取り、押しのけた。

コルトレーンはドラッグがコカインであることを証言するだけだろう。

その次の証人はケヴィンとザモーラの予定で、公判の行方はザモーラの証言にかかっている。わたしはバッグからあるものを取りだし、胸ポケットに忍ばせた。テーブルをペンで叩いてから、立ちあがってサンディとダブルDのもとへ向かう。ふたりとも、休廷中もずっと席にいたようだ。

「彼と話がしたい」

「彼って？」サンディが言う。

「ザモーラよ」

肩がすくめられる。「ご自由に。外で保安官と一緒にいるわ」

法廷から出てあたりを見まわす。ザモーラはちょうどエレベーターから、保安官代理に付き添われて出てくるところだった。わたしは法廷のドアの前に立ち、腕組みをして待った。

「話がしたいの」

「べつに構わねえが」

わたしは弁護士と依頼人用の会議室のドアを開け、ザモーラを招きいれた。保安官代理は部屋の外で待つようだったので、安堵した。ザモーラは依頼人ではないので、わたしと話すときに保安官代理に席を外してもらう義務はないのだ。ドアを閉め、わたしは椅子にすわった。

「今日は法廷で何を話すつもりなの」

「あとで聞けるんだから待てばいいだろ」

「いま話しても構わないでしょ」

笑みが浮かぶ。「いや。今回、法はおれの味方だ。そっちの依頼人に不利なメインの証人なんだからな」

「無実の人間がやってもいない犯罪で有罪にされるというのに、胸が痛まないの？」

「あいつがやったかどうかなんて、どうでもいい。おれは最高の取引を手に入れた。証人保護プログラムってやつだ」

「証人保護プログラム？　だったらこの事件だけじゃないはずね。ほかに誰を売ったわけ？」

「べつにいいだろ。あんたにゃ関係ねえ」

うなずいて視線を落とすと、ザモーラの靴が目に入った。ワニ革の高価なもので、傷ひとつない。わたしの靴は森林でフルマラソンを走ってきたような代物だ。犯罪は割に合わないとか言われるが、とてもそうは思えない。

「あなたもわたしも、テディが無実だと知っている、サルバドール。こんなことはやめて」

ザモーラは立ちあがった。「うるせえな。もう終わったことだ。あいつが無実でもおれには関係ねえよ」

部屋からザモーラが出ていくまで待ち、胸ポケットからICレコーダーを取りだして停止ボタンを押した。

コルトレーンの証人尋問は、ドラッグがコカインであることをこちらが否定しなかったためにわずか十分で終わり、次にケヴィンが証人席についた。予備審問のときのように激昂させたくはなかったので、反対尋問は最小限にとどめておいた。スポーツバッグについて二、三尋ね、テディがスポーツをやらないことを確認しただけだ。サンディがFHY社のロゴについてはさほど注目していなかったので、こちらとしてもあえて触れなかった。マリファナの使用歴について訊くとケヴィンが全面的に認めたので、サンディは殺意すら感じられるほどの鋭い視線をケヴィンに送っていた。どうやらケヴィンの嗜好までは把握していなかったようだ。

十分ほど質問したあと、わたしは席についた。これ以上時間をかけたところで、ケヴィンが信頼に足る人間であるという陪審の印象は崩せそうもなかった。

ケヴィンが下がり、ザモーラが宣誓を行なう。高慢な笑みを浮かべているのを見ると、まるで神に選ばれし自分が使命を帯び、地上に降りた気にでもなっているみたいだった。一連の行ないをすべて正しいことだと信じているのは、何よりも厄介だった。正義のためにやっているつもりなのだ。

サンディがザモーラに氏名や事件へのかかわりを尋ねたが、当日のことを訊きはじめるまえに少し間があった。ダブルDと何か議論をしており、質問内容の流れを検討しているように見えたが、その理由がわからない。あの夜に起きたことは向こうにとって明白なのに、避けなければいけない話題などあるのだろうか。

「四月二日の出来事について詳しく教えてください、ミスター・ザモーラ」

「ああ、べつに複雑なことはない。あそこにいるテディが電話をかけてきて、バッグを渡したいと言ってきた。おれは喜んで受けとると答えた。そのあとスティード刑事に電話して、売り手が来ると伝えたら、立ち会いたいと言われたわけさ」

「被告人が電話をかけてきたとき、麻薬取引だとわかったのはなぜですか」

「以前にも取引があったからだ」

「何回ですか」

「五、六回」

よくもこの場で平然と、未成年の子を陥れるような嘘をつけるものだ。ザモーラに駆け寄って、脇腹をパンチしてやりたかった。そうする代わりに、陪審に注視されるなかで腹を立ててしまった依頼人にアドバイスしていることを実践した。目の前に置いたリーガルパッドに、好きなだけ悪態を書き連ねるのだ。

「ではあなたにとって被告人は、たびたび麻薬を売ってくる相手だったわけですね」

「ああ、いつもコカインだった。ほかのブツもよこせと言ったんだが、シカトだよ。コカインだけだった」

「どうやって連絡が来るのですか」

「電話だ」

「通話の記録などは残っていますか」

首が振られる。「いや。調べても無駄だろ。あの野郎はいつも図書館とか、セブン-イレブンとかからかけてくる」

「四月二日に電話をかけてきたとき、被告人はなんと言いましたか」

「何キロ持ってくるかと、その夜は車で送ってもらえるってことだけだ」

「ほかには何も言わなかったんですか」

「ああ。いつもそうだ。ロベタなんだろ」

「前回、被告人からコカインを買った日付を覚えていますか」

「知るか。まあ、三カ月おきじゃねえのか」

ザモーラの言葉遣いの悪さのせいで、サンディが落ちつきを失っていくのがわかった。背中がこわばり、顎に力が入っている。反対尋問でわざとザモーラを怒らせて冒瀆的な言葉を続けざまに吐かせたら、サンディは身悶えすることだろう。

「コカインは受けとったあとどうするのですか」

「フェニックスに中継所を持ってる男がいてな。〝置き場〟ってやつだ。そいつに渡して流通させるんだ。おれはテディとそいつらの仲介をするだけだ。自分で売ったりはしねえ」

「ミスター・ソーンはどこでコカインを入手するのか、説明したことはありますか」

首が振られる。「いや。おれも訊かねえ。いつも電話してきて、何キロ持ってるかと、いつ持ってくるかを伝えてくるだけだ」

「ミスター・ザモーラ、われわれはミスター・ソーンを重罪に及んだとして起訴しています。あなたの証言は被告人に不利なものとして扱われることになります。電話をかけてきたのは絶対にミスター・ソーンであり、コカインを売るという話をしてきたのは間違いないですね？」

「ああ、声は以前の取引で覚えているからな」

「そして、四月二日にコカインの入ったバッグを持ってあらわれたのも、間違いなくミスター・ソーンなのですね？」

「そうだ。奴ともうひとりの男さ。コカインの入ったバッグを持ってたのはテディだ」

サンディがバッグを持ちあげる。「このバッグですか」

「ああ」

「被告人が売ろうとしていたコカインは見ましたか」

「見たぜ。警察がバッグを開けたとき、包みが見えた」

「そしてこれが」サンディは並べられたコカインの包みを手で差し示す。「あの夜にミスター・ソーンが売ろうとしていたコカインでしょうか？」

「そうだと思うが」

「ご協力ありがとうございました、ミスター・ザモーラ」

サンディが席につく。

開始前に何やら議論をしていたが、いまの質問内容がすべてだったようだ。ザモーラとテディがどのように出会ったかについては、一切訊かれなかった。

わたしは立ちあがった。「ミスター・ザモーラ、あなたとテディはどうやって知りあったのですか」

「覚えてねえな」

証言台と証人席のあいだに立ち、わたしはザモーラの目をのぞきこむ。「あなたは厳密に言うとドラッグの仲介屋なんですね。売人ではなくて」

「そのとおりだ」

「噂によれば、仲介屋としてはかなり成功しているとか」

「まあな。そこそこだ」

「あなたはこれまで何回、フェニックスにある〝置き場〟にドラッグを仲介したんですか」

「さあ。多すぎてかぞえきれねえな」誇らしげな表情をしている。

「州内でもっとも成功している仲介屋だと自負していますか」

望んだ答えを引きだしたいときは、相手のプライドをくすぐるのが効果的だ。

「間違いねえだろうな」

「わたしの依頼人のテディに初めて会ったとき、どんな印象を受けましたか」

「べつに。印象も何も」

「目立った印象は何もなかった?」

「低能なんだろうなとは思った」

「あなたは彼を低能だと思ったんですね。では、知的レベルが子ども並みの人間が、州内でも名うてのドラッグの仲介屋と、いったいどうやって知りあうのでしょう」

こっそり〝子ども並み〟という言葉を入れてみたが、予想に反して異議は出なかった。

「さあな。覚えてねえから」

「そうですか。辻褄が合わないと思いませんか。あなたは知的障害のある子と出会った経緯は覚えていない。その子はどういうわけか、大量のコカインを持ちだせる立場にある」

「異議あり、裁判長」

「異議を認めます」

一歩ザモーラに近づく。「テディに不利な証言をして得られる見返りは？」

視線がサンディに向けられる。

「検察を見ないでください。質問をしているのはわたしです。見返りはなんですか」

視界の隅のほうで、サンディがうなずくのが見える。

「おれへの起訴を取り下げ、証人保護プログラムを受けさせてくれる」

「まあ。州内でも名うてのドラッグの仲介屋なのに、罪に問われず解放されるんですか。障害のある少年に不利な証言をしただけにしては、ずいぶんといい待遇ですね」

ザモーラは明らかに何か言いたげだったが、黙っていた。おそらく証言について、必要以上のことは一切話すなと指示されているのだろう。

さて、お遊びはここまでだ。本題に入り、武器を手に取る時間が来た。

「ミスター・ザモーラ、あなたはわたしの依頼人が無実だと知っていますね」

「知らねえな」

「本当に？　彼が無実だとわたしに言った覚えはないのですか」

「ない」

「ついさっき、外でわたしと話をしましたよね。その内容を覚えていますか」

「ああ」ザモーラは椅子の上で身じろぎした。「あんたがあれこれ訊いてきたが、おれは知らねえと答えた」

「本当に？　それしか言っていませんか」

「ああ」

わたしはＩＣレコーダーを取りだし、再生ボタンを押した。

〝今日は法廷で何を話すつもりなの〟

〝あとで聞けるんだから待てばいいだろ〟

ザモーラはいますぐ下着の替えが必要そうな表情になった。

「異議あり！」サンディが叫ぶ。「裁判長、お話が」

レコーダーをとめ、わたしも法壇に近づく。サンディは息もつかずに話しはじめた。

「裁判長、弁護人は証人との会話を、わたしの了解も得ず、本人の了解も得ずに録音しました。こちらは少なくとも音声データのコピーと、これを使う旨の通知を受ける権利があるはずです。陪審の前でいきなり流すことはできません」

「これは弾劾証拠にあたります、裁判長。いつでも持ちだせるはずです」

ロスコームは思案をめぐらせてから言った。「録音の内容が、先ほどの証言に反するものであれば弾劾証拠になります。こちらとしても確認したいので、認めましょう。異議は却下します」

驚きだ。どういう風の吹きまわしだろう。オオカミがついに子豚の味方になったということなのだろうか。こちらに有利な判断が下されたことが、にわかには信じられなかった。わたしは陪審のほうを向き、また再生ボタンを押した。

録音の残りが法廷に流れ、それが終わるとわたしはザモーラに向かって言った。「あなたはテディが無実だと知っているのに、それでも彼に不利な証言をしている。証人保護プログラムにそれだけの価値があるといいですね」

わたしは席についた。ややドラマティックすぎる展開だったが、目的は果たせた。じつはザモーラはテディが無実だとはっきり言っているわけではないのだが、陪審にそのような印象を与えられるだけで充分だ。ザモーラは口に出すよりも多くを知っているという素振りを見せただけなので、こちらもうかつに動きすぎてはいけない。

サンディに目をやると、いまにも呪いをかけようとしている魔女のような目つきでザモーラを見据えていた。公判が終わったあと、果たして約束した見返りがきちんと与えられるのだろうか。

立ちあがり、サンディが言う。「被告人が無実だと実際に言ったわけではありませんよね？」

「言ってねえ。奴は無実じゃない。あの弁護士の言葉につられただけさ。おれの家にまで押しかけてきて、たまったもんじゃなかった。これだけは言っておくが、テディって奴は自分で何度も電話をかけてきて、コカインを持ってると言ってきたんだ。どうやって知りあったかは覚えてねえ。ソルトレイクのどっかの研究所かなんかで働いている仲間が紹介してきたとか、そんな感じだった。とにかく、奴に間違いねえ」

サンディはゆっくりとわたしに視線を投げてきた。「質問は以上です、裁判長」

陪審に目をやる。ザモーラの印象はよくない。

テディは自分の靴を見つめ、落ちつかなげに身体を前後に揺すっている。わたしはテディの背中に手を置き、公判開始後初めて、もしかすると勝ち目があるのかもしれないと感じはじめていた。

48

遅めの昼食休憩が入った。公判は二日がかりだろうと見込んでいたが、今日の午後ですべてが終わりそうな流れで、ロスコームの担当する陪審審理では珍しいことではなかった。とにかく無駄のない迅速な裁判を行なう判事であるのは間違いない。

通りの先にあるカフェでサンドイッチを買って、ひとりで店のカウンター席についた。食欲はなく、サンドイッチのなかのツナを見て、このマグロはどんな生き方をしていたのだろうと思いを馳せた。

公判は予想どおりの流れになっている。メインの証人が嘘つきという印象を与えることができた。ザモーラは録音でこちらの主張どおりのことを言っているわけではないけれど、かといってテディが有罪とも断言していない。この点が陪審に充分な疑念を与えてくれることを願うばかりだ。ただ、やはり安心はできない。テディは黒人の若者であり、白人だけの陪審によって、人種差別の残る郡で裁かれようとしている。正義がルーレット盤で下されるようなものだ。

サンドイッチを押しのけ、ビールがあればよかったのにと思う。そのとき携帯電話が鳴った。ジャックからだ。

「もしもし」

「やあ、母さん。電話をもらったって父さんから聞いて」

「うん、今日はどうしてたかなと思って」

「元気にしてたよ」

「それだけ？　元気ってだけ？」

「うん、元気にやってる」

カウンターに両肘をつき、今日初めて少しだけ緊張を解くことができた。「最近どうなの。サッカーは？」

「つまんないよ。野球のほうが好きだな」

「わたしも野球は好き。楽しいから。野球をやればいいのに」

「さあ、どうしようかな。だって放課後に毎日練習があるんだよ」

「いいじゃないの。楽しいって。好きなことをやりなよ。ジム・モリソンになるの」

「誰それ？」

「なんでもない」カウンターの奥にいるレジ係に手を振り、サンキストのボトルを指さした。レジ係はボトルの蓋を開け、こちらに滑らせてよこした。「ほかに何か変わったことはないの？」

「べつに。母さん、ぼくいまから友達とモールに出かけるんだ。もう行かないと」

「よくモールに行くわね、何してるの？」

「べつに。ぶらぶらして、何か食べたりとか」

「じゃあ、わたしと明日あたり何か食べに行くのはどう？　一日じゅう空いてるから」

「うん、たぶんね」

「たぶんはイエスと受けとっておく」そこで言葉を切る。結婚式が終わったら引っ越すことを話そうかと思ったが、言葉が出てこない。「ジャック、あなたはわたしの人生でいちばんの宝物よ。輝ける鎧（よろい）を着た騎士なのよ」

「ヘンなこと言わないで、母さん。もう切るね。友達が来ちゃう」

「愛してる」

「ぼくも」

電話を切ると、かかってくるまえには浮かんでいなかった笑みが顔に広がっていた。

やはり食欲がなかったが、ジュースを少しずつ飲んだ。いまは法廷の近くに足を運びたくない気分だし、テディが監房にひとりですわり、看守がカフェテリアから持ってきた粗末な食事を食べているかと思うと、何も口にする気になれなかった。

ようやくジュースを飲みほし、戻ることにした。カウンターの椅子から立ちあがると、そのとき初めてボックス席に四人の陪審員がすわっていることに気づいた。微笑んできたので、わたしも微笑みかえす。いつだったか、廊下ですれ違った陪審員と挨拶しただけで審理無効にされたことがあった。今回は絶対そんなことにならないよう、わたしはそそくさとその場を去る。

法廷に戻るとサンディの姿はなく、ダブルDだけがいた。書類をめくっているダブルD

の隣の椅子に、わたしは腰をおろした。

「わたしにかけあっても無駄だ」書類から目を離さずに言う。「何度も言うようだが」

「ジャスパー、サンディには公判を闘う技術はないわ」

「だから？」

「だから、あなたにアドバイスを求めてくる。あなたがこのままだと負けると判断して、勾留なしの軽罪にすべきだと彼女に言えば、そのとおりにするはずよ」

ダブルDはため息を漏らし、椅子にもたれて書類をテーブルに放りだした。「われわれは負けるというわけか」

「主力選手が骨折しちゃったからね。嘘つきのレッテルが貼られ、録音ではテディが無実だと知っているような口ぶりをしていた。軽罪にしてちょうだい。そうすれば誰もがハッピーになれる」

「無理だ」

「どうして？　少なくともサンディに相談してくれたっていいでしょ」

首が振られる。「この件がとてつもなく重要らしいんだ。理由はわからないが」

「理由なんか明らかでしょ」

ダブルDはわたしの顔を見つめ、心から驚いているようだった。どうやら総統の壮大な計画については知らされていないらしい。子ども時代から選ばれた人種だけを残すという計画を。意外だったが、サンディはそこまでダブルDに信頼を置いていないのだろうか。あるいは、話したけれどダブルDの頭があまりにもおめでたいせいで、理解できなかったのかもしれない。

「どういうことなんだ」

「本人に訊いたらどうなの。正直、わたしが話しても信じないと思うよ」

ダブルDはまた書類を手に取った。「どれだけこの事件に強い思い入れがあるかは知ってる。悪いが、わたしはそっちの力にはなれない」

長いため息をつきながらダブルDを見つめる。嫌悪感が身体じゅうをめぐり、まるで地震の衝撃波にさらされているみたいだった。「ナチスの自殺率は高くなかったって知ってる？」

「なんだって？」

「ナチスよ。戦争が終わっても、自殺率は高くならなかった。あれだけ残虐非道な行ないをしておきながら、それでも良心が咎めずに生きていけたなんてね。自殺率が高くなったのはどんな人々だと思う？　ナチスに協力してきた一般市民だったのよ。戦争で一度たりとも発砲なんかしなかった人々。彼らは自分たちの行ないを許せなかった。なぜだか知りたい？」

「答えなくてもどうせ話すんだろ」

「何もしないことが罪だと知ったからよ、ジャスパー。立ちあがらなかった者を、神が赦(ゆる)すはずがないと思ったの。目の前で起きている悪事をとめるために何かできたはずなのに、何もしなかった。そんな自分を許せなかったわけ。あなたも同じ思いをするのよ」

ダブルDの顔を見る気も起きず、わたしは自分の席に戻った。携帯電話の画面に目を落とし、最終弁論のために書いておいたメモを読みかえす。数分後にサンディが戻ってきて、そのあとにテディが連れてこられた。顔じゅうにゼリーがついていたので、廷吏に頼んで紙ナプキンをもらって拭いてやった。テディが言う。「ハンバーガーとアップルソースとゼリーを食べたよ」

「うん、知ってる。顔じゅうについてるもん」

紙ナプキンをごみ箱に捨てると、ロスコームが入廷してきた。鼻歌をうたっているのを聞き、そのサディストぶりに腹が立った。楽しそうにすら見える。ひとりの人生が懸かっている法廷で、楽しそうな顔をしながら、被告人にリトルビッグホーンの戦いにも匹敵する過酷な裁判を受けさせるなんて。兵士なら逃げだすことだってできるが、テディはここにじっとすわり、運命を受けいれるしかない。

「さて。全員お戻りのようですな。公判の続きに入るまえに、何かあれば言ってください」

「裁判長」わたしは我慢できずに立ちあがった。「本件の審理全体にあらためて異議を申立てます。わたしの依頼人に対する管轄はこの裁判所ではありませんし、少年事件規則で定められている法も手続きもまったく無視されています。当方は依頼人の弁護のための充分な時間が与えられず、知的障害についての証明すら行なうことができていません。本件そのものが著しく誤った法手続きであることは間違いなく、憲法修正第四条、第五条、第六条に明記された被告人の権利を侵害しています」

「主張はわかりました」ロスコームはわたしを見もせず、眼鏡をかけた。

「それだけですか」

「なんですと？」

「こちらの主張に対してすべて反論し、何もかもが理にかなっているとはおっしゃらないんですか」

「言いません、弁護人。わたしが裁判長であり、あなたはこの法廷に招かれているだけです。いちいちあなたに説明する義務はないのです」

「裁判長」怒りがこみあげる。「彼を見てください。目があるんでしょ。あの子はここにいるべきじゃない。どんなにフランケンシュタインじみた風貌(ふうぼう)をしてたって、あなたも中身は人間のはず。あの子にこんなことをしないで」

ロスコームはにやりとし、眼鏡を外してテーブルの上に置いた。「弁護人、あなたの依頼人がこの場にいたくないのであれば、違法薬物を売るべきではありませんでしたね。さて、そろそろ陪審を呼びましょうか」

無駄だった。まるで脳の手術で感情を取りのぞかれた人間としゃべっているかのようだ。そういう人間がいちばん恐ろしい。徹底的に意志を固め、どんな説得にも応じない。

涙をこらえる。死んでもロスコームに涙は見せたくない。「わかりました。法廷に正義があると信じたわたしが馬鹿でした。裁判長、終わったら一杯おごってください。黒人の教会を爆破したあとにでも。芝生の上で十字架を燃やすのもいいですね。あ、でも時代遅れかな。十字架なんて中世みたいですものね。現代風のものに変えないと。iPadとかね」

「弁護人、よほど監置場に入りたいようですな」

「正直、わたしが初めて借りたアパートメントよりましですよ」

顎をこわばらせたかと思うと、ロスコームは言った。「すわりなさい」

わたしは従わなかった。糞食らえだ。どうせ何をしたってこちらの不利にされる。だったらいっそのこと感情に従って、公判中に判事の頭をバッグで殴って逮捕された弁護士として新聞に取りあげられたほうがいい。少なくともテディの事件への注目は集められるはずだ。

誰かの手が優しく腕に触れた。見ると、テディがあの大きな瞳でわたしを見あげている。

「すわって、ダニエル」

わたしが暴れだしたとしても、とばっちりを受けるのは自分じゃない。せいぜい監置場に一晩入れられるくらいだ。けれどもテディの公判は審理無効とされ、新たな弁護人が選任される。その弁護人はこれまでの経緯を急ぎ足で頭に入れたあと、ただちにテディに有罪答弁をさせるだろう。テディは拘置所にとどまりつづけ、数カ月以内に刑務所へ移送される。わたしの行ないによって本当に苦しむことになるのは、ほかでもないテディなのだ。

わたしはすわった。

「さて」ロスコームが言う。「陪審への説示内容には、検察側と弁護側の双方に合意いただきました。その後、訂正や修正したい点はありますか」

「ありません、裁判長」サンディが言う。

「ありません」わたしはロスコームから目をそらしたまま言う。

「よろしい。では、ミセス・タイルズにはあとひとり証人が残っていると思いますが、間違いないですか」

「間違いありません」

「ミズ・ローリンズ、あなたの依頼人は本日証人席につく予定ですか」

「はい」

「わかりました。予定しておきましょう」ロスコームは壁の時計に目をやった。「二名の尋問が終わりましたら、短い休憩をはさんでから最終手続きに入りましょう。陪審には夕食前に評議に入ってもらいたいと思います」そこで廷吏に向かって言う。「陪審を入廷させてください」

全員起立の声がかかり、法廷にいる全員が陪審のために立ちあがる。着席すると、サンディがボー・スティード刑事を召喚する。スティードは、まるで感謝祭のディナーを食べすぎて横になりたいのではないかと思うような足取りで証人席についた。宣誓を行ない、名前と勤続年数を述べたあと、経歴の自慢が始まった。持っている資格や肩書き、これまでに受けた講習などを延々と並べたてていく。いつもなら、経歴については承知しているとロをはさんで黙らせるところだが、話の長さに陪審員らが困惑顔になっているのを見て、放っておくことにした。

ようやくサンディが最初の質問を行なう。「四月二日の事件について、覚えていることをお聞かせください」スティードはザモーラとテディの取引についてタレコミを受けた経緯を話した。ザモーラは以前から警察に協力しており、テディはたびたびコカインを売ってくる相手であると聞いていたという。

「家の周囲に人員を配置し、ポーチ全体とミスター・ザモーラ自身に仕込んだ隠しマイクからの音声を聞きました。取引が行なわれたと確認した時点で、急襲して逮捕しました」

「その際、ミスター・ザモーラも逮捕されていますが、間違いないですか」

「間違いありません。タレコミを受けた場合、情報屋の人物も逮捕することで、すぐに疑われないようにするのが常ですから」

「これから録画した映像を流します、スティード刑事。解説をお願いします」

映像は三人の証人に対する聴取を収めたものだった。ケヴィン、フレディ、クリントの全員が、事件はテディに責任があると話していた。スティードは映像のなかの自分の行動や、その質問をした理由などについて説明し、この話は陪審も熱心に耳を傾けていた。

わたしはフレディの映像をあらためて注意深く観たが、陪審のなかで反応を見せた者はひとりもいなかった。刑事が巧妙に答えを誘導していることには、誰も気づいていない。必要に迫られれば誘導について指摘してもいいのだが、説明したところで陪審にはわからないだろう。スティードはあまりにも腕がいい。

映像が終わり、サンディが言った。「事件当日のやり取りは、音声だけの録音データがありますね？」

「はい」

「裁判長、録音データについては検察側の証拠第四号として提出させていただきます」

「異議ありません」わたしは言った。

録音されているのは取引の際の会話だった。わたしもすでに数回聞いている。音声は不明瞭で、テディらしき声がおそらく〝どうぞ〟と言っていて、ザモーラが〝たしかに〟と答えるだけのものだ。声はケヴィンだとしてもおかしくない。それほどはっきりしないのだ。

終わってみると、スティードの証言はプラスにもマイナスにもなっていなかった。反対尋問をすべきか悩むところだったが、わたしは立ちあがって言った。「あなたは今日、ミスター・ザモーラが警察の情報屋であることを認めましたね」

「ええ」

「スティード刑事、情報屋は裁判で身元が明かされた場合、その後は使えないことになりますよね」

「そのとおりです」

「ということは、ミスター・ザモーラはもう情報屋として仕事はしていないんですね」

「そうです」

「協力した事件は何件くらいですか」

「ミスター・ザモーラとは数年間一緒に仕事をしましたので、三十件くらいかと思います」

「三十件もやらせた末に、お払い箱ですか。タレコミの仕事は大きな危険を伴いますよね」

「それはそうです。彼らの取引相手は、裏切りを知ったら暴力的な報復を厭わない連中ですから」

「そうだとしたら、情報屋の人々はできるだけ早くタレコミをやめたいでしょうね」

「そうかもしれません」

「〝そうかもしれない〟のか〝はい〟なのか、どちらですか」

「〝はい〟です」

「では、ミスター・ザモーラはこの事件をさっさと終わらせて、自由の身になりたかったわけですね」

「そこまではこちらにはわかりません。さっきも言ったように、彼は定期的に取引がある相手を知らせてきて、われわれは情報にもとづいて動いただけです」

「定期的に取引したという証拠はあったんですか」

「証拠というと？」

「携帯電話のメッセージとか、留守電とか、写真とか……わたしの依頼人と何度も取引をしたことを裏づける証拠です」

「そういったものはありません」

「それでは、過去の取引があったと情報屋が言っているだけなんですね」

「そうです」

「最後の取引をセッティングして、自由の身になろうとしている情報屋の言うことですよね」

「そういうとらえ方はしていませんが、まあ、そのとおりです」

「ミスター・ザモーラが嘘をついたことはありますか」

スティードはためらい、サンディのほうを見ようとした。が、あいだにわたしが立っていたので、否応なく目が合ってしまう。

「ええ、まあ、あります」

「どんな嘘をついたんでしょう」

「ある人物が麻薬を彼から買いとるという情報を得たことがありますが、虚偽だったことがありました」

心臓が高鳴る。陪審員のひとりが首を振っている。わたしはスティードに歩み寄る。

「それは誰ですか」

「名前までは覚えていません。モンティなんとか、だったか」

「ミスター・ザモーラはどんな話をしたんですか」

「しょっちゅう買いに来る人物で、つい最近も来たということだったんです。そこでその人物をわれわれは追跡したんですが、仕事で三週間も州外に行っていたことがわかりました。ミスター・ザモーラから麻薬を買うことは不可能でした」

「嘘をついた理由はわかりましたか」

「間違っていたことは認めました。理由はわかりません」

「数をこなしたかったんじゃないですか。情報屋はできるだけ早くタレコミをやめたいということでしたよね」

「まあ、そういうことでしょう」

「あなたは情報屋が完全な嘘つきだと知っても、使いつづけたのですか」

「完全な嘘つきとまでは言ってません」

「だったら、なんと説明するんですか。彼が今日、証人席で嘘をついたのを見ましたよね」

「あのときは記憶違いだったんです」そこで少したためらう。「正直、情報をくれたときにハイだったんだろうと思っています。ミスター・ザモーラ自身も薬物依存の問題を抱えていまして」

「どんな薬物を使っているんですか」

「ヘロインです」

「使用の頻度は？」

「わかりません」

「電話の際にハイだったことは、以前にもありましたか」

「ないと思いますが、定かではありません」

「ミスター・ザモーラが電話をかけてきて、テディとの取引のことや、すべてをテディが取り仕切っていると話したとき、絶対にハイでなかったと言いきれますか」

「それは……言いきれません」

わたしは振りかえり、サンディを見据えて言った。「スティード刑事、州政府はミスター・ザモーラについての詳細を弁護側に一切知らせていなかったことをご存じですか」

「異議あり」サンディが言う。「それは開示資料に関する事項であり、陪審にはなんの関係もありません」

「異議を却下します」

またただ。弁護側に有利な却下が二回も出るとは、ロスコームの裁判では新記録にちがいない。この事件がいずれ上級審に移ったとき、二度の却下をしたことで弁護側にも一応耳を貸しているという事実を作るためなのだろうが、それでもこれは大きかった。利用できるものはなんだって使いたい。

わたしはスティードに向きなおった。「嘘つきで薬物依存。情報屋を選ぶときは、もう少し慎重になられたらどうでしょう、刑事」

スティードは黙っている。

「まだお訊きすることがあります、刑事。スチュアート・ライヴリー巡査をご存じですか」

サンディを一瞥してからスティードが言う。「ええ、知ってます」

「本件の逮捕の際、ライヴリー巡査は現場から数分のところにいましたね」

「はい、そうです」

「本件で応援に駆けつけたほかの巡査は、もっと遠くにいたのではありませんか」

「記憶にありません」

「ライヴリー巡査が向かおうとしたところ、来る必要はないとあなたは彼に言った。それは覚えていますか」

「はい」

一歩近づく。「ライヴリー巡査は黒人です。そうですよね、刑事？」

「それはなんの関係も――」

「すぐ近くにいたひとりの黒人の巡査を追いはらい、遠くにいたふたりの白人の巡査を応援に来させた。おかしいと思いませんか」

「わたしは……」

スティードが言葉に詰まるのを見て、わたしは確信を持った。スチュアート・ライヴリー巡査は人種のせいで応援を断られたのだ。

「ひとりの黒人の少年を捕らえる大がかりな計画のなかで、ライヴリー巡査の存在は邪魔だったということでしょう」

顔を紅潮させてスティードが言う。「人種は関係ありません」

その声は大きすぎたし、力が入りすぎていた。陪審のほうを見ると、全員がスティードのことをじっと注視している。どうやら可能な限りの得点を稼ぐことができたようだ。

わたしは腰をおろした。サンディが立ちあがる。「ミスター・ザモーラは本件に関しても嘘をついたのでしょうか」

「いいえ、それはありません。過去に手違いがあったので、われわれはすべてを自分たちで確認してから動いています。わたしは自分の目で被告人がバッグを持ってポーチに行き、手渡すのを確認しました」

「ありがとうございます、刑事。質問は以上です」

ロスコームが口を開く。「下がって結構です、スティード刑事。ミセス・タイルズ、ほかに証人はいますか」

「いいえ、裁判長。州としてはこれから追加の証拠を提出し、休憩を待ちます」

「異議は？」

「ありません」わたしは言った。

「よろしい。ではそちらの番です、ミズ・ローリンズ」

テディに目をやる。何やら手遊びらしきことをしながら、ひとりで微笑んでいる。

「あの日に起きたことをこれから皆に話すんだよ。できる？」

視線を上げ、テディは法廷を見まわした。「いやだよ、ダニエル」

「どうして」

「こわいんだ」

「わたしがいるから。そばにいてあげる。約束するよ」

唾を飲みこみ、また法廷を見まわしてから、テディはうなずいた。手を取って証人席まで連れていき、わたしはテディの前に立った。

「名前とスペルを教えてちょうだい、テディ」

49

テディはいまにも失神しそうに見えた。もっと近くに立って寄り添い、手を握ってやりたかったが、感情的になっていると思われたらまずい。弁護人が依頼人に肩入れしすぎていると陪審への印象が悪くなるので、思いやりもほどほどにしなければならない。これまではずっと、そういった常識がいいものだと思っていた。事件のことで気持ちが一杯一杯になっている者の言葉など、当てにならないだろうから。でもいまは、そんな考えなどかなぐり捨てたい気分だ。むしろロボットのように感情のない者の言葉を当てにするほうが、よほど間違っている。

「えっと、テディ・ソーンです。ぼくはテディ・ソーンです」

わたしがうなずくとテディは微笑んだ。「テディ、今日はここで何が起きているかわかるかな？」

「えっと……はい。ぼくはケヴィンの友だちで、友だちのケヴィンがこまっているみたい」

「困っているのはケヴィンひとりだけ？」

テディは目をそらし、恥じるように言った。「ううん。ぼくもこまっている」

「どうして困っているのかな」

「バッグのせいだよ」

「どのバッグ？」

テディは腕を上げ、検察側のテーブルにあるバッグを指さした。

「あのバッグには何が入っていたの？」わたしは訊いた。

「わるいもの」

わたしはテディの正面で、証人席の端に手をついた。できる限り近くにいてやりたい。

「悪いものって？」

首が振られる。「わからない」

「何が入っていたかわからないの？」

「うん。わるいものってことだけ」

「悪いものが入ったバッグは、誰からもらったの？」

テディは答えず、前後に身体を揺すりはじめた。

「お願い、テディ。バッグは誰がくれたのか、教えてちょうだい」

首が振られ、身体の揺れが激しくなっていく。ここに立たせたのは間違いだったかもしれないが、陪審にはテディの声を聞いてもらわなければならない。犯罪などテディにはできないことを、その目で確かめてもらう必要がある。

「テディ」わたしは唾を飲みこんだ。焼けた鉛が喉を下りていくようだ。これから言うことは、できるなら絶対に口にしたくなかったし、なんとか言わずにすむよう策を練りたかったのだが、この流れだと避けがたい。藁にもすがる思いで、バッグを渡してきた相手をテディが言ってくれないかと願っていた。それがだめなら、戦略はひとつしか残っていない。テディには犯罪に及ぶだけの知能がないことを、陪審の前で示すのだ。

「テディ、あなたはほかの男の子とはちがうよね」

「どういうイミなの、ダニエル？」

やれやれ、一筋縄ではいかないようだ。「あなたって、ちょっと変わっているところがあるでしょ」

テディはうつむき、おそらくは靴を見つめながら、身体を揺らしつづける。「ぼくは、かわってなんかいないよ。ひとはみんなちがうものでしょ、ダニエル」

「そうだよね、テディ。人間はひとりひとりちがってる。でも、あなたが皆とちがう理由を話せる？」

「ぼく……ぼくは、話すのがおそい。ほかのひとができることでも、できなかったりする。でも、ほかのひとができないのに、ぼくにはできることもあるってママがいってた。ぼくにはできることがある」

わたしは腕を組み、まるで粘土の塊で胸がふさがれるような気持ちを必死にこらえる。

「テディ、あなたは、あまり賢くないよね？」

言ったとたん、焼けた針が胸を貫くような痛みが走る。こうするしかなかったのだとわかってはいても、あまりにもつらい。

「ぼくは、かしこいよ」テディが言う。「ぼくは、かしこいよ、ダニエル」

「ほかのひとたちほど賢くはないの、そうでしょ？　この州の州都はどこか知ってる？」

「ぼくは、かしこいよ」テディはまっすぐにわたしを見据える。その目に浮かんだ涙を見て目をそらしたくなったが、逃げてはいけない。なんとしてもテディの目を見つづけなければならない。自分がやろうとしていることを思えば、痛みは受けいれるべきだ。

「テディ、好きな映画を教えて」

一瞬ぽかんとしたあと、悲しげだった顔に笑みが浮かぶ。「〈ジャングル・ジョージ〉

がすきだよ。〈ジャングル・ジョージ〉は木のあいだをすいすいうごきまわって、木にぶつかっちゃって、それがすごくおもしろいんだ」

「〈ジャングル・ジョージ〉は子ども向けの映画よね。でも、あなたは子どもじゃないでしょ」

何か答えようとテディの口が動いたが、なんの言葉も出てこなかった。なぜわたしがこんなことを言うのか、理解できないのだ。事前に受け答えを練習することはできなかった。陪審にすぐ見抜かれてしまうだろうから。テディは相当傷ついている。これほど自分が汚れた存在だと感じたことはない。

「合衆国の大統領は誰だかわかる、テディ?」

初めは何も答えずにいたが、やがてテディはこちらに訴えかけるような視線を投げてきた。「わからないよ、ダニエル」

「グラスの水を三分の一飲んだら、残りの量は?」

「グラスで水をのむのは、すきじゃない」

「自分の靴のサイズはわかる?」

「うんと……三十」

「そんなはずはないよ。数字はよくわからないんでしょ、テディ?」

「かずはかぞえられるよ。ぼくは、みんなと同じようにかしこいんだ」

「わたしたちがいる街の名前は？」

サンディが立ちあがる。「裁判長、このような質問に意味があるとは思えません」

わたしはすかさず言う。「依頼人は麻薬取引の首謀者として起訴されているんです。けれども彼は、自分の靴のサイズもわからないし、現実では人間が木にぶつかったら怪我をすることも理解していない。依頼人にどの程度の知能があるのか、ここで示すのは正当なことのはずです」

ロスコームは肩をすくめる。「認めましょう。ですが、専門家の検証を経ずに精神障害を訴えるようなことは認めません」

テディに向きなおると、大きな茶色い瞳がこちらを見据えていた。「テディ、二百足す十は？」

「えっと……三百だよ。三百は二百より大きいから」

「答えは三百じゃないの。二百十よ。大きな数字の足し算や引き算はできないんでしょう」

「できるよ」前後に揺れる動きは激しくなり、話すことすらむずかしそうだ。「ぼくは、いろんなことができるよ。いろんなことが、じょうずにできるんだよ、ダニエル」

「でも、わたしたちのいる街の名前はわからないよね？」

「もう、やめて」

「テディ、わたしたちはどこにいるの？」

「どこにいるかなんて、わかってるよ。サイバンショでしょ。ダニエルが、サイバンショに行くって言ってたから、サイバンショにいるんだ。だから、ネクタイをしめなくちゃいけないって。ネクタイをしめなくちゃいけないって」

一歩近づいて言う。「わたしたちがいる街の名前は？」

「やめて、ダニエル」

「テディ、街の名前はわかる？」

「やめて！」

「街の名前を言って、テディ」

「わからない！　わからないよ、ダニエル。わからないよ。ぼくは、かしこくない。かしこくない人間だよ。知らないことがたくさんあるし、すぐにあせっちゃうし、すぐにわすれちゃう。ぼくは、かしこくないよ、ダニエル」テディは泣いていた。「ぼくは、かしこくない」

涙を流しながら、テディは身体を揺すりつづける。わたしは踵をかえし、目に浮かんだ涙を拭ってから席についた。「質問は以上です、裁判長」

サンディが立ちあがった。しばらく間を置いてから言う。「悪いものがたくさん入ったバッグを、ミスター・ザモーラに渡しましたか」

テディは長いこと黙っていたが、やがて口を開いた。「うん。バッグをわたさなくちゃいけないから、わたしたよ」

「そのあと、お金のたくさん入ったバッグを受けとりましたか」

「うん、お金をもらわなくちゃいけなかったから。バッグをわたして、お金をもらわなくちゃいけなかった」

「ケヴィンがバッグを渡したんですか」

「ケヴィンは友だちだよ」

「ありがとうございました。質問は以上です」

わたしは再尋問のために立ちあがった。「テディ、正直に答えてね。これはとても大事なことなの。ミスター・ザモーラにバッグを渡すよう、頼んできたのは誰なの？」

首が振られる。「ぼくがバッグをわたした」

「誰かにやらされたんでしょう。バッグはどこで手に入れたの？」

お願い、答えて。

また首が振られる。「ダニエル、いじわるをしないで。それっていじわるだよ」

わたしはテーブルに両手をつき、身体をなんとか支える。「テディ、どうかお願いだから皆に向かって話してほしいの。ミスター・ザモーラにバッグを渡せと言ったのは誰？」

テディは二言三言、何事かつぶやいてから言った。「ぼくがバッグをわたしたんだよ。

バッグをわたして、お金をもらわなくちゃならなかった」

だめだった。もしかしたら洗いざらい話してくれるかもしれないと期待していたのだが、これだけ頼みこんでも、テディは自分が友達だと信じている相手を裏切るつもりはないのだ。わたしは傍聴席を見まわした。ケヴィンの姿がある。目を合わせようとしたが、そらされた。

席について言った。「質問は以上です」

50

こちらには証人はいない。証拠もない。陪審に〝この子は無実だ！　こんな犯罪に及べるわけがない。ろくでなしの友人をかばっているだけだ〟と正面から訴えることのできる材料は何もない。

テディが証人席から去ると、ロスコームが言った。「これから一時間の夕食休憩をとり、その後最終手続きに入りたいと思います。終了後、陪審の皆さんに評議に入っていただくことになります。一時間後にお戻りください。休憩中に法廷の外で本件について話をしないよう、お気をつけを。では陪審が退廷します。全員、起立」

全員が立ちあがり、陪審は法廷から出ていく。わたしはテーブルに視線を落としていた。陪審のことも、テディのことも、誰のことも見る気がしない。ウィスキーをボトルからがぶ飲みしてベッドにもぐりこみ、二度と出たくない気分だった。

係官がテディを連れて出ていく。テディは振りむいてくれなかった。

わたしはサンディに向かって言った。「夕食に行きましょ」

「一緒に夕食に行きたいの？」

「そう。安心して。礼儀はわきまえるから」

「わかったわ。行きましょう」

サンディを説得して取引するなら、これが最後のチャンスだ。陪審が評議に入ってしまったら、もう打つ手はない。

一ブロック先のイタリア料理店で待ちあわせることになった。席は窓から離れた店の中央を選び、飲み物はどちらも水を頼んだ。ウェイターが立ち去ると、サンディが言った。

「ずいぶんと彼を責めたてたわね」

「あれぐらいしかやれることがなかったの。ロスコームは精神障害を認めないし」

サンディは肩をすくめる。「それはきっと上訴審で検討されるわ」

「そうでしょうね」

店内を見まわしてサンディが言う。「誘ってきたとき、驚いたわ。まあ、少しでも有利な取引をしたいんでしょうけど。それはできないと言っておく」

「あの子を見たでしょ。何もわかってないのよ。ケヴィンをかばってるのは誰の目にも明らかじゃないの」

「そこまで明らかだと思うなら、陪審もそう見ているはず」

「陪審は見たい事実だけを見るものでしょ。どういう結論を下すかはわからない。それはあなたにも言えること。どうか軽罪にして、あの子の勾留をやめてほしい」

首が振られる。「できないわ」

「どうしてなの。壮大な計画があって、上訴に持ちこみたいから？　あなたが上訴裁判所や最高裁にも伝手があることはわかってるけど、そんなのはどうでもいい。とにかく、テディに人間らしい生活をさせてあげたいの」

「仮釈放審査委員会が彼の状態を判断すれば、早い段階で釈放されるわよ」

「〝状態〟ですって？　知的障害のせいで犯罪に及べないのを認めるの？」

「そうは言ってない。知的障害者は、わたしたちが思っているよりも多くのことができるのよ。よきにつけ悪しきにつけ」

「あなたがなぜこの事件にこだわるのかわからない。これまでわたしは、テディの件よりもずっと悪質な事件をスムーズに検察と取引してきたのに。本当にこのあいだ話したことが理由なの？　少年たちを押さえつけるつもりなの？　そんなことをしてどうなるの。新たな犯罪者を増やすことになるだけだし、それ以外になんの理由があるの」

サンディがわたしを見据える。「犯罪者を増やしたいなんて、そんなはずないでしょう」

その口調から、増やすことを望んでいるのがはっきりとわかった。言葉では認めずに伝えているのだ。どういうことなのだろう。新たな犯罪者を増やしたい？　フーヴァー郡は銃社会であり、犯罪者は銃を所有できない。ということは全米ライフル協会の収益が減り、重犯罪者であれば投票権も……

とつぜん胃がむかつき、吐き気が喉までこみあげてきた。どうにかぐっとこらえ、飲みくだす。

「投票権なのね」毒のような言葉が口から飛びだす。「投票権なんでしょ。重罪を犯した少年が成年者として有罪判決を受けたら、十八歳になっても投票権は得られない」

サンディは平静を保ったまま、身動きひとつせずに押し黙り、わたしをじっと見据えている。

「黒人に投票されたくないってことね。黒人の人口が増えて投票権が増えることを、あなたと仲間たちは恐れているんでしょ」

「ショックを受けたみたいな顔しないで。法制度というものは、秩序を保つためのツールなのよ。これで秩序が保てるの。公民権運動以後、麻薬所持が重罪とされた理由がわかる？　なぜ、使う人間だけにしか害を及ぼさないのに、麻薬の使用が重罪でありつづけると思う？」

「郡の犯罪率を低下させたいのかと思っていたけれど、投票権のためだったのね」頭のなかで思考がめぐっている。「黒人の人口が増えて政治的な力を持たれたら困るってことでしょ。彼らは投票によって、あなたたちを失職させることができるから」

サンディは椅子の背にもたれ、店内を見まわしてからわたしに目を据えた。「信頼できないのよ。彼らは目先のことしか考えなくて、近い将来のことしか見えていない。こうするのが誰にとってもいいことなの」

「彼らにとってはよくない。いいと思ってるのはあなたたちだけ」

「わたしの考えは祖先から受けついだものなのよ。世界でも、この国は受刑者に投票権を与えていない数少ない先進国なの。それはなぜだと思う？　奴隷を祖先に持つ人々があまりにも多いからなのよ。遺伝子が劣悪なのか、民族全体の特性なのか、理由はどうあれ、彼らに社会をよくするための投票ができるとはとても思えない」

サンディはいかにも普通の女性に見える。サッカー好きな息子を学校へ送迎し、ＰＴＡの役員を務め、リサイクル活動に励んでいるような……真面目で無垢な女性。そんな姿をした人間が、これまで耳にしたことがないような恐ろしい持論を述べている。まるでシャネルのバッグを持ってスマートウォッチを手首につけたナチスだ。

「彼らは人間なのよ、サンディ。同じ人間なの。あなたはこんな計画を立てて、子どものうちから彼らの投票権を奪おうとしている」

「似たようなことはずっと起きていたでしょう。クラックの所持はコカインの所持の十倍厳しく罰せられるけど、ちがいは重曹が入っているかどうかだけ。クラックは黒人向けで、コカインは白人向けだからよ。わたしたちの社会は、正しい選択ができない特定の人々に力を与えないようにできているの。さっきも言ったけれど、公民権運動以前は麻薬所持は重罪ではなかった。禁酒法以前は違法ですらなかったのよ。酒税の税収が減ったせいで大量の役人が失業して行き場がなくなったから、仕事を与えるために違法化を進めたわけ。それが法制度というものなの、ダニエル。権力者が糸を引き、弱者が踊る。わたしが考えついたわけじゃない。望んだわけでもない。でもこれが現実なのはたしかで、社会のためにわたしは最善を尽くしたいだけ」

「正しい選択ができないとかなんとか、理屈は関係ない。あなたは肌の色で判断してるだけでしょ」

「なんとでも言えばいいわ。あなたのように感傷的なタイプは、この国をふたたび偉大にするだけの気骨なんて持っていないのだから」

「ふたたび偉大になんてする必要ないでしょ。これまでだって偉大だった。あなたたちのお蔭なんかじゃなくて、あなたたちがのさばっていたにもかかわらずね。陪審がわたしの依頼人に無罪の評決を出したら、国とあなた個人を相手に巨額の損害賠償請求を起こすつもり。支払うのに一世紀はかかるでしょうね」

「そう。せいぜいがんばって」サンディは小さく肩をすくめた。

わたしは立ちあがった。

「夕食は？」

「食欲が失せたわ」

51

法廷の入口近くにすわり、自動販売機で買ったグラノーラ・バーを食べながら、わたしはタイル張りの床を見つめていた。まわりには誰もおらず、静まりかえった裁判所は不気味で、幽霊でも出そうな雰囲気だった。ここでいったい何人が死刑を宣告されたのだろう。いったい何人が最後の自由をここで味わい、その後足枷(あしかせ)をつけられたまま生涯を終えたのだろう。この建物の壁はどれだけの痛みを吸いこんできたのか、そしていまでもそれを抱えつづけているのだろうか。

今日、コピーサービスの店である写真をプリントした。それをポケットから出して眺め、またポケットにしまう。

エレベーターの扉が開き、ウィルが降りてきた。しばらく不在と言っていたのに、早く戻ってきたのだろうか。

微笑みながら近づいてきて、ウィルは隣に腰をおろした。コロンの香りがする。いつもウィルがつけている香りだ。わたしはウィルの肩に頭をのせる。

「来てくれて嬉しいわ」

「リングサイドに味方がいたほうがいいと思って。それにほかの依頼人も、きみの案件は優先していいと言ってくれてる」

「疲れはてた刑事弁護士の隣にいるより、もっとましな過ごし方があると思うけど」

ウィルはわたしをまじまじと見つめてきた。「きみの隣にいるよりも過ごしたい場所なんてない」

「ウィル……」

「わかってる」両手を挙げて言う。「そう、ぼくたちは親友同士だけど、それ以上のものかもしれないし、そうでないかもしれない。わかってる。でも、知らせておきたくて……きみを愛してる」

「ウィル——」

「いいから言わせてくれ。一回しか言わないから。愛してる、ダニエル。きみと出会った瞬間から、ずっと愛していたんだ。ステファンが失ったものの大きさに気づかないなら、もう忘れてしまえよ。許されるのであれば、ぼくは死ぬまできみのことを崇めつづけるつもりだ。長く続く関係というものは、見た目に惹かれあってセックスから始まるものじゃない。友情から始まるんだ。きみは誰よりも素晴らしい親友だ。きみのソウルメイトはぼくであり、ステファンじゃない」

長い沈黙が流れたあと、ようやくウィルが言った。「気まずくならないと嬉しいけど」

ウィルの腕を軽くパンチする。「どうしてそんなこと言うの、お馬鹿さん」

「本当のことだからさ」

わたしも同じ気持ちなのだろうか。わからない。いまはとても考えられない。床に視線を落とす。「いまは考えられないの、ウィル」

「ところで、公判はどうなっているんだい」

「いい流れよ。検察のメインの証人が嘘をついてるって印象を与えられたかも。ペリー・メイスン並みとまではいかなくても、陪審が信じてくれたなら、かなりの見せ場だったと思う」

「じゃあ、無罪になると？」

「わからない……本当に。こっちに不利なカードが山積みされてるから。でも、陪審がどう判断するかはべつの話だし」

ウィルはわたしの背中に手を当て、優しくさすってくれた。これまでも一緒に仕事をした公判で幾度となくこうしてくれたのだが、それは姿勢の悪いわたしが背中に痛みを訴えるからだった。「すべてが解決したら、テディはどこで暮らすんだい」

「決まってない。たぶん、わたしがどこか——」

法廷のドアが開いた。廷吏がドアストッパーを足で押しさげて言う。「裁判長がお戻りです」

「あまり長くはいられない。でも、必要なときはそばにいるから」ウィルが言った。

わたしたちは法廷へ入り、ウィルは傍聴席の奥にすわった。サンディとダブルDはすでに席についている。いつも思うのだが、なぜ検察は判事や書記官と同じ出入口を使えるのだろう。それだと法廷はいかにも〝権力者対その他大勢〟という場所に思えてしまう。わたしが弁護側の席につくあいだ、ロスコームはファイルに何かを書きこんでから書記官に渡していた。テディが連れてこられる。微笑みかけてみたが、笑みはかえってこない。

「いじわるだったよ、ダニエル」隣に腰をおろしながらテディが言う。

「ねえ、あれは本気じゃなかったの。陪審の前だから、ああ言わなくちゃいけなかった。あなたが賢くないってふりをしなきゃならなかったの。そうしたら、可哀想だと思って自由にしてくれるから。おうちに帰りたいでしょ？」

うなずいて言う。「〈スポンジ・ボブ〉がみたいよ」

「そうだね、わたしも観たいな」

「双方とも、準備はよろしいですか」ロスコームが言った。

「はい、裁判長」

「はい」

ロスコームがうなずくと、廷吏が言った。「陪審が入廷します。全員、起立」

陪審が入ってきた。ロスコームが口を開く。「皆さん、座席の下に陪審の手引きという書類が置いてあります。これからそれを読みあげますので、一緒にご覧ください」

手引きの項目ひとつひとつが読みあげられる。正直、この時間がいちばん退屈で耐えがたい。この事件の手引きはかなり項目を絞りこんでいるようだが、それでも五十二項もあり、ロスコームがそれを一文も欠かさずに読みあげていく。一語一語、はっきりと発音しながら読みあげるさまは、まるで陪審を幼児の集団として扱っているかのようだ。終わるころには、数人の陪審員は頭痛を起こしたような顔をしていた。とはいえ、ロスコームはほかの判事に比べれば半分程度の時間しかかけていない。

二十分が過ぎ、ようやく全文を読みおえたロスコームが言った。「陪審の皆さん、これから最終手続きに入ります。冒頭陳述と同様に、今回も証言とは異なり、あくまでも検察と弁護人が本日提示された証拠にもとづいた意見を述べているだけです。双方の主張にどの程度の重きを置くかは、皆さんそれぞれがご自身で判断してください」そこでサンディを見やる。「ではまず、ミセス・タイルズ」

「ありがとうございます、裁判長」立ちあがり、サンディは陪審に歩み寄る。「陪審の皆さん、本日はありがとうございます。重要な事件のためにご協力いただいたことに感謝します」サンディは陪審席の近くにあるホワイトボードの前に立ち、マーカーのキャップを外した。そしてパズルのピースを真ん中に描く。「本件は一見すると、ばらばらの事実が散らばっているような印象を受けますが、パズルだと考えればわかりやすくなります。それぞれの事実がパズルのピースであり、すべてを合わせて俯瞰的に見れば、全体像が明らかになるでしょう」

サンディはボードの隅にまたパズルのピースを描き、そのなかに〝四人の証人〟と書きいれた。

それからケヴィンとその友人、スティード刑事の証言の要点を書きだしていく。「さて、ミスター・ザモーラも証言を行ないましたが、弁護側は彼に不正直な発言があったと主張しています。残念ながら、それはわれわれが依頼する情報屋そのものがそういった性質だからなのです。正直であるなら、犯罪者にはなっていませんから」

陪審からわずかながら笑いが起きる。なんと微笑ましい。

「ですが、彼が一度不正直であったからといって、本件の取引についても不正直な証言をしたとは限りません。特に、何人もの人々が取引を目の当たりにしたのであれば。さらに、皆さんはバッグを渡した際の会話を録音した音声データもお聞きになっています。こうした証拠が大きな力を持つことは間違いないのです」

サンディはパズルのピースを描きくわえ、そのなかに文字を書きいれた。〝スポーツバッグ〟、〝受けとった金〟、〝音声データ〟。

「これらのピースはどれも、個別に見れば、判事が手引きで説明した〝合理的疑いの余地がない〟という基準を満たさないかもしれません。ですが」講義でもしているかのように、そこで人差し指を立てる。「すべてを合わせてみると、「すべてを合わせてみると……」全体を四角で囲い、中央に〝有罪〟と書く。「すべてを合わせてみると、出てくる結論はひとつだけです。ミスター・ソーンが例のドラッグをミスター・ザモーラに売った。ほかでもない彼が取引したのであり、われわれ全員がそれを知っています。皆さんにお願いしたいのは、司法が求める正しい判断であり、彼を有罪とすることなのです」

サンディは席についた。テディの知能については一切触れていない。触れる必要などないのだ。検察は弁護側の最終弁論のあとに反論の時間が与えられるので、切り札はそれまで取っておけるが、こちらに反論の機会はない。わたしは深く息を吸って立ちあがった。テディを見てから、コピーサービスの店でプリントしてもらった写真をポケットから取りだす。陪審に近づき、それを掲げて見せる。

「この子はジョージ・スティニー・ジュニアです。テディと同じような黒人の少年です。ジョージはこの国で死刑に処された最年少の人物で、当時十四歳でした。白人の少女ふたりを殺害した罪に問われたのです。証拠となるのは、ジョージが事件当日に少女たちと話していたという目撃証言だけでした。陪審は全員白人で、当時黒人には陪審に参加する権利が与えられていませんでした。三人の刑事が証人席で、ジョージが殺害を自白したと証言しました。ジョージの公選弁護人は税制調査会の委員長で、再選を目指して選挙活動中でした。本人が自白を否定したにもかかわらず、公選弁護人は何ひとつ訊かなかったといいます。陪審の評議は数分で終わり、公判はわずか二時間。そしてジョージは二カ月半後に死刑を執行されたのです。

死刑執行室に入っていくとき、ジョージは聖書を持っていました。電気椅子の電極まで頭が届かないために、聖書を椅子に置いてその上にすわったのです。最初の電流が流れたときにマスクが外れ、涙を流して涎を垂らしたジョージの顔があらわになりました。何度もマスクをかぶせなおして電流が流され、ほんの子どもにすぎないジョージは死に至りました。

数十年後、裕福な白人の男が今わの際(きわ)に、少女たちの殺害を家族に告白しました。ジョージのたったひとつの罪は、黒人の少年でありながら白人の少女ふたりと話したことであり、そしてわたしたちの代弁者である政府が、その罪のために彼を殺したのです」わたしはサンディに目をやった。「もしテディ・ソーンが白人であったら、わたしたちはいま、ここにいたでしょうか。この事件は事実が関係しているのではなく、ひとりの人間の肌の色が関係しているのです。この国では、まったく同じ罪を犯したとしても、黒人は白人の四倍もの確率で有罪判決を受けています。そして同じ罪でも、黒人は白人の五倍もの確率で死刑を宣告されているのです。それでも法は、刑罰を決めるのは事件の状況であり、被告人の肌の色ではないと謳っています」

わたしはテディを指さした。「ここにいるのは知的障害のある黒人の少年で、三人の白人の少年に不利な証言をされています。この三人は幼いころからの友人同士で、うちふたりはケヴィンを守ろうとしているのでしょう。なぜならケヴィンこそがドラッグを入手して取引を計画した人物だからです。さらに、あのチンケな情報屋が証人席について、堂々と嘘をついたことも忘れてはなりません。あのように低俗な人間の言葉は一言だって信じてはならないのに、州政府は情報屋の不正直さがなんの影響も及ぼさないかのように、ジョークすら飛ばしていました。もちろん影響はあるわけで、テディは肌の色と嘘つきの犯罪者のために、自由を一生奪われかねないのです。そして、州政府が当てにしているものはなんだと思いますか？　あなた方に根づいている偏見なのです。テディの肌の色に気を取られ、事件について深く考えることなく有罪を選べるように」

陪審に歩み寄り、わたしはできる限り多くの人々の目をのぞきこんだ。

「わたしが皆さんにお願いしたいことは、たったのひとつだけです。わたしの依頼人を白人だと思ってください。主たる証人は嘘つきであり、少年たちは結託してテディを指さし、知能になんの問題もない三人が知的障害のある少年に罪を着せようとしている。この状況でテディを有罪と判断するのであれば、理由は肌の色でしかありえません。ですからどうか、お願いします。これから別室で評議に入る際に、テディを白人だと考えてください」

わたしは席についた。数人の陪審員はうつむき、ずっと目をそらしていた。彼らが顔を上げれば、その目には罪悪感が浮かんでいることだろう。わたしの言い分が正しいことを理解し、自らを恥じているのだ。少なくとも数人は。だが、わたしとテディが敵国の兵士であるかのように、冷たい視線を向けてくる者も少なからずいた。

二、三人の陪審員は、テーブルに彫られた模様をなぞっているテディを見つめていた。ロスコームがサンディに反論の有無を尋ねる。サンディは立ちあがり、きっかり五分間、先ほどと同じ内容を繰りかえした。これは〝叩きこみ〟と呼ばれ、陪審の頭に主張を刷りこんで評議へ持ちこませる効果があり、ロースクールの訴訟実務クラスで教わる手法だ。ただ今回の陪審は、同じ主張の繰りかえしに困惑しているだけのようだった。

サンディの反論が終わると、陪審は評議のために退廷していった。起立して見送ったあと、どっと疲れが出た。いつもなら陪審の意向はこの時点でだいたいわかる。ただ今回ばかりは予想がつかなかったが、それでも有罪にするなどとは信じられない。情報屋が嘘つきであり、テディが障害者だとわかっているのだから。テディが嵌められたのは誰の目にも明らかだ。

「これから評議ですので、休廷します」ロスコームが小槌を振りおろして台を叩いた。

テディは係官に連れだされていく。「おうちに帰れる、ダニエル？」

「もうすぐだよ。あと少し待って」

「ゼリーがたべたいよ」

わたしは係官に言った。「食べさせてくれる？」

「ええ、もしあれば」

テディが法廷の奥の出口から出ていくと、わたしは崩れるように腰をおろした。ウィルからメッセージが来ていて、少しだけ席を外すけれどあとで戻ってくるとのことだった。

公判はたった一日で終わる場合であっても、心身ともに消耗させられる。頭をさすり、立ちあがって出ていこうとした。すると、傍聴席にステファンの姿が見えた。思わず微笑み、歩み寄って隣に腰をおろした。

「よかったよ」ステファンが言う。「陪審の〝白い〟罪悪感に訴えていた」

「罪悪感を持っていれば効くけどね」

法廷を見まわし、ステファンが言った。「だいじょうぶか」

「うん。いや、わからない」

「一杯飲もうか。おごるよ」

「いいわね」

52

裁判所からそう遠くないところにバーがあった。ステファンとわたしはそこへ行き、ビールを二杯注文して、しばらくのあいだ黙りこんでいた。

「傍聴に来るなんて、十年ぶりじゃない」

「そうだな。ずいぶん成長したじゃないか。初めての公判を覚えているよ。緊張で手が震えていたっけ。でも勝ったんだよな」

「うん。陪審が同情してくれたんじゃないの。あのとき、始まる前に吐いちゃったんだよ。言ったっけ」

「いや。いつ？」

「ほんとに直前。緊急の電話が入ったから二分待ってくれと言って、トイレで盛大にね」

首を振る。「終わったあと、依頼人からはお礼の一言もなかった。もうあのころから、職業の選択を間違えた兆(きざ)しはあったのね」

「ぼくは間違えたとは思わないがね。天職じゃないか」

「天職を得たのはパブロ・エスコバルみたいなタイプでしょ。誰が勧めなくても麻薬王の道を歩んだんだから」

笑みを浮かべ、ステファンはビールを大きく一飲みした。「そんなことはない」そこで言葉を切り、琥珀色の液体に目をこらす。「本当にLAへ引っ越すのか」

「うん。できるだけ早くに。カリフォルニアが恋しい。海が恋しい。向こうではビーチでブリトーの屋台でも開こうかな。ストレスからも煩わしさからも解放されて、毎日陽の光とお酒と波の音を浴びながら過ごすの」

「楽園のようだな」

うなずき、ビールを見つめながら言う。「あなたを心から愛してる」

ステファンはわたしを見据える。「ダニ、ぼくは――」

「何も言わないで。もう一度だけ言いたかったの」ステファンを見る。「本当に彼女と結婚するのね？」

しばらくためらったあと、ステファンはうなずいた。

ビールを一口飲んで立ちあがり、カウンターに十ドル札を置いてから、わたしはステファンの頬にキスをして法廷へと戻った。

法廷の外の廊下でベンチに横になり、まぶしすぎる明かりから守るように目を腕で覆った。うとうとしていると、近くに誰かの気配を感じた。そっとのぞいてみると、ミア・ロスコーム判事がポケットに両手を突っこみ、ニットベストとネクタイ、チノパンという姿で立っていた。

「うたた寝ですかな、弁護人」

「少しでも時間があるときに寝ておかないと」

ロスコームはうなずいた。「たしかに。わたしが四十年前に弁護士として事務所を構えていたころは、よく仕事場のソファで寝ていたものだ。家まで運転して帰る時間も、依頼人に報酬を請求するわけだから」

「ご自身の事務所をお持ちだったんですか。専門は刑事事件ですか」

「まあ、刑事もやった。当時の法律家はいまほど分業が進んでいなかったのでね。財産を信託する仕事をしたあと、同じ日に契約違反の訴訟で法廷に立ったり」

「大変ですね」

肩がすくめられる。「あのころは医療過誤専門の弁護士なんていなかったものだ」そう言って笑みを浮かべる。

わたしは立ちあがった。「少しお訊きしてもいいですか。ここだけの話で」

「それはどうだろうかね」

「判事、この公判はこれ自体が不適切であるとご存じでしょう」そう言ったが、ロスコームは何も答えない。「検事のサンディはこの国の黒人の投票率を下げたいんです。少年が成年者として重罪で裁かれれば、大人になるまで服役させておけるので投票が行なえなくなります。それが目的なんです。黒人やメキシコ人の有権者が急激に増えているので、選挙で彼らの票が自分たちに影響を及ぼしたら困るというわけです。ご存じでしたか」

ロスコームは自分の靴を見おろし、そこについた傷に目をやった。「権力を持つ者の目的はたったひとつだ。権力を保つこと。べつに驚くことではない」

「その点には驚きません。わたしが驚いているのは、何人もの判事がそれに協力していることです。あなたに加え、上訴裁判所の判事がひとり。最高裁の判事もひとり。判決についても法廷での振る舞いについても、あなたの方針には同意しかねることばかりでしたけど、ここまで間違ったことを堂々とされる方とは思いませんでした」

深いため息が漏れる。「地方検事は、少年を成年者として裁くかどうか判断できる力を持つべきだ。わたしが検察官だったころ、ほんの少年にすぎなかった者たちが成長し、怪物のような犯罪者になっていくのを数えきれないほど目にしてきたが、できることは何もなかった。重犯罪少年法を作ったのは過ちだ。検察はもっと力を持つべきなのだ。その点では、わたしは彼女に同意している」

反論はしなかった。しても意味がない。ロスコームはこれが自分なりの聖戦だと信じている。だからわたしはまた横になり、天井を見つめた。ロスコームは法廷へと歩き去っていった。たったいま、敵同士としてではなく人間同士として接する機会が持てたのに、本音を聞かされたらますます暗澹(あんたん)とした気分になった。聞かないほうがましだったろう。

エレベーターのドアが開く音がする。ウィルが出てきて笑みを浮かべたので、わたしも笑みをかえす。口を開こうとしたとき、書記官が法廷から出てきた。「評決が出ました」

53

陪審は一時間四十分かけてテディの運命を決めた。ひとり、またひとりと法廷に戻ってくる。テディはシャツをゼリーだらけにして戻ってきて、席についた。「ゼリーをもらったよ、ダニエル。ブドウあじとイチゴあじだったけど、ブドウのほうがすきだな。ぼくはブドウのゼリーがすきだよ」

息ができない。胸がふさがり、灰色のトンネルに入ったように視界が狭(せば)まっている。目を閉じて深く息を吸ってから、目を開け、現実を受けいれる覚悟を決める。

廷吏がすべての関係者と傍聴人を着席させると、ロスコームが言った。「陪審を入廷させてください」

起立し、着席しても、わたしの意識はどこかへ飛んでいた。頭のなかに粘土が詰まっているみたいで、ほんの一、二秒すら何かを考えることもできない。入ってきた陪審員の姿を見て、どんな評決を下したのか予想してみようとする。だが、何もわからない。

「陪審の皆さん」ロスコームが言う。「評決に達したことと思います。陪審員長、立ちあがってお話しください」

青白い顔に薄い口髭を生やした男が、最前列の端で立ちあがった。「わたしが陪審員長です、裁判長。はい、われわれは評決に達しました」

「では、廷吏にお渡しください」

評決が手渡され、それが判事へと手渡される。ロスコームは一読してから廷吏にかえした。

「被告人はご起立願います」

テディに手を貸して立ちあがらせる。そして手を握り、指をしっかりと絡めあわせる。テディは静かに身体を前後に揺らしている。

「では、お聞きしましょう」ロスコームが言った。

陪審員長が評決を読みあげる。「ユタ州対セオドア・モンゴメリー・ソーン、四月二日付の規制薬物取引一件がフーヴァー郡内にて行なわれた事件について、陪審は被告人を有罪とします」

胸を殴られたような衝撃を受け、溺れかけているように必死で息を吸う。テディの手をさらに強く握りしめていると、判事が陪審の労をねぎらう声が聞こえてきた。涙が溢れる。立っていられない。膝が脚から外れてしまったみたいだ。肺が握りつぶされるような気がする。

「あんたたちは大馬鹿者よ」わたしは叫んだ。「どこまで大馬鹿者なのよ」

「弁護人！」ロスコームの怒声が飛ぶ。「いますぐ陪審に謝罪しなさい」

言いかえすだけの気力を奮い起こすこともできない。ただ椅子にへたりこんでいると、ロスコームの声が聞こえてきた。「被告人を勾留するため、法廷から連れだしてください。これから量刑言い渡しを含む最終的な判決言渡し期日を決定し、それまでのあいだに成年保護観察仮釈放局に判決前調査報告書を作成してもらいます。また、陪審の退廷後ただちに、ミズ・ローリンズの法廷侮辱行為に対する審理を……」

ロスコームは話しつづけていたが、もはや耳に入ってこない。麻痺した頭のまま、わたしは係官がテディの腕をつかむのをただ眺め、テディはわたしの顔をひたすら見つめている。テディの指がわたしの手から離れていく。「ダニエル、ぼくたち帰れるの？」

もうひとり係官がやって来てテディの腕をつかみ、引っぱっていった。前を見ろと怒鳴られながら、テディは必死に振りむいてわたしの顔を見つめている。とても目を合わせられない。

「ダニエル？　ダニエル、ぼくたち、おうちに帰れるの？」

戸口から出ていくまえに、もう一度叫び声が聞こえた。「ダニエル！」

　そして沈黙が降りた。


陪審が退廷すると、ロスコームが法廷侮辱罪についての審理を始めた。認否を問われたので、認めるのは判事が下衆野郎であることだとわたしは答えた。

　おなじみの監置場でベッドにすわり、ちらつく明かりの下で波打っているリノリウムの床を見つめる。明かりはモーション・センサーでつくので、わたしが微妙な場所にいると明滅を繰りかえしてしまうのだ。すわる場所を変え、真っ暗闇のなかで、頬を伝う温かい涙を感じた。最終弁論でテディの肌の色について主張したことは、誰の心をもざわつかせるに充分であり、陪審に罪悪感を持たせるための策だった。そう、わたしは核心を衝きすぎてしまったのだ。

　ひとりの警備員が前を通り、明かりがついた。わたしを見てせせら笑う。警備員が行ってしまうと、また暗闇が訪れ、わたしは両手に顔をうずめて泣きつづけた。

54

ユタ州法の定めにより、ロスコームはわたしを法廷侮辱罪で最長五日間しか勾留できない。その夜一晩と、翌日の昼近くまで監置場で過ごしたあと、わたしは釈放され、テディの判決言渡し期日を知らされた。量刑については気を揉むまでもない。ロスコームはもっとも重い、懲役五年から終身刑を言い渡すにちがいない。仮釈放委員会は五年でいったんテディを出してくれるだろうが、知的障害のある若者が五年も刑務所で暮らすなんて……とても生きのびられるとは思えない。

裁判所から外に出ると、陽射しが目を刺した。監置場は暗い廊下ぞいに位置しており、明かりはほとんどの時間消えていたからだ。

駐車場の最前列で、車に寄りかかっているステファンの姿があった。微笑みかけてくる。

「ウィルから連絡をもらって、もう出てくると聞いたんだ。送っていくよ。ジープはレッカー移動されたようだ」

「車を呼ぶからだいじょうぶ。でも、ありがとう」

「遠慮しなくていい」

わたしは微笑み、そっとステファンの頰に手で触れ、身を寄せて唇にキスした。フルーツ系のリップバームみたいな味がして、わたしの記憶にあるとおり、柔らかい唇だった。

「もう充分だよ。これから奥さんになるひとを大事にしてあげて。彼女のもとへ帰って、そばにいてあげて」

ステファンはわたしの両手を握り、地面を見つめた。「ダニ……」

「あなたは何も悪くない。壊したのはわたし。得たものは何もない。それがいちばん最悪だと思ってる。何も得ていないの」そこで少しためらったあと、わたしは言った。「どうしてあいつと寝たと思う？　あなたに去ってほしかったから。わたしたち、居心地がよくなりすぎていたの。お互いが当たりまえの存在になって……それが耐えられなかった。わたしはドラマのない人生は生きられない。痛みや喜び、大きな山や谷が必要だったの。すべてが順調で乱気流すらない生活は、死んでいるも同然だった」

「あまり褒められたことじゃないな」

「たしかにね。二十年後には猫屋敷に住んでるかな」両手をステファンから離す。「奥さんのところへ帰って、ステファン」

何か言いたげだったが、ステファンは何も言わなかった。そして車に乗りこみ、走り去っていった。車が見えなくなると、わたしは縁石に腰をおろし、また泣きだした。

側溝の蓋を見つめながら、自ら人生のすべてを壊してしまったことを思った。結婚生活も、テディの事件も、キャリアも。すべてが台無しになったのは、本当に大事なことに気づけなかったせいなのだろう。ステファンに話したことは本当だ。わたしは平凡な日常を何よりも恐れていて、すべての結婚はいずれ平凡な日常になっていくと思っていた。でも、いまになって気づいた。そんな何気ない日々にこそ美しさがあるのだと。誰かと一緒になり、同じ時を過ごせることがどれだけ貴重であるか。何も特別な行ないや言葉などはいらない。すべてを手放したいまになって、失ったものの価値に気づいた。

携帯電話が鳴った。ジャックからだ。涙を拭いて、深く息を吸いこんだ。

「もしもし、ベイビー」

「やあ、母さん」

「どうしてる?」泣いていたことに気づかれないよう、気をしっかり保った。

「父さんが電話しろって」

「べつにいいのに。だいじょうぶだよ」

少し間を置き、ジャックが言った。「ジム・モリソンのこと、調べてみたよ」

泣き顔に笑みが浮かぶ。「ほんと? 感想は?」

「結構いい曲があったよ。なかなかかっこいいね。自分が他人からどう思われようと、気にしてない感じ。母さんに似てると思った。なんていうか……わが道を行くタイプで、他人の行動は気にしないところが」

思わず頭に手を当て、地面を見おろす。「あんたの母さんはダメ人間よ。彼みたいな人間になりたいけど、無理だった。何もかも壊しちゃったの」

「そうかな。父さんは、どん底にいるときこそ母さんがいちばん輝くって言ってた。意味はよくわかんないけど、勝ちたいと思ったらかならず勝てる人間なんだって」そこで間を置く。「それじゃ、切るね。愛してる、母さん」

「愛してる、ベイビー」

電話を切ったあと、かけたい相手はひとりしかいなかった。ウィルはすぐに出てくれた。

「いま、どこだい。もう出たんだろう。ステファンが迎えに行くと言ってたけど、会えたかい」

「裁判所の外ですわってる。ステファンはいない。帰らせたの」

「すぐに行く」

「いいってば」

「行かないほうがつらい」

顔にかかった髪を掻きあげ、これから飲んだくれようと決めた。振りむいて裁判所を見る。テディは終身刑を宣告されるかもしれないのに、何も理解していなかった。まるで危険なジャングルで迷子になった子どもだ。考えると吐き気がする。わたしは建物から目をそらした。

三十分後にウィルがあらわれ、わたしはメルセデスの助手席に乗りこんだ。しばらくこちらをじっと見つめたあと、ウィルが言った。「それで？　どこへ行きたいんだい」

「いちばん近いバーへ」

55

名前を思いだせないバーへ行き、ウィルはわたしと一緒にショットグラスを次々に空けていった。車はウィルのアシスタントに乗って帰ってもらい、日が暮れてから通りの向かいにあるカラオケ・バーに行った。混みあった店内では、誰かがピアノを弾きながらビリー・ジョエルを歌っている。店の全員が一緒に合唱していた。ウィルとわたしは奥のテーブル席につき、ウィスキーのショットを注文した。かれこれ五時間は飲みつづけているが、まだ飲み足りない。ショットグラスを空けたあと、フルーツ系のカクテルを二杯ほど飲みほした。

「もうショットはいいのかい」ウィルが歌声に負けじと声を張りあげる。

「いや、まだまだよ」

またショットを注文すると、ウィルはわたしに付きあって飲んでくれた。まるで銃殺隊に向かっていくわたしとともに命を投げだす盟友のように。あらん限りの大声でわたしが歌いだすと、ウィルもそれに加わった。テーブルの上で、わたしたちは手を握りあった。

いよいよわたしが正体をなくしかけると、ウィルがウーバーを手配し、外に出てふたりで車を待った。わたしはウィルの首に腕をまわし、ウィルはわたしの腰に腕をまわす。頭をウィルの頭にくっつける。いいにおいがする。いつものコロンの香り。

胸を撫で、ウィルにキスしようとした。すると押しのけられた。「だめだ、酔っているときは。よくないよ」

不覚にも涙が溢れてきた。最初は自分でもわからず、顔に触れて濡れているのに気づいた。どうしたのかとウィルが訊いてくると、もう抑えられなかった。ウィルに抱きつき、その胸で泣きじゃくった。ウィルはわたしをきつく抱きしめ、車が来ても離さずにいてくれた。わたしの涙が涸れるまで。

「だいじょうぶかい」ウィルが優しく声をかけ、わたしは顔を上げて涙を拭いた。

「ううん、だいじょうぶじゃない。あの子が刑務所に入れられてしまう、ウィル。ほんの子どもにすぎないのに、怪物のような男たちがいる場所に行くなんて。あんなに無垢な子だから、自分が何をされているのかも理解できないはず。考えただけで死にたくなる」

「そんなこと言うなよ」

「闘う意味なんてあったの？　闘ったところで、結局政府はこんな仕打ちをする。人間をモノのように扱う。わたしたちを監視して、好きなときに刑務所にぶちこんで、虫けらのように殺すのよ。人間として扱ってもらえないのに、生きていく意味なんてある？」

ウィルはいつもの優しい目でわたしを見つめた。「ぼくは一度だって、きみが闘いから退(しりぞ)くのを見たことはない。今回だって、まだ終わったわけじゃない」

「もう終わった。負けたのよ」

肩がすくめられる。「負けたって、そこであきらめたことはないだろ」額にキスし、涙を指で拭ってくれた。「今日はぼくの家で寝よう。そして明日になったら、何をすべきか考えるんだ。いいね」

わたしはうなずき、深いため息をついた。ウィルがわたしの手を取り、待っている車にふたりで乗りこんだ。

56

目覚めると、シルクのシーツが敷かれたウィルの高価なベッドにいた。かすかにラヴェンダーの香りがする。ちょっと女性っぽすぎるが、品のいいテイストだ。

ベッドから出ると、ウィルのTシャツ一枚しか身に着けていなかった。床に脱いだ服が散らばっていたので、それに着替え、居間へと向かった。ウィルはソファで寝ている。

ウィルのアパートメントはソルトレイク・シティでもっとも高層のビルの一棟に入って

いる。壁の一面は全面ガラス張りで、街を見わたすことができる。朝日がビル群のガラスを黄金色に染め、ブラインドの影を部屋に投げかけている。わたしは窓辺に立ち、街を見おろした。テディは今日目覚めて、どんな景色を見ているのだろう。

「パンケーキはどう？」ウィルが起きて、目をこすりながら言った。

「食べたい。それと、泊まらせてくれてありがとう」

「いつでもどうぞ」

ウィルはキッチンに行き、しばらくして紅茶のカップをふたつ持って戻り、ひとつをわたしに手渡した。紅茶を一口飲み、わたしは言う。「素晴らしい景色ね。ここ、ものすごい値段なんでしょ」

肩をすくめ、ウィルは地上の通りを見おろした。「お金は人生を楽しむために使わなきゃ」そう言ってわたしを見る。「気分はどう？」

首を振り、しばらく黙って外を眺める。「いまでも信じられない。テディが刑務所に入れられるなんて」

「あえて異論を唱えてみるけど、証拠はあまりにも不利だった。それに、テディがひとりで犯行に及ぶことも可能ではある。もちろん誰かに指図されていたんだろうけど、自分の犯行について理解していた可能性はあると思うよ」

わたしは首を振る。「有罪かどうかは重要じゃないの。そこを皆、誤解してるのよね。

有罪か無罪かじゃない。裁判のプロセスが重要なの。プロセスが公平でなければ、ここは質のいい法衣を着た判事がいるだけのソ連よ。この事件のプロセスは最初から操作されていた。逮捕の瞬間から有罪の評決が出るまで、すべてにおいて公平じゃなかった」

ウィルは深いため息をつき、ソファにすわった。前にある大きなガラスのコーヒーテーブルの上に、テディ・ソーンのファイルが置いてある。さっきは気づかなかったが、すべての書類と写真が広げてあった。

「何をやっているの」

「きっと何か見つかるはずだ。上訴で使える何かが。もちろん上訴するんだろ？」

「わたしはしないけど、誰か後任を探してやってもらう。ウィル、もうファイルはかぞえきれないほど読んだよ。何も見つからなかった」

「きみが読んだのは、公判の戦略を練るためだろう。上訴の戦略ではなくて」

「うん、まあね」

「だったら、やる価値はある」

ふたりでファイルを熟読し、一時間が経った。ブルーベリーシロップをかけたパンケーキを食べながら、一行一行読み、音声データをすべて聞き、公判での証言を振りかえっていく。大きな疑問は、テディがどこでコカインを手に入れたのかということだ。自力で入手できるとは思えないので、ケヴィンか誰かから渡されたと考えるべきだろう。

「そこがわからないの。わたしの目には、ケヴィンは正直に答えているように見えた。あれが嘘だとはちょっと考えにくい」

「ぼくもそう思うよ。それじゃ、こう仮定しよう。テディを嵌めたのはケヴィンではない。では、誰なのか。ほかのふたりのどちらかなのか」

首を振り、写真をめくっていく。ウィルは調査の一環として証拠保管室に入ることが許されていて、自分で証拠の写真を撮ってきていた。警察が渡してくる写真だけを信用することはできないので、腕のいい刑事弁護士は自分の調査員を送りこむ。わたしはウィルの撮った写真と、検察側が公判で提示してきた写真を慎重に見ていった。「ケヴィンが正直に答えていたと仮定するなら、あの子はテディの身を案じてる。ほかのふたりにそんなことはさせないでしょ」

「では、誰なんだろう」

コカインの写真を見たあと、テディがコカインを入れていたというスポーツバッグの写真を見ると、ファスナーの近くにあるFHY社のロゴが目についた。ウィルが撮った写真で、これまであまり気に留めていなかったものだ。

「バッグを覚えている？」わたしは訊いた。

「ああ」パンケーキを頬ばりながらウィルが言う。「バッグがどうしたんだい」

「これは父親のバッグよね。FHYの社員だから。テディが適当につかんで家から持ちだしたと思う？　父親は気づかなかったのかな」

「気づくとは限らないだろ。ぼくの場合、スポーツバッグは廊下のクローゼットに入れているから、持っていかれてもわからない。ケヴィンか誰かからコカインを受けとるなら、入れるものは必要だ。コカインを入手した人物が、テディに父親のバッグを持ってくるように言って、ドラッグがテディのものであるように見せかけたんだろう。誰かを嵌めようと思ったら、ぼくならそうするよ。あるいは、ケヴィンの父親とテディの父親がゴルフ仲間だったのかもしれない。バッグはテディの父親が贈ったもので、それをケヴィンがテディに使わせたとも考えられる」

「テディの母親の供述調書には、テディは家をこっそり抜けだしたと書いてあったから、たしかにバッグを勝手に持ちだしたのかもしれない。でも、テディがいちばん苦手なことを挙げるとしたら、こっそり何かをやることなの。できるとは思えない」

「なんとも言えないな。両親の家へ出向いて、父親にバッグのことを訊かないと。ケヴィンの父親にも話を聞いたほうがいいかも」

首を振り、わたしは写真を見つめる。「ところでFHYってなんの会社？」

「よく知らないけど、医療用品か何かを扱ってるらしい」

携帯電話を手に取り、グーグルで検索してみる。青と白を基調とした綺麗なホームページに、白衣を着た美しいモデルの写真がちりばめられ、高級感に溢れている。スクロールして業務内容を見ていくと、この会社はさまざまな検査を請け負っていることがわかった。血液検査、遺伝子検査、科学捜査絡みの検査、薬物療法の検査……

「薬物療法の検査」わたしは言った。

「うん。それがどうしたいんだい」

「こうした企業は麻薬取締局や司法省から、検査や研究のために麻薬を扱う許可を受けているはず」

ウィルは携帯電話の画面を見て言った。「マジかよ！」

57

ウィルとわたしは、ロバート・ソーンの上司であるマイケル・ボウマンのオフィスの外にいた。わたしは落ちつきなく歩きまわり、ウィルはコーヒーテーブルに置いてあったスポーツ雑誌をすわって読んでいる。

「リラックスしないと」雑誌から目を上げずにウィルが言う。

「どうしていままで気づかなかったんだろう。見ていたのに——ロバートがＦＨＹのロゴの入ったジャケットやポロシャツを着ていたのを。なのに、結びつけることができなかった。ザモーラが証言台で、テディはどこかの研究所とかで働いている仲間が紹介してきたと言ったときすら、気づかなかった」

「ただの偶然かもしれないから、期待しすぎちゃだめだ」

「偶然じゃないよ、ウィル。あの子が自分で計画を思いつくはずがない」

ようやくドアが開き、口髭を生やした男が声をかけてきた。ジーンズにスポーツジャケット姿のボウマンと握手を交わす。わたしたちは自己紹介し、ボウマンのオフィスに招きいれられた。

ウィルとわたしは腰をおろし、ボウマンはデスクについた。コンピューターの画面に出ているウィンドウを閉じ、足を組んでからこちらを向く。

「さて、お電話では緊急のご用件ということでしたが。どういったことでしょう」

「御社の従業員である、ロバート・ソーンについてです」わたしは言った。

「彼がどうかしましたか」

「研究室の技術者ということで間違いないですか」

「ええ、そうです。ロバートはもう十一年勤務しています。それで、どういった件が関係してるんでしょう、刑事さん」

「わたしは刑事じゃないんです。弁護士です」

「えっ？　お電話の印象では、てっきり――」

「わたしの調査員によれば、ＦＨＹ社では麻薬を使用した多様な研究を行なっているそうですね。本当でしょうか」

　ボウマンはわたしたちそれぞれの顔を見つめてから言う。「ええ、そうですが」

「コカインも？」

　椅子の背にもたれかかる。「申しわけないですが、そういった話をするなら社内の――」

「マイケル、これは進行中の重罪事件にかかわることなんです。判事から令状をもらい、御社の社内弁護士を通して、すべての手順を踏むこともできます。ですが、二分程度のお時間をいただいて質問にお答えいただければ、何日も何日もかかる煩雑な手続きを行なわなくてすむんです。召喚状を手配して、諸々の手続きを経て法廷に立ち、証言していただくか。あるいはいまここで話をするか」

　ためらいが一瞬顔に浮かぶ。「いったい何をお知りになりたいんです」

「コカインを扱っていらっしゃいますよね」

「ええ、研究段階ではありますが、アルツハイマーの治療に効果が期待されていまして。研究はすべて食品医薬品局の認可を受けていますし、薬物は麻薬取締局の許可を経て、密封された状態で入荷してきます。何も問題はないはずです」

「もちろんそうでしょう。問題はそこじゃないんです。わたしたちは、御社のコカインが一部紛失していると考えています」

「紛失？　どういうことでしょう」

「在庫が減っているはずなんです」

　ボウマンは笑みを浮かべた。「どこからそんな話が出たのか知りませんが、在庫の管理は厳重にしていますので、どんな手を使おうと――」

「ロバート・ソーンはコカインを扱える立場にあったはずです。よく確認していただけば、彼がつけた記録が在庫と合わないことがわかると思います。おそらくなんらかの操作をし、薬物を実際に計量しない限りは、不一致がわからないようにしてあるのでしょう」

　笑い声があがる。「ロバートが？　彼は違反切符を恐れて、横断歩道のない道を渡ることもできないんですよ。そんな大それたことをするはずがありません」

「十分もあれば、研究室に行って確認が取れると思います。いかがですか」

「では、やはり社内弁護士をご紹介するとしますか」

　わたしはウィルをちらりと見た。咳払いをし、ウィルが話しはじめる。「マイケル、じつはわたしは麻薬捜査班の刑事をしていたことがありましてね」これはまた大胆なほら話だ。ウィルが刑事なら、ピーウィー・ハーマンだっていまごろ刑事だろう。「われわれの推論が正しければ、ロバートはコカインを盗みだして密売していたと思われます。麻薬取締局が許可を与え、あなた方に託したコカインをね。マイケル、わたしは局の人間を知っている。まず彼らが考えるのは、ほかに誰が協力したかということです。つまり、あなたが捜査を受ける。会社はあなたを守ってくれるかもしれないし、くれないかもしれない。さて、どっちでしょうね。ですが、いまわれわれに協力してくれれば、局の人間に先んじて動ける。不正を暴いた本人を疑う者はいないでしょうから。まあ、すべて推論が正しければの話ですが。間違っていたとしても、たったの十分間を無駄にするだけです。わたしなら協力しますがね」

ため息が漏れる。「まず研究室に電話を入れましょう」

58

拳で強くドアを叩く。ドアが開くまで、一分は待たされただろう。ライリー・ソーンが出てきた。わたしの顔を見て驚いている。

「入ってもいいですか」

「ご遠慮ください、ミズ・ローリンズ」

「わたしの話を聞いたほうがいいと思うけど」

ウィルが電話を終え、車からこちらへ駆けつけてくる。「まあまあ、ご婦人方。落ちついて」

ふたりで同時に睨みつけると、ウィルは咳払いをし、ネクタイを直した。

「入れてちょうだい」ライリーに向きなおって言う。「あなたは話を聞くべきよ」

しばらくためらってから、ライリーはドアを大きく開けた。わたしはつかつかと入っていき、ダイニングテーブルの椅子にすわった。ライリーは黙ったまま立ちすくみ、わたしが口を開くのを待っていた。何も言わずにいると、ライリーは椅子に腰をおろした。ウィルは冷蔵庫の近くで、装飾の施された壁に寄りかかっている。

わたしはマイケルから受けとった資料を出し、ライリーの前に滑らせた。それに目をやってからライリーが言う。「これは？」

「FHY社の在庫一覧。あなたの夫の上司であるマイケルが、わざわざくれたものよ」

怯えたように目がみひらかれる。口が開かれたが、まともな言葉は出てこず、あえぐような音が漏れただけだ。結局口を閉じ、ライリーは資料を押しもどしてきた。

「どういうことなのか、さっぱりわかりません」

「へえ、面白い話なんだけどね。FHY社は、違法薬物を使った実験を行なう認可を受けてるんでしょ。麻薬取締局が何種もの麻薬を手配して、アルツハイマーや自閉症などへの効果を検証させている。コカインを使った実験も相当やっているようね。少なくとも、過去数年間に行なっていたことは間違いない。マイケルによれば、コカインが代謝機能や脳の働きにどう影響するかを調べているとか。まだラットでの実験段階だけど」資料をライリーのほうに押しもどす。「聞いたところによれば、あなたの夫のロバートは在庫管理の責任者だそうね。マイケルに入出庫の記録を見てもらったら、帳簿とコンピューターのデータは一致していて、不審な点はなかった。コカインの重量を実際に測るまではね。測ったら、データとは一致していなかった。明らかに、入庫した重量よりも在庫のほうが少なかった。最後に分量が減った日を調べると、ちょうど八キロ減っていた。あの夜にテディがザモーラに渡した量とぴったり同じ。偶然にしてはできすぎているでしょ。ちなみに、ザモーラの友人はFHY社で守衛をしているんだって。これも奇妙な偶然ね」

わたしは身を乗りだし、罠にかかった動物のような目をしているライリーをじっと見据えた。

「あなたは夫のしていることを知っていたし、テディに罪を着せるのを許していた。無理やり密売をさせていたのね」

首が振られる。「ちがう……わたし、そんなことはしてない」

「マイケルがいま、監視カメラの映像を調べている。まだぜんぶは調べていないけど、ロバートがいくつものコカインの包みをスポーツバッグに詰めこんでいる映像があった。三月末にね。コカインを盗むところが監視カメラに映ったのが三月末で、テディが逮捕されたのは四月二日」

ごくりと唾を飲みこみ、ライリーは資料に目を落とす。「あの子にやらせたくはなかった」弱々しい声で言う。「障害もあるし未成年だから、ロバートは捕まっても罪に問われないと思っていたの」

「テディに何回やらせたの」

また唾を飲みこむ。「五、六回だと思うわ。取引をするためにテディに電話をかけさせて、何を言うかはロバートが指示していたの。テディが……ケヴィンの車に乗せてもらうとは予想していなかった。それまで何度もやっていたように、ウーバーを使うはずだったの。いずれにせよ捕まったでしょうけど、少なくともあの子たちを巻きこむことはなかったのに。テディは一緒に遊びたかったんでしょうね。友達だと思っていたから」

ライリーの目に涙が浮かんでいる。

「あなたにはわからないわ。あの子のケアにお金を使いはたしてしまったの。支援学校、セラピスト、心理学者、精神科医……きりがなかった。国の手当てじゃとても足りない。あの子にしてやれることはすべてやったの。こんなことはやめさせたかったけど、ロバートは何も心配ないと言った。コカインの出どころはたどれないし、誰にも害を及ぼさないって。ジャンキーの依存が少々ひどくなる以外は」

わたしは悲しみの混じった笑みを浮かべる。「会社のロゴが入ったバッグを使うなんて、ちょっと間抜けすぎるでしょう」

「法を犯すことについては素人だったのよ」ライリーは涙を拭う。「テディは障害があるし、子どもだから見逃してもらえると夫は言っていた。でも、いつまでもうまくいくとは思えなかった。だから十八歳になったとき、家から追いだしたの。きっとロバートはテディに密売を続けさせるから、それをやめさせたくて。あの子のためにしたことなのよ」

「なるほどね、きっとベストマザー賞間違いなしだわ」わたしは腕組みをした。「ロバートはどこなの。今日は出勤してなかったけど」

「釣りに行ってるわ」

「呼びもどして。どんな方法でもいいから。麻薬取締局の支部から捜査官がこちらに向かっていて、話を聞きたいそうよ」

涙が溢れだす。「こんなことはしたくなかった。ただ……家を失いたくなかったのよ。ロバートが、こうすれば避けられると……」

「ライリー、あなたの息子は刑務所に入るのよ。わかってるの？　昨日、有罪の評決が出たの。あなたの夫が無理やりやらせたことで、あの子はいまも勾留されている。強迫行為よ。それを盾にテディを弁護できるはず。あなたが証言すれば、わたしが——あるいはべつの弁護士が——上訴してまた審理ができる。フーヴァー郡検察局が起訴を取り下げる可能性もある」そこで言葉を切り、ライリーを見つめる。「あなたの証言はなくてもいいけど。在庫の不一致とカメラの映像だけで充分だから。でも協力してくれたら、検察はあなたへの起訴を見送るかもしれない」

これは事実だ。ライリーの協力はなくても構わない。上訴で評決を覆すだけの証拠はあるし、最低でもテディの再審理に持ちこめることは確実だ。さらには上訴に持ちこんだ弁護士が、ユタ州を離れて連邦裁判所に訴えを起こし、ロスコームの数々の違法行為を新たな証拠とともに明るみに出すだろう。第十巡回区上訴裁判所は、審理を行なわずとも評決を覆すかもしれない。また、量刑が決まるまえに新たな証拠をロスコームに突きつければ、例外的に陪審の評決と異なる判決が出され、テディが無罪となることもありうるだろう。新たな証拠の力は絶大だし、評決に驚愕している記者のクレイ経由でメディアの注目を集められれば、ロスコームは折れるかもしれない。

ただ、どれも推測にすぎないので、確実な手を打っておきたかった。なんとしても。もしライリーが協力してくれたら、何も理解できないテディが麻薬取引を強要されていたという経緯を語らせることができるので、間違いなくテディを救いだせるはずだ。

ライリーは長いこと押し黙っていたが、やがて口を開いた。「ええ……わかったわ。テディのために協力する。それがせめてもの償いよ」

「償いには全然足りないと思うけど、手始めにはいいんじゃない」テーブルにライリーの携帯電話が置かれていたので、それを押しつける。「ロバートに電話して、帰宅させてちょうだい」

ライリーが電話口で余計なことを言わないようにウィルが耳をそばだてているあいだ、わたしはポーチに出てすわっていた。自分の母親に思いを馳せずにはいられない。わたしを棄てたのは、ライリーのようにやむを得ない事情があったのだろうか。何かから守るためだったのだろうか。母親の記憶はあまりない。もしかしたらジャンキーで、同じ道を歩ませたくなかったのかも。あるいは子育ての大変さを乗りきれる自信がなく、逃げたのかも。母親のしたことは間違っているし、ライリーのしたことも間違っている。それでも、ふたりに対して哀れみを覚えずにはいられなかった。

立ちあがり、わたしは室内へと戻った。

59

逮捕に立ち会うのは避けたほうがいいと思った。いまは少しでも不適切と思われる行為はしたくない。だからウィルとわたしは家から一ブロックほど離れ、車のなかから様子をうかがった。夜遅くになり、ようやくロバートは帰宅した。麻薬取締局の捜査官がふたり、すでに室内で待機していた。二十分ほど経って玄関先に姿をあらわしたロバートは、うなだれて捜査官らに両側から腕をつかまれていた。三人で黒いSUVに乗りこみ、車は走り去っていった。

「なんてこった」ウィルが言った。「信じられないよ。有罪の評決を受けたっていうのに、きみはあの子を救いだそうとしてる」

「信じられないのは、あのふたりが息子にしたことよ」

「誰にどんなことができるかなんて、わからないものだろ。その立場にならないとね。まあ、ぼくは両親に少々同情しなくもない。テディみたいな子を育てるのがどれほど大変なことか。労力も時間もお金も相当かかるはずだ。少しは報われたいと思ったんじゃないか」

「あの子としっかり向きあってあげれば、こちらが与える以上のものをあの子が与えてくれることに気づけたはずよ」ジープのエンジンをかける。「評決を考慮しない判決を出してもらうよう、申立書を起案しなくちゃ。棄却されるかもしれないけど、絶対とは言いきれない。棄却されたら、上訴を担当する腕のいい弁護士に引きつぐつもり。あれだけの証拠が出てきたんだから、いくらサンディが上訴裁判所の判事を抱きこんだとしても、協力は得られないでしょ」

「なあ」車を出すまえに、ウィルがわたしの腕に手を置いた。「いい仕事ぶりだったよ。

本当に。あの子のためにこれだけの骨を折る弁護士は、きみ以外にいない。ちょっとかっこよすぎる」

目と目が合い、わたしは身を乗りだしてウィルの唇に軽くキスした。

「おっと」

「驚いたでしょ。でも、浮かれすぎないで」

手を離し、ウィルはサングラスをかけた。「よし、〈リザード〉で降ろしてくれ。きみを待っているあいだに祝杯を挙げてるから」

「今日、フィジーに発つんじゃなかったの」

「ひとまずフライトはキャンセルした。もうちょっとここにいようかと思って。きみのことも心配だしね。出発はいつでもできる」

「へえ、そう……よかった。残ってくれて、まあ嬉しいかな」

ウィルが微笑む。「ぼくも嬉しい」

60

やはり、ロスコームは評決を考慮しない判決を出すことは拒否してきた。わたしが提出した中立書は、主に陪審の判断が誤りであり、軌道修正の必要があると主張していた。それが棄却された同日に、わたしは中間上訴を行なって迅速な対応を求めた。勾留され続けているテディは障害のある弱者であり、上訴裁判所が対応を急がなければ身の危険は高まる一方だと訴えたのだ。

上訴状にはライリーの宣誓供述書、ロバートの麻薬取締局に対する自白調書、さらには連邦検事による通知書も添付し、ロバートを規制薬物取引、窃盗、詐欺、不法目的侵入、未成年者への強要など多くの罪状で起訴することが示唆されている。テディに対しての起訴は一切予定されていない。

サンディにも上訴状の写しを送っておいた。それを読んだときの顔は見ものだったことだろう。きっと悪態とともにペンの一、二本は飛んだにちがいない。

それからわたしはあらゆる媒体のメディアに電話をかけ、インタビューを受けた。父親が障害のある息子を使って麻薬の密売を行なったという事件は、あっという間に州全体に報道が広がり、全国ニュースでも報じられた。ある夜にニュースサイトを観ていたら、サンディが記者に取りかこまれながら裁判所に入っていく写真があった。ユタ州法曹協会はサンディの不適切な言動に対する調査を始めたらしい。どうやら何者かが協会に音声データを送りつけたらしく、そこにはサンディが黒人やヒスパニックの人々の重罪犯を増やして投票権を奪うという話が録音されていたらしい。会話の相手であるもうひとりの女性の身元はわかっていない、とソルトレイク・トリビューン紙は報じていた。

十日後、中間上訴は受理された。その時点でわたしは信頼する弁護士仲間のデイヴィッド・アイザックソンに事件を引きついだ。一審を担当した弁護士が上訴を行なうのは異例のことだ。たいてい上訴するような状況になるのは、一審の公判における弁護人の力不足とされることが多い。だからべつの弁護士が上訴を行なって、不手際を指摘するという流れが主流になっている。

事件を引きついでから四日後に評決は無効とされ、検事の反倫理的行動と陪審の事実誤認を理由に、再審理が決定された。そして検察はテディを公判にもう一度立たせることはせず、起訴を取り下げた。ほかの地域であればサンディは検察局から追いだされるところだが、ここはフーヴァー郡だ。サンディは検察官のひとりとして残るようだった。法曹協会による停職処分か懲戒免職でもない限り、局を出ていくことはないだろう。まあ、どうでもいい。大事なのはテディが自由の身になれるということだけ。

拘置所から釈放される日、テディを迎えに行ったのはわたしだけだった。入れられたときと同じ服を身につけたテディは、わたしの顔を見ると笑みを浮かべ、駆け寄ってきた。抱きついてくれるかと思ったが、そうはせず、テディは監房のドア越しに観せてもらったという〈ＬＯＳＴ〉の最新エピソードについて事細かにしゃべりだした。話しおえるまで待ち、それからテディを抱きしめると、テディも抱きかえしてくれた。それからジープに乗りこむ。

「どこへ行くの、ダニエル？」

「ここからずっと遠いところよ、テディ。もう二度と戻ることはないから」

61

ケリーの家でビールを片手に、ふたりでポーチにすわっていた。部屋からラジオで流れるアデルの歌声が響き、ケリーの携帯電話には男からのメッセージが次々に届いている。

「ずいぶんモテるんだね」

「まあね、でもつまらない男ばかりよ。誰と会っても変わりばえなし。ほんとに飽きちゃう。それにいまどきの男って、深入りしようとしないのね。誰もが十五歳みたいに、できるだけ多くの女と寝ようとしてるみたい。それがわかると白けちゃうわよね。あなたとウィルみたいな関係が理想なんだけどなあ」

「わたしとウィル？　ただの友達よ」

くすくすとケリーが笑う。「これだけ正直な人間のくせに、自分には嘘をつくってわけ」ビールを一口飲む。「まえの職場で初めて会ったときのこと、覚えてる？　証言録取書を取りにひとりで乗りこんできて、十人以上の弁護士を相手にしたのよね。あいつらはあなたを威圧しようとしたけど、逆にあなたが全員を怯えさせちゃったの。スーパーヒーローかと思ったわ。でも、ヒーローだっていつまでも孤独ではいられない。ダニ、あなたは誰かと一緒になるべき。ウィルはあなたに夢中だし、あなただって彼を愛してるでしょ」

わたしは道路を見据えた。「愛がなんなのか、わからなくなっちゃって。人生でいちばん愛したひとを傷つけてしまったし。あれは愛じゃなかったのかな。愛していたら、あんな仕打ちはできないはずでしょ」

「あるいは人間だから、過ちを犯しただけかも」

ため息をつき、ケリーを上から下まで眺めまわす。「ベッドにまだぬいぐるみを置いてるにしては、なかなか深いこと言うね」

グラスを合わせたとき、携帯電話が振動した。ウィルからのメッセージだ。〈きみのことが誇らしくてたまらないって、もう言ったっけ？〉

微笑み、わたしはビールをまた一口飲んだ。

62

ジャックがわたしを見つめている。ドレスのどこかを直し、足を隠すようにスカートを引っぱってくれる。彫刻家が削っている大理石を見るように、寝室の鏡に映ったわたしの姿をジャックが凝視している。

「ジャック、やっぱりわたしは行かないほうがいいんじゃない？」

「行くべきだよ、母さん」

「あのふたりは来てほしくないでしょ」

「うん。でも、ぼくは来てほしい」

大きくため息をつく。「わかった。誓いの言葉が終わったら帰るから」

「パーティも出てよ」

「とてもじゃないけど無理。悪いわね」

「わかった。誓いの言葉までだね」

鏡に映った自分をもう一度見てみる。どうにも落ちつかない気持ちで、胸は締めつけられるみたいだ。最後にもう一度だけ、テディの様子を見に行きたい。数週間ほどの手続きを経て、テディはクラスメイトのひとりとアパートメントで同居生活を始めたのだ。引っ越しは手伝ってあげた。大型のホワイトボードを用意し、そこに日付を書きいれ、請求書の支払い締切日や、それ以外のやるべきことを書きこんであった。皿洗い、料理、掃除は交替でやっている。誰の手も借りずに。ここまで自分たちだけでやれるとは想像していなかったし、テディの両親は知る由もないだろう。ケリーの言うことは正しかった。チャンスを与えてあげれば、彼らも成長できるのだ。

学校の勉強も順調で、あと一、二年もすれば短期大学に入れそうだと教師に言われた。将来どんな仕事に就きたいかと訊いたら、テディはこう答えた。「弁護士になりたい」

やめておけとは言わなかった。

「遅れちゃうよ、母さん」ジャックが言う。

「いま行くって」

ペイトンとステファンの結婚式は、ビッグ・コットンウッド・キャニオンを見わたす崖の上で行なわれた。とてつもなく荘厳で美しい景色が目の前に広がっている。ペイトンの親族は百人近く集まっており、ステファンの両親もLAから駆けつけてきた。わたしには挨拶もしてくれなかったけれど。

ステファンは黒のタキシード姿だった。わたしたちが結婚したときは、そんなものを着るお金はなかった。古着屋で買ったスーツを着ていたっけ。いまのステファンの姿を見ていると、いちばん幸せだったあのころを思いだす。貧しかったけど、最高に幸せだった日々。

式が始まった。ジャックとわたしは最前列にすわっている。ステファンが祭壇の前に立つと、わたしの心臓が高鳴った。少しだけのあいだ、わたしたちは目を合わせる。それから音楽が流れだし、ペイトンがあらわれた。大きな笑みを浮かべ、父親と一緒にバージンロードを歩いてくる。そしてステファンの前にペイトンが立ち、ふたりは見つめあった。牧師が語りはじめると、わたしの胸が痛む。誓いを問う言葉が聞こえてくるなか、ステファンはわたしに視線を向けている。

「あなたは彼女を妻として迎え、病めるときも健やかなるときも、その命ある限りともに助けあうことを誓いますか」

ステファンがすぐに答えないので、息が詰まりそうになる。またステファンがこちらを見る……でも、もう彼を手放さなくては。これはわたしの幸せではなく、ステファンの幸せの始まりなのだ。それを壊すことはしたくない。わたしは微笑みかけ、うなずいた。ステファンはなんの仕草も言葉もかえさなかったが、それでいい。もうわかってくれたはず。

「はい、誓います」

牧師は同じ言葉をペイトンに問う。

「はい、誓います」

わたしは笑みを浮かべる。愛しているから、幸せになってほしい。たとえわたしと一緒ではなくても。

ふたりがキスし、歓声があがる。ジャックの肩に腕をまわすと、頬にキスされた。ウィルが隣にすわり、わたしの手をぎゅっと握りしめてきた。わたしたちは見つめあう。

「きみのほうがずっと綺麗だよ」

笑いがこぼれた。

式のあと、わたしは車のトランクから虎の頭を取りだし、ステファンがひとりになるのを待ってから歩み寄った。そして頭を手渡す。「これ、ペイトンの。かえしてほしいだろうから」

「ありがとう」

うなずき、ステファンの磨きあげられた革靴に視線を落とす。「素敵だった。何もかもが、とにかく……素晴らしかった」あなたが幸せになって嬉しいわ、ステファン」

「わかってる」そこで少し間を置く。「やっぱりLAに引っ越すのか」

「それなんだけど……」振りむいてウィルを見やる。「あるひとに、いまの法制度と闘えるわたしみたいな人間が必要だと言われたの。LAにはそういう弁護士はたくさんいるけど、ここにはあまりいないから。もう少しとどまってみようかと思って」

「ジャックにとってもいいことだ」

「そうかな」

唾を飲みこみ、ステファンは列席者たちに目をやった。「ぼくの両親の失礼を詫びるよ」

「ああ、いいんだって。お義母さんにはまえから嫌われてたし」

「そんなことない」

「初めて会ったとき、前科はあるのって訊かれたし」

「そりゃ……二日酔いだったしな」

「だね」笑いが漏れる。「二日酔いの人間って、ついさっきサン・クエンティンから出所してきたみたいに見えるもんね」

「母は昔ながらのひとだから。悪い人間じゃないんだ」

深く息を吸いこんで言う。「身体に気をつけてね、ステファン」

「きみもな」

踵をかえすと、声が聞こえた。「なあ」

「ん？」

「赤の他人にはならないでくれよ」

63

〈リザード〉でひとりすわっていると、ミシェルが店に入ってきた。もう夜も更けており、ステファンとペイトンはバハマでのハネムーンへと向かう機上にちがいない。ジャックを連れていくと聞いたとき、反対はしなかった。きっと思いきり楽しんでくるだろう。

ミシェルはカウンターのストゥールに腰かけて言った。「ビールは？」

「このスプライトで充分。ありがと」

「どうしちゃったの。かのダニエル・ローリンズがついに断酒ってわけ？」

「もういい歳だしね。結婚式に来てほしかったのに。ステファンに招待されてたんでしょ」

首が振られる。「行くわけないって。親友のあんたを傷つけた相手に会ったら、あたしが何をしでかすか」

笑いが漏れる。「見あげた友情ね」

ミシェルはバーテンダーを呼ぶために手を挙げた。「で、これからどうするの」

スプライトを一口飲む。「ケリーはわたしがウィルを愛してるって」

「そうなの？」

「わからないけど……そうなのかも。でも、怖いんだ。また倦怠期に陥ったら、荒んだ生活に逆戻りして浮気しちゃう気がして」

「あたしが思うに、あんたが浮気したのはステファンともう夫婦でいたくなくなったからよ。逃げ道を探した結果があれでしょ」

「だったら、どうしてこんなに未練があるんだろ」

ミシェルはビールをジョッキ半分ほど飲みくだした。「ロバート・ピアースを覚えてる? チェス・クラブに入ってた、ヘンな髪形の」

笑いがこみあげる。「覚えてるよ、ロバート。廊下で付きまとわれて、いつも話しかけようとしてきたっけ」

「ロバートはあんたに首ったけだったけど、あんたは屁とも思ってなかった。彼がレイニー・ピータースンと付きあいはじめるまではね。そしたらあんたは急にロバートのことが気になりだして、付きまといだしたのよ。去る者を追いたくなる性分なんでしょ」残りのビールを飲みほし、ゲップする。「ステファンを愛してなんかいない。ずっと昔に終わってるの。さあ、ジム・モリソンになるときよ。あのくそったれウィルを腕に抱いて、最高に熱くて長いキスをしてあげなさいよ」

そして、わたしはそのとおりにした。

エピローグ

　これほど気分が悪くなったことはない。まともに息もできない。ジャックがわたしの手をきつく握りしめてきた。陽射しが当たって顔を暖かく照らしているので、その感覚だけに集中し、ほかのことは考えないようにする。

「無理に行かなくてもいいよ、母さん」

「いいえ、行く」

「またべつの日にしてもいいし」

　首を振る。「だめ。ここまで来たし、お金も払ったし、次があるかどうかわからない。いましかないのよ」

　ジャックが入口に目をやり、それからわたしを見る。「本当に？」

　うなずいて言う。「うん」

　ウィルがもう一方の手を握ってくれている。一緒にウィルの家で暮らしはじめてから、いつも少年みたいな笑みを浮かべている。やっと夢が叶ったとでも言いたげに。

ジャックに目をやり、それからわたしを見てウィルが言う。「ジャックの言うとおりかも。今日でなくてもいいさ」

「今日なのよ」わたしは入口を見据えて言う。

ふたりとも、握った手に力を入れてくれた。テディが隣に立っていて、アイスクリームを舐めている。「楽しいよ、ダニエル」

「よし。じゃあ、行こうじゃないか」ウィルが言う。

ウィルとジャックがゆっくりとわたしを前に進ませ、テディがその前をスキップしていく。入口でチケットを出す。ジャックを見おろすと、いつもわたしに付きまとっていた幼いころを思いだす。あのころのわたしは、世界じゅうのどこにも味方がいないと思いつめていた。身を寄せてジャックの頭にキスする。それから回転ゲートを通って、どこよりも恐れていた場所へと、わたしはついに入っていく。

「母さん？」何事もなかったかのように歩きながら、ジャックが言う。

「なあに」

「連れてきてくれてありがとう」

ジャックの肩に腕をまわす。「いつも近くにいるから、ジャック。あんたの母さんはどこにも行かないわ」

「わかってる」ジャックはあたりを見まわした。「まずは何か乗る？」

わたしはうなずいた。「うん。ティーカップがいいな。ずっと乗りたかったの」

ジャックがわたしの腰に手をまわし、四人で一緒に歩いていった。わたしの人生で最高のひとときはステファンと一緒にいた時期だとずっと思っていたけれど、間違っていた。いま、このときこそが最高の瞬間で、これから先どんな喜びが訪れるのだろうと、驚きとともに思わずにはいられない。

笑みを浮かべて思う。ディズニーランドも悪くない。

著者あとがき

リーガル小説を執筆していてもっとも驚いているのは、読者から似たような内容のメールを大量に受けとるようになったことだ。誰もが、本はとても面白かったけれど現実には絶対に起きないことだと書いてくる。「実際の法制度ではありえない」と。

わたしは十年以上、刑事事件に法律家として携わってきた。最初は検察官として、その次は弁護士として事件を扱う年月のなかで、学んだことはこれに尽きる。事実は小説より奇なり。

どの作品も、実際にわたしが経験した事件を題材にしている。もちろん当事者の名前や地域、日付、事件の細かいディテール、被告人の性別や年齢などは変えている。それに実際よりも流れを速めたり、逆に遅くしたりもするし、読者にとって退屈な法手続きの部分などは省略もしている。けれども、どの事件も根底にあるものは同じだ。法制度は力のない弱者を叩きつぶすために作られている。こんな現実を目の当たりにするのは誰にとっても嫌なものだろうが、どんなに恐ろしかろうと、目をそらしてはいけない。

この国の法制度は世界最高だと謳われているが、真の正義までの道のりはまだ遠い。ある判事が個人的にこう言ってきたことがある。「法的にはきみの言うことは正しい。だが、法など知ったことか。わたしは自分が正しいと思うことをやる」また、ある警察署長はこう言った。「黒人を尾けまわして交通違反でもするのを待ち、車をとめさせれば、十中八九ドラッグが出てくる」こうした言葉を聞くと失望する。それに、実際に無実の人間が有罪とされるケースも時おり目にするが、それは陪審や判事が頭から偏見を追いださないいま、証拠を見て判断するからだ。とはいえ、この国の法制度にはまだ望みはある。

本当に望みがなくなるのは、善き人々が不正を目の当たりにしながら、それを放置するときだろう。

アイダホ州ベアレイク、二〇一六年、ヴィクター・メソス

著者について

ヴィクター・メソスは十年以上にわたり、刑事弁護士の中でも人権派として個人の権利を守るため、政府と闘っている。百件以上の公判に携わり、《ユタ・ビジネス》誌において〝マウンテン・ウェスト地区でもっとも名誉ある弁護士〟のひとりに挙げられている。小説は五十作以上発表しており、〈ネオン・ロイヤー・シリーズ〉や〈ジョン・スタントン・ミステリーズ〉なども含まれる。

現在はラスヴェガスとユタ州を行き来する生活をしており、世界七大陸最高峰の登頂を目指している。

訳者あとがき

バツイチ、酒飲み、別れた夫に未練タラタラ……そんな女性が出てきたかと思えば、なんと弁護士だというのだから驚きだ。この型破りの主人公ダニエルが、知的障害を持つ少年のために奮闘するストーリー、それが本書『弁護士ダニエル・ローリンズ』である。舞台はアメリカのユタ州。本文中でも紹介されているが、ユタは比較的安全な州だそうで、アメリカ五十州のなかで治安のよさにおいては第八位にランキングされている。ところがこの物語が展開するフーヴァー郡（架空の地域）は、〝その二倍の広さの郡よりも犯罪件数が多い〟という物騒な場所である。

犯罪の起きるところに必要なものと言えば警察が思いうかぶが、同様にかならず必要とされるものに、刑事弁護士という職業がある。犯罪行為の被疑者を守る立場として働く刑事弁護士の平均年収は、一説によればアメリカでは七万八千ドル。ユタ州の全弁護士の平均年収が九万七千ドルと言われているので、平均をかなり下回っていることになる。やはり個人を顧客とするせいで、依頼人の払える報酬額に限りがあることが理由なのだろう。

　しかし、それでもこの仕事を選ぶ人々がいるのには理由がある。著者がはっきりと記しているように、〝法制度は力のない弱者を叩きつぶすために作られている〟という現実があり、弱者を救うための存在が必要だからだ。主人公ダニエルも、時に様々な弱い立場の人々に寄り添いながら、なおかつ知的障害を持つ黒人の少年テディを窮地から救おうと奔走する。何しろテディは人種差別が根強く残る地域で、白人の少年三人から麻薬取引の実行犯だと名指しされているのだ。テディの無実を確信しているダニエルは、冒頭で受けた印象とは裏腹（？）に、根っからの正義漢なのである。

　さて、本書の魅力は本筋の展開だけではない。ここまで真面目なことばかり書いてしまったが、なんといってもダニエルの軽妙なキャラクターと、ところどころに差しはさまれるユーモラスなエピソードが愉快痛快でたまらない。飲酒運転を逃れようとする若い女、警官の車に立ちションした男などなど、なんとイマジネーションの豊かな作家だろうと思っていたら、ほとんどが実体験をベースにしているというのだから驚きである。

　ダニエルだけでなく、脇役も個性豊かなキャラクターで固められている。〈スポンジ・ボブ〉が大好きな愛らしいテディ、事業を営みながら調査員の仕事も兼業するイケメンの相棒ウィル、強烈な婚約者の尻に敷かれている元夫のステファン、主人公並みに型破りなキャラクターの親友ミシェル、狩猟と銃器を愛するステファンの婚約者ペイトン。ちなみにダニエルがペイトンにつけたニックネームのバラエティの豊かさには、思わず笑ってしまった。野鳥スナイパー、タイガーキラー、鹿ターミネーターなどなど……。いやはや、やはりイマジネーションの豊かな作家であることに変わりはないようだ。

ここであらためて、著者のヴィクター・メソスについて紹介しておこう。ユタ大学で法律を専攻した現役の弁護士で、検察官としての経歴も持っている。なお、弁護士を目指そうと決意したのは十三歳のときで、親友が警察に捕まって八時間にも及ぶ尋問を受けた末に、やってもいない罪を自白したという経験がきっかけだったという。

非常に多作な作家で、すでにシリーズものも含めて五十作以上の小説を発表しているが、邦訳は本書が初となる。ＭＷＡ賞（エドガー賞）最優秀長篇賞の最終候補作となった本書に続いて、また新たな作品を日本の読者にお届けできる日が来ることを願ってやまない。

本書の翻訳にあたり、早川書房の小塚氏をはじめ、関係者の皆様には多大なお力添えをいただいた。この場を借りてお礼申し上げたい。

二〇二〇年三月吉日

訳者略歴　英米文学翻訳家　訳書『白が5なら、黒は3』ヴァーチャー（早川書房刊），『完全記憶探偵』『完全記憶探偵エイモス・デッカー　ラストマイル』バルダッチ，『ネクロフィリアの食卓』ショー&ブレイ他

HM=Hayakawa Mystery
SF=Science Fiction
JA=Japanese Author
NV=Novel
NF=Nonfiction
FT=Fantasy

弁護士（べんごし）ダニエル・ローリンズ

〈HM(477)-1〉

二〇二〇年四月十五日　発行
二〇二一年四月十五日　二刷

（定価はカバーに表示してあります）

著者　ヴィクター・メソス
訳者　関（せき）麻（ま）衣（い）子（こ）
発行者　早川　浩
発行所　株式会社　早川書房

郵便番号　一〇一-〇〇四六
東京都千代田区神田多町二ノ二
電話　〇三-三二五二-三一一一
振替　〇〇一六〇-三-四七七九九
https://www.hayakawa-online.co.jp

乱丁・落丁本は小社制作部宛お送り下さい。
送料小社負担にてお取りかえいたします。

印刷・精文堂印刷株式会社　製本・株式会社フォーネット社
Printed and bound in Japan
ISBN978-4-15-184051-7 C0197

本書は活字が大きく読みやすい〈トールサイズ〉です。